김강현 신무협 장편소설

ORIENTAL FANTASYSTORY & ADVENTURE

황금공자

黄金公子

dream
books
드림북스

황금공자 8 수로장악

초판 1쇄 인쇄 / 2012년 2월 17일
초판 1쇄 발행 / 2012년 2월 27일

지은이 / 김강현

발행인 / 오영배
편집팀장 / 신동철
책임편집 / 오승화
편집디자인 / 신경선
펴낸 곳 / (주)삼양출판사 · 드림북스

주소 / 서울특별시 강북구 송천동 322-10호
대표 전화 / 02-980-2112 팩스 / 02-983-0660
편집부 전화 / 02-980-2116 팩스 / 02-983-8201
블로그 / blog.naver.com/dreambookss

등록번호 / 제9-00046호
등록일자 / 1999년 3월 11일

ⓒ 김강현, 2011

값 8,000원

ISBN 978-89-542-4692-7 (04810) / 978-89-542-4523-4 (세트)

* 지은이와 협의하에 인지는 생략합니다.
* 잘못된 책은 구입한 곳에서 바꾸어 드립니다.

黃金公子

황금공자

김강현 신무협 장편소설

ORIENTAL FANTASY STORY & ADVENTURE

8

수로장악

dream
BOOKS
두림북스

목차

제1장
개파대전에서
벌어진 일

　드디어 개파대전의 날이 밝았다. 포천회는 어젯밤부터 시끌
시끌했다. 무림인들뿐 아니라 일반인들도 잔뜩 들떠서 시끌벅
적하게 떠들었다.

　포천회 근방은 인산인해를 이루었다. 헤아릴 수 없을 정도
로 많은 사람들이 포천회로 몰려왔다. 물론 안으로 들어갈
수 있는 사람은 초대장을 받은 사람 외에는 없겠지만 그래도
어떻게든 구경하겠다고 엄청난 인파가 몰려들었다.

　금철휘는 황금루 최상층 창가에서 사람들이 우르르 몰려
가는 광경을 가만히 지켜봤다.

　네 여인이 그 뒤에 바짝 붙어서 함께 장사 거리를 바라봤다.

"공자님, 정말 안 가실 건가요?"

금철휘는 대답하지 않았다. 아직도 고민 중이었다.

사실 굳이 포천회에 갈 필요는 없었다. 그들이 장사 전역에 걸쳐 펼쳐 놓은 진은 이미 교묘하게 바꿔 놓았다. 아마 진이 발동하면 볼만한 광경이 펼쳐지리라.

그런데도 이렇게 고민하는 건 그날 밤 그곳에서 본 것 때문이었다.

'그걸 가져왔어야 하나? 아니면 없애 버렸어야 하나?'

금철휘가 그곳에서 본 것은 하나의 커다란 야명주였다. 한데 보통 야명주가 아니었다. 죽음의 기운이 가득 찬 야명주였다. 그것을 가져오지 않은 이유는 포천회가 뭔가를 알아채고 작전을 바꾸면 곤란하기 때문이었다.

일단 포천회는 진을 발동시켜야만 한다. 그래야 큰 타격을 받을 테니까 말이다.

금철휘는 그날 밤 그곳에서 강시들을 보고, 그 구슬을 확인한 순간, 진법의 구조를 다시 한 번 바꾸었다. 그것들을 충분히 이용할 수 있는 방향으로 말이다.

'대체 그 야명주로 뭘 하려는 거지?'

사실 금철휘가 고작 죽음의 기운이 넘실대는 야명주 하나에 이렇게까지 고민할 이유는 없었다. 한데도 계속 신경 쓰였다. 그 야명주가 마치 신체의 일부분 같은 기묘한 느낌을 받았기 때문이었다.

하지만 그럴 리가 있겠는가. 그건 아무리 살펴도 사람 몸 속에 존재할 만한 것이 아니었다.

'강제로 몸에 박아 넣으면 모를까.'

어쩌면 정말 그럴지도 모른다. 사람 몸에 강제로 박아서 죽음의 기운을 이용해 강시를 만들려는지도 모른다. 아니, 그것 외에는 쓸모가 없다.

하지만 그래서는 제대로 된 강시가 나오지 않는다. 생각보다 강시를 제작하는 건 섬세한 작업이라서 그렇게 무지막지한 방법을 쓰면 결국 강시가 망가져 버린다.

금철휘가 그렇게 가만히 서 있기만 하자, 오히려 네 여인들이 안절부절못했다.

"공자님, 정말로 안 가 보실 거예요?"

"오늘 못 가면 후회할 것 같은데……."

"초대장도 있잖아요. 포천회가 괜한 해코지라도 하면……."

"가고 싶은데……."

네 사람이 한마디씩 하자, 금철휘가 결국 뒤로 돌았다. 그리고 그녀들과 한 번씩 눈을 마주쳤다.

"어차피 포천회는 금룡장을 찍었어. 앞으로도 계속 노릴 걸? 금룡장 정도면 제법 대단한 돈줄이잖아?"

그렇게 첫 말을 꺼낸 금철휘는 다시 돌아서며 말을 이었다.

"그리고 안 간다는 말이 아니야. 조금 더 지켜보다가 갈 생각이야. 가기 전에 꼭 할 일이 있거든."

그건 정말로 중요한 일이었다. 진의 흐름을 완전히 바꿔 버리는 작업이었으니까. 금철휘가 이렇게 시간을 보내는 건 아직 그 흐름을 어떤 방향으로 바꾸고 어떻게 이용할지를 결정하지 못했기 때문이었다.

그렇게 다시 창밖을 내다보고 있을 때, 금철휘 옆에 사람 하나가 불쑥 솟아났다.

네 여인은 정말로 깜짝 놀랐다. 아무도 그가 다가온 것을 알아차리지 못했다. 심지어는 백검화까지도 말이다.

"주군. 다녀왔습니다."

나타난 사람은 영곤이었다.

영곤의 등장에 가장 놀란 것은 화예지였다. 그녀는 설마 영곤이 이렇게까지 발전했으리라고는 생각지도 못했다.

그리고 백검화는 긴장한 눈으로 영곤을 쳐다봤다. 자신의 거리 안으로 들어온 것은 아니지만, 아무리 그래도 여기까지 왔는데 기척조차 느끼지 못했다는 건 영곤의 능력이 거의 그녀와 비슷하거나 아니면 능가한다는 뜻이었다.

'만일 정말로 날 능가한다면 기절할 일이야. 분명히 그때는 수준이 모자랐는데.'

백검화도 영곤을 본 적이 있다. 그때는 아무리 몰래 다가와도 그 기척을 충분히 느낄 수 있었다. 그리고 당시의 감상으로는 향후 십 년 안에는 결코 따라잡힐 일이 없다고 생각했다. 한데 그 판단이 완전히 뒤집어졌다.

'어떻게 이럴 수가 있지?'

백검화는 문득 금철휘를 바라봤다. 그리고 내심 고개를 끄덕였다. 그러면 가능하다. 금철휘라면 영곤을 단숨에 성장시키는 것쯤 아무렇지도 않게 할 수 있을 것이다.

"빨리 돌아왔네."

"그럴 수밖에 없었습니다. 유가장이 포천회와 손을 잡았습니다."

그 말에 금철휘가 차갑게 웃었다.

"결국 돌이킬 수 없는 길을 선택하는군."

순간 금철휘의 뇌리에 유혜련의 모습이 떠올랐다. 금철휘는 살짝 짜증이 났다. 몸을 쓰는 대가라고 생각하긴 하지만 그래도 싫은 건 싫은 거였다.

"일단 몇 가지 조치는 취해 뒀습니다."

영곤을 그렇게 말한 후, 세부적인 보고를 했다.

"유가장주와 그의 장남인 유충원이 이곳 장사에 들어섰습니다."

금철휘가 그 말에 화예지를 쳐다보자, 화예지도 고개를 끄덕였다.

"맞아요. 확인했어요. 서른 명쯤 무사를 끌고 왔어요."

"그 서른 명의 무사들이 포천회의 무사들입니다. 아니, 더 정확히 말하면 포천회가 아니라 암천회입니다."

"암천회라……"

암천회에 대해서는 얼마 전 그들이 오대세가를 습격하기 직전에 막아내며 알아냈다. 그리고 암천회 역시 포천회의 그림자 같은 조직이라는 것도 알아냈다.

금철휘는 새삼스러운 눈으로 영곤과 화예지를 쳐다봤다. 사실 포천회에서 암천회를 정보적으로 분리해내는 것은 상당히 어려운 일이었다. 게다가 접근하기도 쉽지 않은 조직들이다.

한데도 벌써 이 정도나 알아낸 것을 보면 금향각이 얼마나 큰 발전을 했는지 알 수 있었다. 그렇게 되기까지 화예지의 노력이 얼마나 대단했는지는 굳이 확인하지 않아도 충분히 짐작할 수 있었다.

"그놈들 목적이 공자님을 습격하는 겁니다."

"그래? 그거 잘됐네."

금철휘가 눈을 반짝였다. 차라리 알아서 찾아와 주면 편하다. 어차피 암천회 역시 한 번 경험해 봤기에 그들의 실력은 다 파악했다. 암천회가 유가장을 어떻게 여기는지 모르지만 그들의 정예를 넘겨줄 정도는 결코 아닐 것이다.

"잘하면 재밌게 엮을 수 있겠는데?"

어차피 사령당도 금철휘를 노리고 있다. 둘을 동시에 만나면 꽤 재미있어지리라. 둘을 싸움 붙일 수도 있고, 그게 아니면 한꺼번에 둘 모두를 상대할 수도 있다. 어느 쪽이든 금철휘 입장에서는 나쁘지 않았다.

"그래서 암천회를 파악하려고 정보망을 그렇게 많이 갖다 쓴 거였어?"

"예. 소주에 있는 암천회 지부 하나를 알아냈습니다."

금철휘의 눈이 살짝 커졌다. 암천회든 포천회든 지부를 알아낸 적은 한 번도 없었다. 이제 첫 번째로 발견됐으니 그 실체를 조금이나마 파악할 수 있지 않겠는가.

"암천회 지부?"

"예. 그 때문에 정보망이 많이 필요했습니다. 일단 파악은 했지만, 습격하려면 상당한 준비를 해야 할 듯합니다."

다른 곳도 아니고 암천회의 지부다. 웬만한 준비로 무너뜨릴 수 있을 리 없었다. 물론 금철휘에게는 전혀 해당 사항이 없지만 말이다.

"좋아. 도망치거나 잠적할 가능성은?"

"지금으로선 없습니다."

금철휘는 잠시 고민했다. 지금 당장 그곳으로 달려갈까도 고민했지만 포천회를 눈앞에 두고 굳이 암천회의 지부 하나를 무너뜨리러 가는 건 좀 우습다는 생각이 들었다.

"일단 지켜만 봐. 그놈들을 어떻게 처리할지는 나중에 결정하지."

"예. 명을 따르겠습니다."

영곤은 고개를 푹 숙인 뒤 사라졌다. 마치 자신은 금철휘만의 수하라고 주장하는 듯했다.

뒤에서 그 광경을 보고 있던 화예지는 그 광경을 당연하다는 듯 받아들였다. 애초에 금향각의 주인이 자신이라고 생각해 본 적이 단 한 번도 없었다. 금향각의 주인은 금철휘였다. 그리고 금향각주인 자신도 금철휘의 사람이었다.

"유가장을 어떻게 하실 건가요?"

"정리해야지. 사위를 죽이려는 처가를 남겨 둘 필요 없잖아?"

"하면……."

"일단 조금 더 시간을 두고 보자고. 증거를 잡고 파혼 절차를 밟든가, 아니면 그냥 싹 죽여 없애거나 해야지."

화예지를 비롯한 네 여인은 금철휘의 몸에서 풍기는 싸늘한 기운에 제대로 말도 잇지 못했다.

'정말 종잡을 수가 없는 분이야.'

한없이 가벼워 보이다가도 가끔 이렇게 수많은 사선을 넘나든 사람처럼 보일 때도 있다.

"그럼 일단 슬슬 움직여 볼까? 떨거지들 먼저 처리를 해야겠어."

금철휘는 그렇게 말하고 창을 훌쩍 넘었다.

네 여인이 그 모습을 보며 한숨을 푹 내쉬었다.

"하아. 어떻게 문으로 나가는 적이 없어."

금철휘가 나간 창문으로 네 명의 여인이 차례차례 몸을 던졌다.

　　　　*　　　　*　　　　*

　사령당은 금철휘에 대한 의뢰가 들어왔을 때, 예전의 일을 만회할 수 있는 기회라고 여겼다.

　예전에는 의뢰에 실패하는 바람에 상당한 배상금을 물어야만 했다. 다행히 목표에 대한 등급이 매우 낮았기에 망정이지 그렇지 않다면 조직이 휘청거릴 뻔했다.

　하지만 돈이 문제가 아니라 명성이 더 문제였다. 그 일을 계기로 사령당은 하향세를 탔다. 실패에 대한 소문이 업계에 조금씩 돌며 의뢰인들 역시 조금씩 줄어들었다.

　한데 이번에 또 금철휘에 대한 의뢰가 들어왔다. 사령당은 단단히 벼르고 그 의뢰를 받았다. 당연히 의뢰금은 어마어마하게 높여서 받았다.

　사령당주는 심각한 표정으로 수하들을 둘러봤다. 사령당에서 특급에 해당하는 자객을 몽땅 끌고 왔다. 조직의 사활을 걸었다 해도 과언이 아니었다. 오죽했으면 직접 나섰겠는가.

　"목표가 포천회로 향하고 있습니다."

　수하 하나가 급히 달려와 보고했다. 금철휘가 어디 있는지 이미 파악하고 있었다. 하지만 가장 편히 암살할 수 있는 장소를 골라야 했는데, 그것이 바로 포천회였다.

　포천회에는 지금 어마어마한 인파가 몰려 있다. 사령당주가 예상했던 것보다 사람들이 훨씬 많긴 했지만 오히려 그래서 더 좋았다.

인파에 묻혀 공격하면 쉽게 목표를 찌를 수 있을 것이다. 금철휘의 동선을 예상해 수많은 특급자객들을 포진시키면 결국 성공할 수밖에 없을 것이다.

'마지막을 내가 장식하는 것도 나쁘지 않지.'

사령당주는 그렇게 생각하며 이를 갈았다. 금철휘 때문에 본 손해를 생각하면 자다가도 벌떡 일어날 정도였다.

'무조건 죽인다.'

금철휘의 죽음이 바로 사령당의 새로운 시작이 될 것이다. 이번 일을 계기로 분위기를 쇄신해 새로운 발판으로 만들 계획이었다. 사령당주는 실패를 전혀 염두에 두지 않았다. 실패하면 그걸로 사령당은 끝이었으니까.

* * *

금철휘가 느긋하게 포천회를 향해 움직였다. 금철휘는 천령신공을 통해 자신을 감시하는 자들을 확인했다.

'사령당에서 나온 놈 하나, 그리고 암천회에서 나온 놈 하나.'

사령당이든 암천회든 너무 특징이 뚜렷해서 구분하기가 쉬웠다. 금철휘는 일단 천천히 이동하며 다른 자들이 모두 따라

붙기를 기다렸다.

네 여인은 금철휘의 분위기를 읽고 조용히 입을 다물고 있었다. 누군가 금철휘를 습격한다고 하니 걱정이 되면서도 한편으로는 금철휘가 고작 이런 습격에 당할 리가 없다는 생각이 들었다.

그렇게 얼마나 걸었을까. 인파가 급격히 많아졌다. 포천회에 다가갈수록 사람들이 늘어났는데, 이제 포천회가 꽉 찰 정도로 사람이 채워져 근처의 거리를 사람들이 장악해 버렸다.

"이거 사람이 너무 많은데?"

금철휘는 그렇게 말하며 네 여인을 힐끗 쳐다봤다. 네 여인이 금철휘와 눈이 마주쳐 빙긋 미소를 짓자, 금철휘도 함께 미소를 지어 주었다. 한데 그 미소가 어딘가 짓궂었다.

"그럼 나중에 보자고."

금철휘의 몸이 사람들 사이로 스며들어 갔다. 사람과 사람 사이가 너무 좁아서 안으로 비집고 들어가는 게 결코 쉽지 않았지만, 금철휘는 간단하게 그 사이를 파고들었다. 마치 연체동물처럼 흐느적거리며 사람들 사이를 쏙쏙 지나가는데 그 속도가 또 어찌나 빠른지 나타났다 사라졌다를 반복했다. 그걸 보고 있으니 그저 입만 벌어졌다.

네 여인은 결국 또 한숨을 내쉴 수밖에 없었다. 그녀들은 잠시 서로를 바라보다가 이내 돌아섰다. 이럴 때는 그냥 황금루로 돌아가 기다리는 편이 훨씬 낫다.

"가서 술이나 마셔요."

화영의 말에 나머지 여인들이 힘없이 고개를 끄덕였다. 왠지 장사에 온 이후로 뭔가가 잘 안 풀리는 느낌이었다.

*　　　*　　　*

금철휘가 사람들 사이로 파고들었을 때, 사실 가장 당황한 것은 금철휘를 쫓아가던 사령당의 자객과 암천회의 무사였다.

이미 연락이 끝나 동료들이 몰려왔는데, 코앞에서 목표를 놓쳐 버렸으니 동료들 앞에서 얼굴을 들 수가 없었다.

"일단 쫓아라."

뒤늦게 도착한 사령당주의 명령에 사령당의 특급자객들이 일제히 사방으로 흩어졌다. 물론 금철휘처럼 움직일 수는 없었다. 사람들의 원성과 짜증을 사며 억지로 비집고 들어갔다.

일단 금철휘를 발견하는 게 급선무였다. 목표만 확인되면 어떻게든 할 수 있다.

그렇게 사령당이 금철휘를 찾기 위해 움직이고 있을 때, 암천회 역시 별다를 것 없는 처지에 빠져 있었다.

암천회를 이끄는 심정근은 눈살을 찌푸리며 수많은 인파를 노려봤다. 사실 여기까지 왔으면 굳이 쫓을 필요도 없었다. 아마 이곳에 있는 모든 사람들이 죽을 것이다.

'그럼 그 안에 있는 금철휘도 휩쓸려 죽을 텐데 말이지.'

하지만 그렇게 어설프게 일을 처리할 수는 없었다. 확실하게 금철휘의 죽음을 확인해야만 한다. 그래야 다음 일을 진행시키기 편하다.

만일 한창 금룡장에서 일을 꾸미고 있는데, 금철휘가 살아서 돌아오면 정말로 우스운 꼴이 되지 않겠는가.

"이제 어쩌면 좋겠습니까?"

유충원이 걱정스런 눈으로 물었다. 말은 안 하고 있지만 유일환도 걱정이 이만저만 아니었다. 이대로 또 금철휘를 놓치면 그때는 복장이 터져서 화병으로 죽을 것만 같았다.

"일단 쫓아야지요."

심정근은 대수롭지 않게 말했다. 포천회는 그에게 아주 익숙한 곳이다. 이 안에 숨어든 이상 찾는 건 일도 아니었다.

심정근은 앞장서서 움직였다. 사람들을 헤치고 지나가는 게 조금 짜증났지만 그래도 안으로 들어가는 데에는 아무런 문제도 없었다.

유일환과 유충원은 심정근의 뒤를 쫓으며 인상을 일그러뜨렸다. 사람이 많아도 너무 많았다. 이들을 뚫고 지나가다 보니 곳곳에서 욕설이 들려왔다. 일일이 욕한 놈들을 찾아다니면서 한 대씩 후려쳐 주고 싶었지만 지금은 그럴 시간이 없었다.

그렇게 얼마나 뚫고 지나갔을까. 갑자기 그들은 사람이 전혀 없는 공간으로 들어섰다.

"어라?"

유충원은 멍청한 표정으로 주위를 두리번거렸다. 사람들이 마치 무슨 벽에라도 막힌 듯 더 이상 이쪽으로 오지 못하고 있었다. 그뿐 아니라 이쪽을 보지도 못했다.

"이쪽입니다. 서두르십시오."

고개를 돌려 쳐다보니 심정근이 보였다. 그리고 심정근 주위로 암천회 무사 서른 명이 질서 정연하게 늘어서 있었다.

유충원은 주위를 둘러보며 물었다.

"마치 길을 따로 내놓은 것 같군요."

심정근이 빙긋 웃으며 대답했다.

"맞습니다. 그러니 가시지요. 이제 금철휘를 쫓는 건 아마 어렵지 않을 겁니다."

유충원이 고개를 끄덕이며 옆을 바라봤다. 그의 아버지이자 유가장주인 유일환의 표정이 한껏 굳어져 있었다. 그는 아들의 시선이 느껴지자 고개를 한 번 끄덕이고는 심정근에게 다가갔다.

다시 추적이 시작되었다.

*　　　*　　　*

금철휘는 사람들 사이를 쏙쏙 빠져나가면서 자신을 쫓아오는 사람들을 살폈다. 일부러 멀리 도망가지 않았다. 충분히 자신을 잡을 틈을 줘야 하니 말이다.

그렇게 가고 있을 때, 뭔가 이질적인 느낌이 천령신공을 건드렸다.

'진이 펼쳐져 있군.'

장사 전체에 걸쳐 펼쳐진 진이야 익히 알고 있다. 또한 포천회에 잠입하면서 이곳에 몇 가지 진이 깔려 있다는 것도 파악하고 있었다. 다만 그것이 무슨 역할을 하는 진법인지는 확인하지 않았다.

한데 지금 보니 이렇게 인파가 몰렸을 때, 길을 만들어 두기 위한 역할이었다. 금철휘는 망설이지 않고 그 안으로 들어섰다. 물론 아무나 들여보내지 않는 진이었지만, 금철휘에게는 전혀 해당되지 않는다. 금철휘는 천령신공을 이용해 진을 비틀어 틈을 만들고는 그 안으로 훌쩍 뛰어 들어갔다.

"호오. 꽤 쓸 만한데?"

사방으로 길이 쭉쭉 이어져 있었다. 길과 길 사이는 인파로 꽉 메워져 있었다. 사람들은 자신들 사이에 이런 공간이 있는 줄도 모르고 이리저리 휩쓸려 다녔다.

"자아, 그럼 날 쫓아온 놈들을 찾아볼까?"

금철휘는 일단 사령당에서 온 놈들을 찾았다. 넓게 흩어져 쫓아오고 있었기에 찾는 게 쉽지 않았지만, 금철휘에게는 천령신공이라는 사기성 짙은 무기가 있었다.

"저기로군."

금철휘는 사령당 무리들뿐 아니라 진을 이용해 이동 중인 암천회 무사들의 위치까지 알아냈다.

"자, 그럼 자리를 한번 깔아 볼까?"

금철휘의 몸이 순식간에 사라졌다가 멀리서 나타났다. 마치 순간이동이라도 한 듯한 움직임이었다. 금철휘는 진 밖으로 손을 쑥 집어넣었다. 천령신공의 작용으로 진이 너무나 간단하게 비틀어지며 틈이 만들어졌다.

털썩!

사령당의 자객 하나가 금철휘의 손에 맥없이 끌려 진 안으로 떨어졌다.

보통은 비명을 지르거나 소리라도 지를 테지만 그는 사령당의 자객답게 아무 소리도 없이 검을 휘둘렀다. 물론 그 자리에는 아무도 없었다.

금철휘는 그를 진 안으로 끌어들이자마자 그 자리에서 사라졌고, 조금 떨어진 곳에서 또 다른 사령당 자객 하나를 끌어들였다.

그렇게 수십에 달하는 사령당의 자객을 진 안으로 던져 넣은 금철휘는 그들이 모두 잘 볼 수 있는 곳에 멈춰서 씨익 웃었다.

사령당주의 눈이 화등잔만 해졌다. 목표가 나타난 것이다. 하지만 그와 동시에 강렬한 위기감도 느껴졌다. 목표가 자신이 상상했던 이상으로 강력하다는 의미였다.

"뭐야? 생각보다 절박하지 않나 보네? 내가 이대로 도망가면 잡을 수 있을 것 같아?"

금철휘의 도발에 사령당주는 이를 악물었다. 상대가 이렇게 자신만만하게 나온다는 건 분명히 뭔가 준비한 바가 있다는 뜻이었다. 그게 뭔지 알아내는 게 급선무였다.

그렇게 잠시 대치가 이어졌을 때, 금철휘의 뒤쪽, 즉 사령당이 보고 있는 방향에서 암천회 무사들어 우르르 몰려왔다.

"저놈이 여길 어떻게 들어왔지? 그리고 저놈들은 또 뭐야?"

심정근은 어이없는 표정으로 그렇게 말했다. 이 진에 들어오려면 특별한 방법이 필요했다. 그리고 그 방법은 아무나 가능하지 않다.

이 진을 통과하려면 특별한 심법을 이용해 만들어낸 특별한 기운으로 온몸을 감싸야만 한다. 한데 이렇게 불청객이 많다니, 충분히 의심해 볼 만한 상황이었다.

"일단 저놈부터 잡아야 하지 않겠소?"

유일환이 재촉하자, 심정근이 고개를 끄덕였다. 당연한 말이다. 금철휘 뒤에 서 있는 놈들이 방해만 안 한다면 말이다.

'뭐, 방해해 봐야 별로 신경이 쓰일 것 같지도 않지만.'

사령당의 자객들은 암습에 특화되어 있다. 이런 정면 대결에는 적합하지 않다. 그렇기에 심정근의 판단은 당연했다.

"일단 칩시다."

심정근의 말이 떨어지기 무섭게 암천회 무사들이 그대로 몸

을 날렸다. 그들은 순식간에 금철휘와의 거리를 없애 버릴 정
도로 빠르고 고절한 신법을 보여 줬다.

물론 금철휘는 그것을 보고도 그저 씨익 웃기만 했다.

쉬쉬쉬쉬쉭!

수십 자루의 검들이 바람을 갈랐다. 하지만 금철휘를 가르
지는 못했다. 금철휘는 장난하듯 검들을 슬쩍슬쩍 피하면서
뒤로 쭉쭉 이동했다.

금철휘가 이동하는 곳에는 사령당 자객들이 긴장한 눈으
로 서 있었다. 그들은 암천회 무사들이 금철휘를 공격하는 걸
보고는 적이 아니라고 판단했다. 이제는 금철휘를 공격해 죽
이는 일만 남은 것이다.

하지만 아무리 그래도 방심해선 곤란하다. 암천회 무사들
이 언제까지 같은 편이 되어 줄지 알 수 없었고, 또 지금 보여
주는 금철휘의 무위가 너무나 대단했다.

"일단 우리도 가자. 누가 되었건 저놈의 목만 따면 된다."

사령당 자객들도 우르르 몸을 날렸다. 저마다 날카로운
검을 들고 있었는데, 가늘고 끝이 뾰족해서 검보다 꼬챙이에
더 가까웠다.

금철휘는 뒤로 쭉쭉 물러나며 사령당 자객들에게 다가갔
다. 순식간에 사령당과 암천회가 얽혔다. 그리고 금철휘는 그
사이에서 인파를 헤칠 때 했던 것처럼 흐느적거리며 요리조리
공격을 피해 다녔다.

암천회 무사가 금철휘의 심장을 노리고 검을 찔렀다. 금철
휘의 몸이 옆으로 빙글 돌며 그것을 피했다. 그 뒤에 있던 사
령당 자객이 깜짝 놀라며 검을 쳐냈다.

챙!

암천회 무사는 사령당 자객은 아예 쳐다보지도 않고 다시
금철휘를 노렸다. 자객은 화가 치밀었지만 꾹 참고 그 역시
금철휘를 찾아 검을 찔렀다.

챙!

이번에는 암천회 무사가 그것을 막아냈다. 당연히 금철휘
는 이미 그 자리에 없었다.

사령당 자객은 참았지만 암천회 무사는 참지 않았다. 굳이
참을 필요도 없었고, 이리저리 뒤엉키니 사령당 자객들이 계속
해서 눈에 거슬렸다.

쉬익!

서걱!

사령당 자객의 목이 허공에 떠올랐다. 잠깐 장내에 흐르던
움직임이 멎었다. 그리고 사령당주의 분노 어린 외침이 터져
나왔다.

"이게 무슨 짓이냐! 같은 적을 두고 우릴 공격하다니!"

암천회 무사들은 대꾸도 하지 않고 금철휘를 찾아 검을 휘
둘렀다. 물론 사령당에 대한 배려는 전혀 없었다. 순식간에 사
령당 자객 몇 명이 부상을 입었다. 금철휘가 일부러 그런 상

황을 유도한 것이다.

"이익! 이놈들, 우릴 무시하느냐!"

사령당주의 외침에 심정근이 차가운 눈으로 그를 쳐다봤다.

"닥쳐. 정신 사납다."

심정근의 말은 사령당주의 분노에 기름을 끼얹었다. 사실 사령당주는 조금 더 깊이 생각했어야 한다. 그는 기본적으로 자객이 되기 위한 수련을 오랫동안 해 왔다. 이렇게 쉽게 감정이 변하지 않는다.

그는 그 점을 이상하게 여겼어야만 했다. 하지만 그렇게 하지 못했다. 완전히 뚜껑이 열려 버린 사령당주는 사령당의 특급자객들에게 전음으로 명령을 내렸다. 암천회를 암습하라고.

사령당 자객들 역시 감정이 상할 대로 상한 상태였기에 그 명령을 충실히 받아들였다. 그리고 금철휘에게서 눈을 뗐다.

암천회 무사들은 그것도 모르고 오로지 금철휘를 잡기 위해 혈안이 되었다. 금철휘는 가볍게 그들의 공격을 피하며 가끔 반격을 했다. 그때마다 암천회 무사들이 뒤로 퍽퍽 나가떨어졌다. 하지만 누구도 심한 부상을 입지 않았고, 죽지도 않았다.

심정근은 짜증을 내며 소리쳤다.

"뭣들 하느냐! 고작 한 놈을 가지고! 뭐 하십니까! 도와야지요!"

유일환과 유충원은 심정근이 자신들을 향해 호통을 치자, 떨떠름한 표정을 지었다. 그리고 금철휘를 노려봤다.

"살을 빼더니 정말로 재빨라졌구나. 미꾸라지도 이 정도는 아니겠어."

"일단 도와야 합니다."

유충원도 검을 뽑으며 금철휘에게 달려들었다. 그리고 유일환이 그 뒤를 이었다. 두 사람은 어서 금철휘를 처리해야 한다는 조급함에 금철휘의 입가에 매달린 미소를 보지 못했다.

빠바박!

"커어억!"

"크억!"

암천회 무사들과 달리 유일환과 유충원은 이마에서 번갯불이 번쩍이는 듯한 충격을 받으며 뒤로 데굴데굴 굴러갔다. 온몸에서 힘이 쭉 빠졌고, 어마어마한 고통이 머리에서 온몸으로 치달려 갔다.

"콩가루 집안으로 만들었으니 머리가 콩가루처럼 부서져도 억울하지 않겠지?"

유일환과 유충원은 대답도 못하고 두 손으로 머리를 감싼 채 바닥을 데굴데굴 굴렀다. 입에서는 거의 비명에 가까운 신음이 끊임없이 흘러나왔다.

금철휘는 그 둘을 힐끗 쳐다보고는 다시 몸을 움직였다. 서 있던 공간을 검 다섯 개가 훑고 지나갔다.

암천회 무사들은 땀을 비 오듯 흘리며 금철휘를 상대했다. 내공이 점점 후달렸다. 그리고 그 빈틈을 사령당 자객들이 파고들었다.

"큭!"

암천회 무사 하나가 옆구리를 쥐고 뒤로 물러나며 검을 휘둘렀다.

서걱!

사령당 자객 하나가 목이 잘린 채 뒹굴었다. 하지만 그는 소임을 다했다. 독이 묻은 검을 암천회 무사의 옆구리에 박아 넣었으니까.

곳곳에서 비슷한 광경이 펼쳐졌다. 중요한 건 그 근처에 항상 금철휘가 있었다는 점이었다. 암천회가 금철휘를 공격하며 드러난 작은 빈틈을 사령당이 파고든 것이다.

심정근은 불같이 노했다.

"일단 저 떨거지들부터 다 죽여!"

심정근의 명령이 떨어지기 무섭게 암천회 무사들이 사령당에게 달려들었다.

사령당주는 표정을 굳히며 동료의 그림자 속에 몸을 숨겼다.

채채채챙!

서걱! 서걱!

몇몇은 검으로 막았고, 또 몇몇은 그대로 목을 내줬다. 암천회 무사들의 실력은 엄청났다.

아무리 사령당이 자객에 특화되었다고 해도 특급자객이 되려면 보통 실력으로는 어림도 없었다. 한데 그런 특급자객들이 손도 제대로 못 써 보고 속속 당하고 있었다.

그래도 일단 수는 사령당이 훨씬 우위에 있었기에 시간을 끌 수 있었다.

그림자 속에 숨었던 사령당주는 눈을 빛내며 기회를 기다렸다. 자신을 가린 자객에게 암천회 무사 하나가 달려들었다. 사령당주는 그가 검을 휘두르는 순간 앞으로 튀어 나갔다.

푸욱!

독을 바른 검이 암천회 무사의 심장을 정확히 찔렀다. 암천회 무사는 대응조차 못 하고 그대로 절명했다.

사령당주는 다시 그림자 속으로 숨어들었다.

금철휘는 살짝 떨어진 곳에서 둘의 싸움을 지켜봤다. 싸움은 거의 일방적으로 암천회가 몰아붙이고 있었다. 하지만 사령당도 그리 호락호락 당하지는 않았다.

"과연 천하제일 자객조직다워. 정말 제법인데?"

특히 사령당주는 상당히 뛰어났다. 저 정도라면 예전의 무영객은 이름도 못 내밀 정도였다. 무영객도 굉장한 고수였다는 걸 생각하면 사령당주의 실력이 얼마나 대단한지 알 수 있었다.

금철휘는 고개를 들어 주위를 둘러봤다. 여전히 인파는 엄청났다. 사람이 더 몰려온 것 같았다.

"하여튼 포천회 놈들. 이 모든 사람을 재물로 삼는 그따위 짓을 계획했으니, 정말 제대로 미친놈들이야."

금철휘는 사령당과 암천회의 싸움을 보며 고개를 끄덕였다. 슬슬 마무리를 해야 할 때가 되었다.

"일단……."

금철휘가 몸을 날려 암천회 무사들이 가장 많이 모인 곳을 파고들었다. 금철휘의 몸에서 눈부신 금빛이 뿜어져 나왔다.

슈가가가가각!

밝은 금빛 강기가 금철휘의 몸을 중심으로 한 바퀴 돌며 암천회 무사들의 허리를 동강 냈다. 피가 분수처럼 쏟아졌다. 하지만 금철휘의 몸에는 한 방울도 묻지 않았다. 이미 그 자리에 없었기 때문이다.

금철휘가 다음으로 암천회와 사령당이 뒤섞여 가장 치열하게 싸우는 곳을 파고들었다. 그런 금철휘의 몸을 또다시 금빛이 뒤덮었다.

슈가가가가가각!

수십 구의 시체가 생겨났다. 장내에 있던 사령당과 암천회가 순식간에 줄어들었다.

사령당주와 심정근은 경악한 눈으로 그 광경을 바라봤다. 저런 말도 안 되는 고수가 왜 단박에 승부를 내지 않고 지금까지 자신들을 가지고 놀았단 말인가.

"내가 왜 시간을 끌었는지 궁금해?"

금철휘의 물음에 사령당주와 심정근은 자신도 모르게 고개를 끄덕였다. 그러자 금철휘가 씨익 웃으며 손가락 하나를 들어 올렸다.

"이제 뭔가가 시작될 건데, 너희들이 어떻게 되는지 보고 싶었거든."

심정근과 사령당주는 의아한 표정을 지었다. 뭐가 시작되고 뭐가 어떻게 된단 말인가? 심정근은 그래도 뭔가 짚이는 게 하나 있긴 했다.

'설마, 그걸 알아차렸나? 대체 어떻게?'

심정근이 혼란스러운 표정으로 금철휘를 바라봤다. 금철휘는 그런 심정근을 의미심장한 눈으로 쳐다봤다.

"너하고는 나중에 조금 더 깊이 있는 대화를 나눌 필요가 있어 보이는군."

금철휘는 심정근을 봤을 때 어딘가 상당히 낯익다고 느꼈다. 그래서 계속 기억을 더듬었다. 하지만 쉽게 떠오르지 않았다. 만일 심정근의 목에 난 혈선이 아니었다면 조금 더 헤맸을 것이다.

"음? 벌써 시작하나?"

금철휘가 한쪽을 쳐다봤다. 그곳은 예전 금철휘가 몰래 침입했던 작은 전각이 있는 방향이었다. 진은 그곳에서 발동되었다.

거대한 기파가 사방을 장악했다.

어마어마한 양의 기운이 휘몰아쳤다. 한데 문제는 그것이 사기(邪氣)라는 점이었다.

다들 경악했다. 이런 어마어마한 기의 유동이 일어났다는 건 어딘가에 그 정도 기운이 존재한다는 뜻이다. 그리고 그 기운은 포천회의 중심에서부터 뻗어 나오고 있었다.

금철휘는 눈을 빛내며 심정근과 살아남은 암천회 무사들을 살폈다. 물론 죽은 시체도 살폈다. 아직 시체에도 기운이 다 사라지지 않고 남았기 때문이다.

"역시."

금철휘는 고개를 끄덕였다. 예상과 전혀 다르지 않은 결과가 나타난 것이다. 물론 성공할 거라 거의 확신하고 있었지만, 이론적인 확신이었기 때문에 이렇게 실제로 확인하고 나니 기분이 썩 괜찮았다.

먼저 반응을 한 것은 시체들이었다. 시체들은 암천회건 사령당이건 구분 없이 바짝바짝 마르기 시작했다. 금철휘의 눈에는 시체에서 빠져나가는 막대한 기운들이 보였다. 그 기운들은 그대로 포천회 중심으로 빠르게 흘러갔다.

다음으로 반응을 보인 건 암천회 무사들이었다. 그들은 단전이 요동치자 크게 당황했다.

"뭐, 뭐야!"

"대체 왜 이러는 거지?"

단전을 다독이려 애썼지만 소용이 없었다. 단전에 담긴 기운들이 맹렬히 회전하며 온몸에 흩어진 잔기운까지 싹 끌어모은 뒤, 그대로 배를 뚫고 튀어나왔다. 마치 흡정신공을 익힌 사람이 단전에 손을 대고 기운을 흡수하는 것 같았다.

그렇게 튀어나온 기운들 역시 포천회 중심으로 빠르게 흘러갔다.

마지막으로 반응을 보인 사람이 바로 심정근이었다. 그는 온몸의 기운이 요동치자, 그것을 억지도 다독였는데, 그럭저럭 버틸 만했다.

하지만 원래 포천회에서 하려던 계획은 이런 게 아니었다. 이곳에 모인 모든 사람들로부터 내공과 생기를 싹 빨아들이는 것이 진짜 목적이었다.

'대체 왜 이런 일이……'

심정근의 눈에 의미심장한 미소를 짓고 있는 금철휘가 보였다.

"설마……."

"설마 뭐?"

"설마 네놈이 일을 이렇게 만든 건 아니겠지?"

"호오. 눈치가 제법 빠른데?"

"감히!"

심정근은 검을 꽉 쥐었다. 하지만 감히 덤벼들지는 못했다. 금철휘가 얼마나 강한지 두 눈으로 똑똑히 봤기에 경거망동할 수 없었다. 그는 다른 천혈문도들과 다르다.

"역시 너는 버틸 수 있나 보군. 아니면 익힌 무공이 좀 다른가?"

"그게 무슨 소리냐!"

"무슨 소리냐 하면 네놈들이 익힌 무공의 빈틈을 노렸다는 뜻이다."

"내가 익힌 무공?"

"네놈들 무공의 기반이 천혈신공 아니었나?"

"그걸 어떻게!"

천혈신공은 포천회 모든 무사들의 기반이 되는 무공이었다. 또한 예전 혈룡귀갑대의 근간 역시 이 무공이었다. 금철휘는 그것을 파악하고 그 무공의 특성을 살려 진법을 개조했다.

본래 기운을 뽑아내는 진법이었기에 대항이 불가능한 죽은 육체에 남은 기운 역시 빨려 갈 수밖에 없었다.

지금 일어난 현상으로 금철휘는 그 모든 것을 확인했다.

"자, 일단 포천회는 끝났으니까 너희들을 정리해야겠다. 그럼……."

금철휘가 손을 획 뻗었다.

퓨풋!

지풍 두 가닥이 날아가 유일환과 유충원의 요혈에 깊이 박혔다. 두 사람의 몸이 크게 들썩였다. 하지만 목숨을 잃지는 않았다.

금철휘는 쉽게 죽일 생각이 없었다. 일단 자신에게 칼을 들이댄 이상 그보다 더한 절망을 맛보여 줘야만 한다.

"너는 저 둘을 업어라. 도망갈 생각은 안 하는 게 좋을 거야."

금철휘가 사령당주를 보며 말했다. 사령당주는 마치 사술에 제압되기라도 한 듯 몸을 부르르 떨더니 후다닥 움직여 유일환과 유충원을 양 옆구리에 끼었다.

"자, 남은 건 넌데……, 넌 잠깐 자고 있어라."

금철휘의 몸이 흩어졌다가 심정근 뒤에서 나타났다.

퍼억!

심정근은 온몸에 느껴지는 격통에 얼굴을 일그러뜨렸다. 그리고 그와 동시에 정신을 잃었다.

금철휘는 심정근의 목덜미를 쥐었다. 그리고 고개를 돌려 사령당주를 쳐다보며 씨익 웃었다.

사령당주는 금철휘의 미소에 심장이 얼어붙는 것 같았다. 자신도 왜 이러는지 알 수 없었다. 그냥 두려웠다.

"갈까?"

금철휘가 움직이자, 사령당주가 그 뒤를 따랐다.

그렇게 두 사람은 포천회를 벗어났다. 진으로 만들어진 길을 통해서.

포천회 내부는 난리가 났다. 물론 포천회 소속 무사들에

한해서였다. 보통 사람들은 그저 처음의 어마어마하게 사이한 기운의 파동 외에는 별다른 점을 느끼지 못했다.

"어떻게 된 일인지 어서 파악해라!"

현 포천회의 부회주인 천혈문주는 수하들에게 호통을 쳤다. 하지만 쉽지 않으리라는 건 그 역시 절감하고 있었다. 이 어마어마한 기의 흐름은 자신의 기운까지 탐욕스럽게 빨아들이려 하고 있었다.

'나야 버틴다지만……'

천혈문주는 암울한 눈으로 수하들을 바라봤다. 눈에 띄게 수척해졌다. 진을 발동시킨 지 불과 몇 각 지나지도 않았는데 이러니 나중에는 정말 목숨을 잃을 수도 있었다.

게다가 이곳에 있는 수하들은 무공이 높은 편이다. 무공이 낮은 수하들은 어쩌면 이미 끝났을 수도 있었다.

"가서 애들이 어떻게 됐는지 확인해라."

천혈문주의 명에 몇 명이 후다닥 밖으로 나갔다. 천혈문주는 이를 악물고 천천히 걸음을 옮겼다. 일단 사령단(死靈丹)이 어떻게 되었는지 확인해야만 한다. 다른 건 몰라도 그게 잘못되면 죽는다.

천혈문주의 눈에 작은 전각이 보였다. 저 안에 사령단이 있다. 전각은 불길한 기운으로 뒤덮여 있었는데, 가까이 다가갈수록 점점 그 기운이 강해졌다.

"잘못돼도 한참 잘못됐어."

전각 주변을 감싼 기운은 사방에서 끌려온 기운들이었다. 그것이 전각에서 한 번 걸러져 안으로 순수한 기운만 흘러들어 가게 되어 있었다.

한데 전각에 모인 기운이 몽땅 포천회 무사들의 기운뿐이니 그 사이함과 불길함은 이루 말할 수 없을 정도였다. 그러니 안으로 들어가는 기운이 이렇게 적지 않은가.

천혈문주는 전각으로 서둘러 다가가 문을 열었다.

화악!

안에서 뜨거운 기운이 휘몰아쳤다. 천혈문주가 입은 옷에 불이 붙었다. 천혈문주는 손으로 불을 툭툭 두드려 끄며 안으로 들어갔다.

일단 사령단은 무사했다. 하지만 강시들이 문제였다. 몽땅 불타고 있었다. 대체 뭐가 어떻게 된 건지 모르지만 강시들의 몸에 끊임없이 양강지기가 흘러들어 가고 있었고, 그로 인해 강시들이 활활 타올랐다.

"대체……."

천혈문주는 상황을 자세히 살폈다. 양강지기는 사령단으로부터 흘러나오고 있었다. 심장이 덜컥 내려앉았다. 사령단은 밖에 모인 기운을 흡수해야만 한다. 한데 오히려 기운을 내주고 있으니 큰일 아닌가.

'저게 잘못되면 그냥 죽는 걸로 끝나지 않아!'

천혈문주가 서둘러 사령단을 향해 달려갔다. 하지만 사령단에서 뿜어져 나오는 기운의 압력이 워낙 거세서 속도를 낼 수 없었다.

"크윽!"

비록 속도는 낼 수 없지만 아예 움직일 수 없을 정도는 아니었다. 천혈문주는 한 발 한 발 천천히 걸어 사령단으로 다가갔다.

"다…… 됐다!"

천혈문주가 겨우 사령단 앞까지 도착해 그것을 집으려는 순간, 어딘가에서 손 하나가 불쑥 나타나 사령단을 획 낚아챘다.

천혈문주는 깜짝 놀라 고개를 들었다. 감히 어떤 놈이 여기까지 와서 사령단을 가져간단 말인가.

"오랜만이야."

사령단을 가져간 사람은 금철휘였다. 천혈문주는 의아한 눈으로 금철휘를 바라봤다.

'누구지? 날 아는가?'

모르는 사람이 오랜만이라는 말을 할 리 없다. 천혈문주는 곰곰이 기억을 더듬었다. 그러면서 다른 한편으로 내공을 끌어 올려 상대를 암습할 준비를 했다.

"몰래 공격하는 거 좋아하는 버릇은 아직도 못 고쳤네? 예전에 혁련진 목 날릴 때도 그렇게 했었지?"

그 말을 들은 천혈문주의 내공이 순간적으로 흐트러졌다.

그는 놀란 눈으로 금철휘를 바라봤다. 대체 그 일을 어떻게 안단 말인가.

"너도 죽었네?"

"대, 대체 넌 누구냐!"

천혈문주는 자신도 모르게 뒷걸음질 쳤다. 사령단은 금철 휘의 손에 들어간 이후로 더 이상 기운을 뿜어내지 않았다. 그 것을 보고 있으니 더 두려워졌다.

"기다려. 일단 이것부터 처리한 다음 다시 얘기하자."

금철휘는 그렇게 말하고는 사령단을 위로 휙 던졌다.

높이 치솟은 사령단이 전각의 꼭대기에 이르렀을 때, 그대 로 터져 버렸다.

꽈아앙!

어마어마한 폭발이었다. 하지만 전각은 멀쩡했다. 사령단의 폭발로 변한 것은 기운의 양밖에 없었다. 어마어마한 양의 기 운이 한꺼번에 사방으로 퍼져 나갔다.

다시 한 번 강렬한 기파가 포천회 전체를 뒤덮었다.

화르르륵!

강시들을 태우던 불길이 훨씬 맹렬해졌다. 그 불길은 그야 말로 순식간에 강시를 잿더미로 만들었다.

금철휘는 그것을 확인하고는 탁탁 손을 털었다.

"끝이로군. 이제 슬슬 대화를 시작해 볼까?"

금철휘는 천혈문주에게 다가갔다. 그런 금철휘를 바라보

는 천혈문주의 얼굴은 완전히 질려 있었다. 또한 눈은 절망에 빠져 있었다. 사령단이 사라졌으니 더 이상 살아도 산목숨이 아니었다.

"가만있자……."

금철휘는 천령신공을 이용해 주위를 확인했다. 현재 이곳에는 그와 천혈문주 외에는 아무도 없었다. 그리고 누군가 올 가능성도 없었다.

"그럼 대화가 좀 더 원활하게 되도록 해 볼까?"

금철휘의 얼굴이 이리저리 일그러졌다. 그리고 전혀 다른 얼굴로 변했다.

그 모습을 지켜보던 천혈문주의 입이 점점 벌어졌다. 그리고 금철휘의 얼굴이 완성되었을 때는 더할 나위 없이 놀라게 되었다.

"너, 너, 너, 너는!"

"이제 왜 오랜만이라고 했는지 알겠어?"

"그럴 리가 없다! 넌 죽었어! 이놈! 어디 가짜가 진짜 행세를 하려고 하느냐!"

"믿기 싫겠지. 하지만 이게 진실이야. 아, 내 몸을 잘도 갖고 놀았더군? 강시로 만들다니 정말 재미있는 짓을 저질렀어."

천혈문주가 온몸을 덜덜 떨었다. 이건 아니었다. 절대 있을 수 없는 일이 벌어졌다. 어떻게 그가 다시 살아 돌아올 수 있단 말인가. 그것도 몸까지 잃고서 말이다.

"내 몸, 지금 어디 있어?"

"그, 그건 나도 모른다."

이건 진심이었다. 천혈문주는 포천회의 개파대전을 이용해 사령단을 완성시킨 다음 그것을 포천회주에게 전해 주기로 했을 뿐이다. 포천회주가 어디 있는지도 모른다. 나중에 그가 찾아오기로 되어 있었다.

'성공한다면 말이지.'

천혈문주는 그 말은 속으로 삼키고 다시 금철휘를 바라봤다. 정말로 똑같았다. 하지만 상대는 얼굴을 자유자재로 변형시킬 수 있는 괴물, 어쩌면 저것도 다 연극의 일환일지도 모른다.

"우릴 왜 버린 거지? 우린 충분히 쓸모가 있었잖아. 충성심도 대단했고."

"그, 그건⋯⋯."

천혈문주는 잠시 머뭇거리다가 입을 열었다.

"혈룡귀갑대는 처음부터 버리는 패였다."

"뭐?"

"무림을 한바탕 뒤흔들 필요가 있었거든. 너희는 충분히 임무를 수행했다. 아니, 지나칠 정도로 해냈지. 무림을 완전히 재편시켰으니까."

"포천회가 자리를 잡게 하려고 그 짓을 했다고?"

천혈문주는 고개를 끄덕였다. 사실 다른 이유가 하나 더 있지만 그건 말해 줘 봐야 믿지도 않을 것이다.

"좋아. 그렇다고 믿지. 뭐, 그딴 건 중요치 않잖아? 지금 중요한 건 포천회에 대한 거지."

금철휘는 씨익 웃으며 말을 이었다.

"솔직히 말해. 포천회, 여기가 진짜 본단 아니지? 진짜는 다른 데 있지?"

"그, 그걸 어떻게……!"

천혈문주의 눈이 화등잔만 해졌다.

"어디야?"

천혈문주가 입을 꾹 다물었다. 굳이 그걸 얘기할 이유가 없었다. 상대가 혈룡귀갑대주라 해도 마찬가지였다.

"혁련진이나 찌질이는 쉽게 말하던데 넌 좀 다르군."

금철휘는 그렇게 말하며 천혈문주를 쳐다봤다. 천혈문주는 금철휘의 깊은 눈빛을 마주하자 몸을 움찔 떨었다.

"그 둘을 죽인 게 너였군."

"왜, 내가 죽이면 안 될 이유라도 있나?"

천혈문주가 고개를 저었다.

"너라면 충분히 자격이 있지."

천혈문주는 잠시 고민하다가 이내 결심한 듯 금철휘를 똑바로 바라보며 입을 열었다.

"어차피 이대로는 나도 살아남지 못해."

포천회의 개파대전을 이용해 얻으려던 걸 하나도 얻지 못했으니 이제 남은 것은 죽음뿐이었다.

사실 죽음은 두렵지 않았다. 어차피 한 번 죽었던 몸 아닌가. 다만 저당 잡힌 혼백이 어찌 될까 두려웠다. 죽음 이후의 일이 너무나 두려웠다.

"사람이 죽으면 어찌 되는지 아나?"

천혈문주의 뜬금없는 물음에 금철휘가 뚱한 표정을 지었다. 그걸 알아서 뭐 하느냐는 듯한 얼굴이었다.

"혼백이 육신을 벗고 날아간다."

"뭐, 그쯤이야 알고 있지."

"포천회주는 사람의 혼백을 마음대로 다룰 수 있는 사람이다."

"그래서?"

천혈문주의 표정이 암울하게 가라앉았다.

"나도 거기서 자유롭지 못하단 말이다. 즉, 말을 하고 싶어도 할 수가 없다는 뜻이지."

금철휘가 씨익 웃었다.

"그거라면 내가 해결해 주지. 너, 혁련진과 그 찌질이의 혼백이 포천회주인지 뭔지 하는 놈한테 잡혀 있다고 생각해?"

천혈문주의 눈이 화등잔만 해졌다. 지금까지는 그렇게 생각했다. 한데 아니란 말인가?

"포천회주와의 사슬은 내가 끊어 줄 수 있지. 하지만 그걸

끊는 순간 넌 죽어. 이유는 알지?"

천혈문주가 무겁게 고개를 끄덕였다. 사실 그 지독한 사슬만 끊어 준다면 목숨쯤 얼마든지 내줄 수 있었다.

"그럼 이제 말해 봐."

천혈문주는 잠시 머뭇거렸다. 금철휘의 말을 완전히 믿기 어려웠기 때문이다. 그가 아는 포천회주는 정말로 무서운 사람이었다. 또한 제대로 미친 사람이었다.

웬만한 사람이라면 수십 년에 걸친 장대한 음모를 꾸미고 실행할 수 있을 리 없었다.

'그것도 그따위 목적으로 말이지.'

천혈문주가 고개를 한 번 끄덕였다. 그의 얼굴에 결연한 표정이 드러났다.

"좋아, 말하지. 포천회의 진짜 본단은 동정호에 있다."

"동정호? 거기 한가운데 있는 섬 말하는 건가?"

천혈문주가 고개를 저었다.

"아니. 동정호 바닥."

"바닥? 그게 가능해?"

금철휘는 자신이 말하고도 고개를 끄덕였다. 세상에 불가능할 게 뭐가 있겠는가. 마음만 먹으면 자신도 그런 일이 가능하다. 한데 다른 사람에게는 불가능하다고 단정할 수는 없지 않은가.

"또 알고 싶은 게 있나?"

"뭐, 소소한 정보들?"

금철휘는 씨익 웃으며 말을 이었다.

"아는 돈줄 좀 있지?"

천혈문주는 잠시 멍하니 금철휘를 바라보다가 묘한 표정을 지었다. 전혀 혈룡귀갑대주 답지 않았다. 혈룡귀갑대주는 절대 돈에 대한 언급을 한 적이 없었다.

"안 보는 동안 돈에 물들었군."

"돈이라는 게 꼭 멀리할 것만은 아니더라고."

천혈문주가 수긍한다는 듯 고개를 끄덕였다.

"확실히 맞는 말이야. 돈줄이 막히니까 힘들어지더군."

천혈문주는 그렇게 말하며 살짝 놀란 눈으로 금철휘를 바라봤다. 금철휘가 선선히 고개를 끄덕였다.

"맞아. 그동안 내가 포천회의 돈줄을 끊었지. 내 몸을 가지고 장난치는 놈들을 그냥 둘 수는 없잖아."

"충분히 이해한다."

천혈문주는 그렇게 말하며 자신이 아는 정보들을 풀어 놨다. 천혈문주의 정보는 혁련진이나 혈뇌마검이 준 것보다 훨씬 더 많았다. 천혈문주는 암천회의 부회주이기도 했기 때문이다.

"암천회도 보통이 아니로군. 네가 없으면 그냥 사라지거나 하지는 않겠지?"

천혈문주가 피식 웃었다.

"그럴 리가 있겠느냐?"

"하긴. 나 같아도 그딴 식으로 조직을 구성하진 않지."

"내가 가진 정보는 극히 일부일 뿐이다. 포천회고 암천회고 내가 아는 것보다 모르는 부분이 훨씬 많으니까. 어쩌면 이렇게 우리를 사지로 내몰고 포천회주는 다른 음모를 꾸미고 있을지도 모른다. 그 부분을 생각하지 않으면 당할 거야."

금철휘가 심각한 표정으로 고개를 끄덕였다.

"그 충고 고맙게 받아들이지."

대화가 끝났다. 천혈문주는 모든 걸 포기한다는 심정으로 눈을 감았다. 막상 이렇게 포기하고 나니 지금까지 왜 아등바등 살아왔는지 모를 정도로 허무했다.

"그럼 시작한다."

금철휘의 말과 동시에 천령신공이 주위를 휘감았다. 예전보다 훨씬 능숙해진 솜씨로 천혈문주를 감싼 천령신공이 부드럽게 그의 몸으로 스며들었다.

금철휘는 천혈문주의 몸을 낱낱이 분석했다. 곳곳에 고여 있는 검은 기운들을 모조리 천령신공으로 잡아 녹여 버렸다.

마지막으로 머리 속의 기운을 소멸시키자, 천혈문주의 목에서 핏물이 배어 나오기 시작했다.

천혈문주의 입가에 미소가 걸렸다. 그리고 그대로 목이 떨어졌다.

푸확!

피가 분수처럼 솟구쳤다.

천혈문주의 목이 바닥을 데굴데굴 굴렀다. 그 얼굴이 너무나 편안해 보였다.

제2장
사령당주

포천회의 개파대전은 천하를 한바탕 발칵 뒤집었다. 포천회가 개파대전을 연 목적이 장사에 몰려든 무림인들을 희생시키려는 음모였다는 소문이 천하를 강타했다.

당연히 그 소문을 낸 것은 금향각이었다.

한데 그 소문을 또 다른 소문 하나가 따라다녔다. 이번 장사에서 있었던 포천회의 개파대전은 시작 자체가 누군가의 음모이며, 진짜 포천회가 개파대전을 준비 중이라는 소문이었다.

즉, 포천회는 이번 일과 전혀 무관하다는 것이었는데, 워낙 교묘하게 소문이 함께 붙어 다녀서 포천회가 음모에 희생당

했다는 쪽에 더 강한 힘이 실렸다.

당연히 처음 소문을 낸 금향각은 크게 당황했다.

금향각의 본단인 항주 향화루 최상층에서는 그 일로 인해서 회의가 한창이었다.

"대체 이게 어찌 된 일인지 모르겠네요."

"포천회에 사해방이 아닌 다른 정보조직이 있었다는 뜻 아니겠어요?"

"우리가 파악하지 못한 정보조직이, 그것도 그렇게 거대한 규모의 정보조직이 있다는 사실을 믿기 어렵네요."

그 말에 다들 침중한 표정이 되었다. 지금까지 금향각이 천하제일이라는 자부심을 가지고 일했다. 한데 이젠 그 말을 쓰기가 애매해졌다.

"어떤 놈들인지 파악하는 게 먼저 아닐까요?"

"지금 애쓰고 있어요. 하지만 쉽게 실체가 잡히지 않네요."

다들 표정이 더욱 어두워졌다. 그러자 지금까지 계속 입을 다물고 있던 금향각 수뇌부 중 유일한 남자인 무영객이 천천히 말했다.

"일단 이 문제를 공자님께 보고해야 하지 않겠나? 아울러 우리 각주님도 알고 있어야 할 문제이고 말이야."

다들 고개를 끄덕였다. 하지만 그냥 이대로 보고를 하자니 자신들의 무능을 드러내는 것 같아 기분이 좋지 않았다.

그래도 어쩔 수 없었다. 일단 보고를 하고 계속 방법을 모색해 보는 수밖에는 말이다.

*   *   *

금철휘는 사령당주와 심정근을 데리고 황금루로 돌아왔
다. 황금루는 여전히 성업 중이었다. 물론 사람이 아무리 많
아도 금철휘에게는 전혀 상관이 없었다.

"일단 창고로 갈까?"

황금루의 창고에 들어간 금철휘는 두 사람을 휙휙 던져 버
렸다.

털썩.

"끄으응."

두 사람은 바닥에 처박히면서 신음을 흘렸다. 진짜 소리
지르면 금철휘가 자신을 가만두지 않을 거라는 생각에 억지
로 비명을 참았다. 실제로는 온몸이 부서지는 것처럼 아팠다.

금철휘는 일단 심정근 앞으로 걸어갔다.

심정근은 금철휘가 다가오자, 온몸을 덜덜덜 떨었다.

"자, 일단 너부터 시작하자. 아는 거 싹 불어."

심정근이 천혈문주보다 더 많은 걸 알고 있을 리는 없다.
하지만 그래도 일단은 물어봤다. 예전 혈뇌마검처럼 혼자만
알고 있는 정보가 있을 가능성도 있었으니까.

심정근은 금철휘와 눈을 마주치자, 극심한 공포에 시달렸

다. 태어나서 이렇게 무서웠던 적은 한 번도 없었다. 심지어 죽었을 때보다 더 무서웠다. 아니, 오히려 죽음은 두렵지 않았다.

죽음에 대해 떠올리니 자연스럽게 포천회주가 떠올랐다. 포천회주가 주는 공포는 죽음을 초월했다. 그는 죽음보다 훨씬 더 근본적인 두려움을 안겨 주었다. 그리고 지금 마치 포천회주를 눈앞에 둔 것과 비슷한 두려움을 겪고 있었다.

심정근은 자신도 모르게 말을 주절거리기 시작했다.

"아, 아는 걸 몽땅 말하겠습니다. 그러니⋯⋯."

"이름."

"시, 심정근입니다."

"심정근?"

금철휘는 고개를 갸웃거렸다. 기억에 없는 이름이었다.

"너 천혈문이랑은 무슨 관계야?"

"처, 천혈문 말입니까?"

심정근은 덜덜 떨면서도 깜짝 놀라 금철휘를 바라봤다. 천혈문은 이미 세상에서 잊힌 이름이었다. 한데 그 이름을 여기서 듣게 될 줄 몰랐다. 또한 자신이 천혈문과 관계있다는 사실을 누군가 알고 있을 줄도 몰랐다.

"그, 그러니까⋯⋯."

"똑바로 말해."

금철휘의 몸에서 뿜어져 나오는 천령신공의 기운이 순간적으로 더욱 짙어졌다. 심정근은 갑자기 정신이 아득해졌다. 그리고 그대로 공포의 바다에 풍덩 빠져 허우적거렸다.

"크허헉! 처, 천혈문에서 허드렛일을 하는 하인이었습니다!"

그제야 천령신공의 기운이 눈에 띌 정도로 옅어졌다. 심정근은 숨을 거칠게 몰아쉬었다.

"허억! 허억!"

"자, 이제 다시 똑바로 얘기해 봐라."

심정근은 더듬더듬 자신에 대한 얘기를 했다.

천혈문에서 일을 한 지도 오래되지 않은 신참 하인이었다. 한데 갑자기 들이닥친 무사들에게 목숨을 잃고 누워 있던 것을 포천회주가 주워다 되살린 것이다.

다른 하인들과 달리 깔끔하게 목이 잘려 죽었기에 가능한 일이었다.

출신이 그러했기에 다른 천혈문 출신에 비해 대우가 좋지 않을 수밖에 없었다. 힘은 생겼지만 그뿐이었다. 또한 생전의 힘이 약하니, 아무리 되살아나며 힘을 얻었다 해도 혁련진이나 천혈문주처럼 대단한 능력을 발휘하지도 못했다.

그렇게 천덕꾸러기 신세가 되어 포천회 내를 부유하다가 어떻게든 공을 세우기 위해 발버둥치고 있었다.

심정근은 일단 자신의 얘기를 모두 풀어 놓자, 왠지 마음이 후련해졌다. 그동안 꼭꼭 숨기고 있던 얘기를 누군가에게 했다는 사실 하나만으로 마음속에 진 응어리가 많이 풀어진 것이다.

"사실 전 아는 게 많지 않습니다. 심지어 포천회 본단의 위치조차 모르고 있습니다."

"그거 동정호라더군."

심정근의 눈이 화등잔만 해졌다. 그리고 이내 피식 웃었다.

"역시 그랬군요. 그 근처에 있는 것 같아서 몇 번이나 뒤졌습니다. 발견은 못했지만⋯⋯."

"호수 바닥에 있대. 아직 가 보지는 못했지만."

"아아. 그랬군요. 그러니 내가 찾을 수가 없었지. 아무튼 고맙습니다. 한 하나를 더 풀었군요."

금철휘는 심정근을 보며 묘한 표정을 지었다. 왠지 처음 만났을 때와 많이 달라졌다. 사람 성격이 이렇게 순식간에 변해 갈 수도 있다는 사실에 조금 당황스럽기까지 했다.

'이것도 천령신공의 영향인가?'

어쩌면 심정근의 진짜 성격이 이런 것일지도 모른다. 포천회주나 죽음을 경험하는 상황 등이 어우러져 심각하게 꼬여 버린 성격이 원래대로 돌아오고 있을지도 모른다는 생각이 들었다.

"제가 아는 정보는 딱 하나입니다. 작은 조직에 관한 것이죠."

"작은 조직? 말해 봐."

"돈에 관계된 건 아닙니다. 하지만 그만큼 중요한 거죠. 바로 정보조직입니다."

"정보조직?"

금철휘의 표정이 묘해졌다. 포천회의 정보조직은 사해방 아니었던가. 그리고 그 사해방은 이제 망해 없어졌고 말이다. 한데 난데없이 정보조직이라니.

"위치는 항주입니다."

"항주?"

"항주에 흑서파(黑鼠派)라는 작은 조직이 있습니다."

"흑서파?"

"예. 평소에는 그저 파락호 짓이나 하면서 살아가는 놈들이지만, 실제로는 포천회의 정보조직 중 하나입니다."

"몇 명이나 되는데?"

"스무 명도 안 됩니다. 아주 작은 조직이지요."

금철휘의 표정이 굳어졌다. 뭔가 섬뜩한 예감이 등줄기를 훑고 지나갔다.

"대충 그림을 그리셨군요. 맞습니다. 그런 작은 조직이 무수히 있습니다. 다들 포천회의 조직이죠. 포천회에 관계되어 움직일 때는 지극히 은밀한 방법을 씁니다. 그 방법은 저도 모릅니다. 그저 흑서파 하나를 관리하고 있었을 뿐이니까요."

심정근은 더할 나위 없이 편안한 표정으로 지그시 눈을 감았다.

"포천회가 이번 실패를 어떻게 만회할지 모르겠지만 참으로 재미있어지겠군요."

그 말을 끝으로 심정근은 더 이상 아무 말도 하지 않았다. 하지만 눈을 감은 채 식은땀을 줄줄 흘리는 걸 보면 두려움에 떨고 있음이 분명했다.

"두렵나?"

"두렵죠. 혼백을 저당 잡혔는데 두렵지 않을 리 있겠습니까?"

잠시 뜸을 들이던 심정근은 고개를 한 번 흔들어 각종 상념을 털어내고는 말을 이었다.

"그래도 이제 마음이 편합니다. 향후 겪어야 할 억겁의 고통은 여전히 두렵지만, 그래도 마음이 편하니 이제 됐습니다."

금철휘는 조용히 심정근에게 다가가 머리 위에 손을 얹었다.

"네 혼백은 자유를 되찾을 것이다."

그 말과 동시에 천령신공의 기운이 폭포수처럼 심정근의 뇌리로 쏟아져 들어갔다.

심정근이 두 눈을 부릅떴다. 포천회주가 걸어 놓은 금제가 툭툭 끊어지는 것이 선명하게 느껴졌다. 말로 설명할 수 없는 희열이 온몸을 덮쳤다. 그리고 그 뒤를 이어 끔찍한 고통이 희열을 밀어내고 그 자리를 차지했다.

"끄어어어!"

"그 고통이 네가 죽음에서 되살아나 저지른 일에 대한 벌이라고 생각해라."

금철휘의 말을 들었는지 심정근은 더 이상 신음을 흘리지 않았다. 그저 이를 악물고 모든 고통을 참고 받아들였다. 심정근의 얼굴은 고통으로 일그러졌지만 그 안에 편안함이 있는 이율배반적인 표정을 지었다.

온몸에서 포천회주가 심어 놓은 검은 기운이 소멸했다. 심정근은 고통과 웃음이 얼룩진 얼굴로 숨을 놓았다.

그의 목에 그려진 혈선이 더욱 짙어졌다. 그리고 피가 배 나왔다.

툭.

심정근의 목이 떨어졌다.

사령당주는 바로 옆에서 금철휘와 심정근이 하는 모든 행동과 말을 지켜보고 들었다. 상상을 초월하는 것들을 확인한 그의 눈동자가 정신없이 흔들렸다. 그리고 온몸이 덜덜 떨렸다.

사령당주는 침을 꿀꺽 삼켰다. 그리고 금철휘의 눈치를 살폈다. 일단 자신의 몸을 점검했더니 아무런 금제도 가해지지 않았다는 사실을 발견했다.

'잘하면 도망갈 수 있겠군.'

사령당주는 득의한 표정을 지었다. 최소한 혈도라도 짚어 놔야 할 것 아닌가. 그도 하지 않았으니 자신에게 도망가라고 등을 떠미는 거나 다름없었다.

'멍청한 놈.'

슬그머니 눈치를 보며 움직이려던 사령당주 앞으로 심정근의 목이 데굴데굴 굴러 왔다. 순간 사령당주는 심정근의 눈을 보고는 화들짝 놀랐다.

'허억!'

사령당주가 잘 움직여지지도 않는 목을 억지로 움직여 고개를 돌렸다. 자신을 보고 있는 금철휘와 또 눈을 마주쳤다.

"헤헤헤."

금철휘가 손가락을 까딱였다. 사령당주는 그 즉시 후다닥 달려가 금철휘 앞에 똑바로 섰다.

"도망가려고?"

사령당주가 맹렬히 고개를 저었다.

"절대 그렇지 않습니다!"

"그래? 그런데 왜 거기 있었어?"

"헤헤헤. 몸이 좀 찌뿌드드해서 근육을 풀어 주려고……."

금철휘가 두 주먹을 꽉 쥐었다. 뚜둑거리는 소리가 사령당주의 귓가를 두드렸다. 그의 얼굴이 창백해졌다.

"근육 내가 풀어 줄까?"

"괜찮습니다!"

사령당주가 크게 외치며 몸을 꼿꼿이 폈다. 두 손을 허벅지에 딱 붙이고 몸을 편 채로 경직되어 가만히 서 있는 모양새가 참으로 우스웠지만 금철휘도 사령당주도 웃지 않았다.

"시킨 놈."

사령당주가 순간 멈칫했다. 의뢰인의 신변에 대해 함구하는 것은 사령당이라는 조직을 이끌면서 가장 중요하게 여기는 점이었기에 자신도 모르게 반응한 것이다.

물론 그 대가는 처절했다.

퍼버버버버벅!

"끄아아아아아!"

금철휘의 주먹이 사령당주의 전신을 작신작신 두드렸다. 그리 세게 때리는 것 같지도 않은데 한 방 한 방 맞을 때마다 몸이 그대로 꿰뚫리는 것처럼 아팠다.

"시킨 놈."

"탁명운과 지한원입니다!"

"알아."

사령당주가 입을 꾹 다물고 침을 꿀꺽 삼켰다. 알면서 왜 물었단 말인가. 대체 뭘 원하는 건지 알 수 없어 슬금슬금 눈치를 살피던 사령당주는 엉거주춤한 자세로 금철휘를 바라봤다.

"저……."

"쉿."

금철휘가 손가락 하나를 입으로 가져갔다. 사령당주는 찔끔 놀라 입을 꾹 다물었다. 그리고 눈알만 데굴데굴 굴렸다.

'젠장. 내가 왜 이러고 있어야 하는 건지……'

사령당이라고 하면 천하제일의 자객조직이다. 한데 그 사령 당의 수장이 대체 이게 무슨 꼴이란 말인가.

'확 받아 버려?'

그런 마음이 든 순간, 금철휘와 눈이 마주쳤다. 그대로 온몸 이 얼어붙었다. 덤벼들겠다는 마음이 말끔히 사라져 버렸다.

"어디서 넘기기로 했어?"

"예? 무슨 말씀이신지……."

"그냥 죽이기로 한 건 아니잖아? 나 잡아가기로 한 거 아 냐? 그놈들이라면 자기들 손으로 죽이고 싶을 것 같았는 데?"

사령당주의 눈이 커다래졌다.

"하면……."

"눈치는 빨라서 좋군. 귀찮지 않아서 다행이야."

그 말을 하며 금철휘가 주먹을 들어 꽉 쥐었다. 그것을 본 순간 사령당주는 머릿속이 하얘지는 것 같았다. 그리고 어느 새 자신이 정신없이 고개를 끄덕이고 있다는 것을 깨달았다.

금철휘가 사령당주에게 다가가 어깨동무를 했다.

"자, 그럼 가 볼까? 실수하면 알지?"

사령당주는 자신의 코앞에서 왔다 갔다 하는 주먹을 보며 마른침을 꿀꺽 삼켰다.

탁명운과 지한원은 초조한 표정으로 서성이고 있었다. 두 사람이 있는 곳은 장사 외곽에 있는 작은 객잔의 별채였다. 후미진 곳에 위치한다는 것이 그들이 고른 이유였다. 이런 곳이라면 몇 명쯤 죽어 나가도 아무도 모를 것이 분명했다.

"분명히 오늘 오기로 했나?"

"그렇다니까. 아무리 늦어도 자시가 되기 전에는 온다고 했으니 좀 진득하게 기다려 보게."

"알았네. 그저 좀 불안해져서……."

사실 금철휘를 죽인다고 한서연이나 화영이 자신의 여자가 될 거라는 확신은 없었다. 하지만 그렇다고 사령당에 의뢰를 넣은 걸 후회하지는 않았다. 어쨌든 금철휘는 그들 입장에서 죽어 마땅한 자였다.

지금에 와서는 왜 죽어야 하는지 이유도 희미해졌지만 말이다.

"오래 기다렸나?"

갑자기 들려오는 음산한 목소리에 두 사람이 화들짝 놀라 고개를 돌렸다. 그곳에는 한 사람이 서서 둘을 가만히 쳐다보고 있었다. 사령당주였다.

"혹시 사령당에서……."

"내가 사령당주다."

탁명운과 지한원은 크게 놀랐다. 설마 사령당주가 직접 움직일 줄은 몰랐다.

'하긴, 의뢰금이 얼마인데. 신경을 좀 써 주는 게 당연하지.'

둘은 그렇게 편하게 생각하고는 긴장한 눈으로 물었다.

"목표는 잡아 오셨습니까?"

탁명운의 물음에 사령당주가 옆으로 한 발 비켜섰다. 그러자 사령당주에 가려 보이지 않던 금철휘의 모습이 보였다.

두 사람은 그 모습을 보고는 반색했다. 의뢰가 성공한 것이다. 더구나 저렇게 멀쩡히 살려 왔으니 앞으로 얼마나 지독하게 즐기면서 죽일 수 있겠는가.

'내 온갖 치욕은 다 주겠다.'

'가만, 그 치욕을 한 소저에게 보여 주면 어떻게 될까?'

탁명운과 지한원은 서로를 바라보며 눈을 동그랗게 떴다. 지금 이 순간 마음이 통한 게 분명했다. 둘은 의미심장하게 웃었다.

"지금 당장 잔금을 치르도록 하겠습니다."

탁명운이 품에서 전표 한 장을 꺼내 내밀었다. 사령당주는 순식간에 앞으로 이동해 그것을 낚아챈 뒤 원래의 자리로 돌아갔다. 그야말로 전광석화 같은 동작이었다.

탁명운과 지한원은 놀란 눈으로 사령당주를 바라봤다. 하지만 사령당주는 두 사람에게는 신경도 쓰지 않고 가만히 서서 전표를 확인했다.

"정확하군. 의뢰는 끝났다."

사령당주는 그 말을 남기고 그 자리에서 홀연히 사라져 버렸다. 실로 귀신같은 신법이었다.

"허어. 과연 사령당주로군."

"그러게. 명불허전이야."

두 사람은 잠시 감탄하다가 이내 가만히 서 있는 금철휘를 보며 씨익 웃었다. 어떤 치욕을 줄지 고민하면서 한 발 한 발 다가갔다.

'아주 죽을 맛이겠지?'

둘은 히죽히죽 웃으며 금철휘 앞에 섰다.

"말은 못하나? 말이라도 할 수 있게 해 놨으면 좀 더 즐거울 텐데 말이야."

"그러게. 그게 좀 아쉽군."

"아쉬워할 필요 없다. 말할 수 있으니까."

금철휘가 갑자기 대화에 끼어들자, 두 사람은 깜짝 놀라 뒤로 한 발씩 물러났다. 하지만 이내 화가 치밀어 올랐다. 당장 목을 잘라 죽이려다가 화를 한 번 가라앉혔다.

"후우. 좋아. 말을 할 수 있다니 다행이군. 아주 즐거운 시간이 되겠어."

탁명운이 금철휘에게 다가가며 비릿하게 웃었다. 어딜 어떻게 해 줘야 가장 고통스러울지를 고민하니 생각만으로도 짜릿했다.

그렇게 적당히 고통을 준 뒤에 화영 앞에서 치욕적인 말을 하도록 시키면 된다. 자신을 보기만 해도 오줌을 지릴 정도로 공포를 각인시켜 앞으로 평생 동안 발아래 두고 살 작정이었다.

"그런데 말이야."

금철휘가 씨익 웃으며 입을 열었다. 탁명운과 지한원은 의아한 표정을 지었다. 생각해 보니 좀 이상했다. 금철휘의 표정이 너무나 평안했다. 아무리 배포가 커도 이쯤 되면 두려움이나 긴장이 보여야 한다.

한데 금철휘는 정말 아무렇지도 않아 보였다. 그리고 그 의문은 오래지 않아 풀렸다.

"보아하니 너희 둘이 독단적으로 벌인 일이로군. 다른 사람들이 혹시나 개입해 있지 않나 궁금해서 와 봤는데, 역시 아니었어."

금철휘가 그렇게 말하며 손을 뻗었다.

퍼벅!

날카로운 지풍 두 가닥이 탁명운과 지한원의 요혈을 때렸다.

"컥!"

"크윽!"

두 사람은 고통을 호소하며 바닥을 뒹굴었다. 자신들이 금철휘에게 주고 싶었던 고통을 고스란히 당하고 있었다.

"아주 작신작신 밟아 주고 싶지만, 참는다. 뭐, 잘 버텨 봐."

'버텨? 뭘?'

'설마 또 이런 고통을?'

둘이 두려운 눈으로 금철휘를 바라봤다. 뭔가 해코지를 더 할 것 같았기 때문이다. 하지만 금철휘는 두 사람을 한 번 슬쩍 쳐다보고는 그냥 몸을 돌렸다.

'그냥 가?'

'뭐지?'

두 사람의 의문에 대답해 줄 생각도 없다는 듯 금철휘는 그 자리에서 사라져 버렸다.

금철휘가 사라지고 난 다음에도 두 사람은 한동안 한마디도 하지 못했다. 혹시라도 금철휘가 어딘가 숨어서 엿듣고 있는 게 아닌지 불안했다.

그렇게 얼마나 시간이 지났을까. 슬슬 금철휘가 근처에 없다고 확신한 탁명운이 먼저 입을 열었다.

"크으으. 지독하군."

"그러게 말이야. 정말 지독한 놈이야."

"그나저나 이제 어쩔 셈인가?"

"어쩌긴? 사령당에 위약금을 받아내야지."

"위약금? 그놈들이 과연 줄까?"

"사령당주라는 놈이 당당히 사기를 쳤는데 당연히 줘야지. 만일 위약금을 안 주면 사령당을 계속 운영할 수 있을 것 같나?"

"하긴."

탁명운은 지한원의 말에 수긍하며 고개를 끄덕였다. 사령
당은 그저 그런 자객조직이 아니었다. 규모도 상당하고, 명성
도 굉장했다. 만일 위약금을 물지 않는다면 그 모든 걸 잃을
각오를 해야만 할 것이다.

"위약금이야 그렇다 치고, 저 금철휘라는 놈, 대체 어쩌지?"

"으득. 어쩌긴. 기회를 더 살펴야지. 시간을 더욱더 들여서
약점을 찾아야 돼."

"좋아. 나도 돕지. 우리 멋지게 한번 해 보세."

둘은 손을 꽉 맞잡았다. 조금 전 겪은 통증에 비례하는 증
오심과 복수심이 가슴속에 들끓었다.

결과적으로 두 사람의 결심은 딱 그날 밤까지였다. 다음
날 아침부터 정신없이 터지는 악재로 인해 두 사람은 더 이상
금철휘에게 신경을 쓸 수가 없었다. 더불어 한서연과 화영에
게까지도 그러했다.

두 사람의 가문이 자금난에 휩싸이면서 크게 휘청거렸기 때
문이다. 엎친 데 덮친 격으로 그들이 썼던 차용증이 화살이
되어 날아와 심장에 박혔다.

탁명운과 지한원은 사령당으로부터 위약금이라도 받아내
려 했지만, 그조차 할 수 없었다. 사령당이 해체되었다는 청천
벽력 같은 소리만 들어야 했다.

그리고 사령당을 직접적으로 무너뜨리게 된 계기가 바로

두 사람의 의뢰였기에 해체된 사령당에서 흘러나온 자객들이 탁명운과 지한원의 가문을 노리기도 했다.

이래저래 악재에 악재가 겹친 두 사람의 가문은 서서히 몰락의 길로 들어섰다.

사령당주는 또 눈치를 살폈다. 그가 보기에 금철휘는 인간 같지도 않았다. 어떤 발버둥을 쳐도 결코 벗어날 수가 없었다. 그리고 자신을 도대체 왜 데리고 다니는지도 이해되지 않았다.

"저…… 대협. 대체 언제까지 절 데리고 다니시려는지……."

사령당주의 말에 금철휘가 힐끗 그를 쳐다봤다. 사령당주는 움찔 놀라 급히 고개를 푹 숙였다. 금철휘와 눈만 마주쳐도 죽을 것 같은 공포가 밀려왔다.

"글쎄다. 나도 내가 왜 이러는지 모르겠다. 그냥 확 죽여 버리면 아주 간단한데 말이야."

그 말에 화들짝 놀란 사령당주가 두 손을 비볐다.

"헤헤. 왜 굳이 부정적인 쪽으로만 생각하십니까. 절 살려 두면 얼마나 쓸모가 많겠습니까."

"글쎄다. 네놈이 이러는 게 꼭 연극 같아서 믿음이 안 가는데?"

"여, 연극이라니요. 절대 그렇지 않습니다."

사령당주는 일단 자신이 살아 돌아가기만 하면 모든 것이

해결된다고 믿었다. 하지만 이대로 오도 가도 못한 채 시간만 끌면 상황은 최악으로 치달을 것이다.

사령당은 생각보다 결속력이 느슨한 조직이었다. 그 느슨함을 주기적으로 단단히 조여 주지 않으면 금세 와해될 것이다. 그리고 현재 그것이 가능한 사람은 사령당주뿐이었다.

'특급자객이 몽땅 뒈져 버렸으니.'

사령당주는 잠깐 금철휘를 원망스럽게 노려보다가 다시 눈이 마주치자 화들짝 놀라며 헤헤 웃었다.

'크윽. 이 굴욕은 반드시 갚아 주겠다.'

사령당주는 속으로 이를 갈면서 계속 기회를 엿봤다.

"역시 죽이는 게 낫겠다."

금철휘의 말에 사령당주가 화들짝 놀라 금철휘를 바라봤다. 그러지 말라고 애원하려 했는데, 그가 채 말을 하기도 전에 금철휘가 말을 이었다.

"그런데 또 내 감이 죽이지 말라고 하거든."

금철휘는 고개를 갸웃거렸다. 정말로 스스로도 이해가 되지 않았다. 정말로 사령당주를 죽이면 안 된다는 감이 왔다.

"그냥 죽일까?"

사령당주가 움찔했다.

"말까?"

사령당주의 표정이 다시 살짝 풀어졌다.

"죽일까? 말까?"

사령당주의 표정이 금철휘의 말에 따라 연달아 변했다. 이러다 보니 슬슬 짜증이 났다.

'이놈이 누굴 놀리나……'

사령당주는 그런 생각을 하다가 화들짝 놀랐다. 어느새 금철휘가 자신을 빤히 쳐다보고 있었다. 혹시라도 짜증 어린 얼굴이 들켰을까 봐 전전긍긍하던 사령당주가 슬그머니 입을 열었다.

"저…… 제게 뭘 원하시는지요."

말도 못하게 공손한 자세와 말투였다.

"불어."

"예? 뭐, 뭘 말씀이십니까?"

"아는 거 싹 불어."

"저, 전부 말입니까? 한데 어, 어떤 걸……."

"너에 대한 거 몽땅."

사령당주는 절로 인상이 일그러졌다. 하지만 사령당을 팔아먹는 것쯤 아무 상관없었다. 자신만 살아난다면 언제든 다시 사령당과 비슷한 조직을 키워낼 자신이 있었다.

"그럼 설명을 시작하겠습니다."

사령당주는 언제 인상을 썼냐는 듯 헤헤 웃으며 입을 열었다. 그의 입에서 사령당에 대한 모든 것이 줄줄 흘러나왔다. 어차피 버리려고 마음먹은 조직이었다. 다시 키우기 위해서는 특급자객이 필요했다. 그걸 키워내는 데에만 최소 십 년은 필요하다.

'십 년이면 충분히 투자할 만하지.'

사령당주는 그렇게 생각하며 설명에 열을 올렸다.

사령당에서 가장 중요한 것은 의뢰 대상에 대한 파악이었
다. 즉, 정보였다. 사령당은 정보를 조금 특이한 방식으로 얻
었다.

보통 큰 규모의 자객조직은 자체 정보망을 가지는 게 일반
적이었다. 하지만 사령당은 그렇게 하지 않았다.

각 지역에 스며든 작은 조직들을 이용했다. 규모는 지극히
작지만 그들 역시 조직은 조직이었다. 규모는 작았지만 그 근
방에 대한 정보만을 원한다면 그들을 통하는 쪽이 훨씬 가격
도 싸고 다양했다.

그 얘기를 들은 금철휘의 눈이 번득였다.

'이래서 죽이면 안 될 것 같은 생각이 들었군.'

다시 한 번 자신의 감이 엄청나게 예리해졌다는 걸 깨달았
다.

'이러다가 정말 예지력이라도 갖게 되는 거 아냐?'

금철휘는 그런 실없는 생각을 하다가 피식 웃었다. 그리고
사령당주에게 천령신공을 집중시켰다.

"허어억! 대, 대체 왜 이러십니까."

"너한테 뭘 얻어야 하는지 생각났어."

"예?"

"그 조직들, 싹 넘겨."

사령당주는 금철휘의 눈에서 이글거리는 금빛을 보고는 침을 꿀꺽 삼켰다. 어마어마한 위압감이었다. 아마 앞으로도 이런 위압감을 느낄 일은 거의 없을 것이다.

"조금이라도 속이면 알지?"

금철휘가 주먹을 들어 올렸다. 저 주먹이 움직이면 어떤 일이 벌어지는지 너무나 잘 알기에 사령당주는 두말 않고 정신없이 고개를 끄덕였다.

금철휘의 입가에 씨익 미소가 걸렸다. 포천회와의 싸움이 좀 더 재미있어질 것 같았다.

"공자님, 장사에 언제까지 머무실 건가요?"

금철휘는 들어오자마자 다짜고짜 묻는 화예지의 말에 잠시 그녀를 쳐다봤다.

"왜?"

"슬슬 할 일도 없는데 돌아가야 하지 않을까요?"

"돌아가? 어딜? 항주?"

"예. 왜요? 또 어디 가고 싶은 곳이라도 있으세요?"

화예지의 물음에 금철휘는 대답하지 않고 그저 물끄러미 그녀를 쳐다봤다. 화예지의 얼굴이 살짝 붉어졌다. 분위기가 조금 묘해졌다.

그리고 딱 그 순간 나머지 세 여인이 우르르 들어왔다.

"하아."

화예지가 나지막이 한숨을 흘렸다. 하지만 이내 밝은 표정으로 금철휘를 바라봤다.

금철휘는 화예지를 보며 물었다.

"얼마 전에 소문 흘리는 거 잘 안 됐지?"

"예. 지금 원인 분석 중이에요."

"이거 한번 봐라."

금철휘가 서류 뭉치 하나를 휙 던졌다. 화예지는 그것을 공손히 받아 조심스럽게 펼쳤다. 그리고 이내 그녀의 두 눈이 화등잔만 해졌다.

화예지는 고개를 번쩍 들고 금철휘를 바라봤다.

"이, 이게 뭐죠?"

"뭐긴, 보면 알잖아. 영세 정보조직이야."

그건 자신도 보면 안다. 하지만 이렇게 일목요연하게 이런 조직들을 파악할 수 있다는 사실이 놀라웠다. 그것도 천하에 걸쳐서 말이다.

"그렇게 감동할 거 없어. 사령당주 족쳐서 받아낸 정보니까."

"사령당주요?"

"사령당은 그쪽에서 정보를 구한다더군. 꼭 정보조직이 아닌 경우도 있으니까 잘 살펴봐."

화예지는 얼떨떨한 표정으로 고개를 끄덕였다.

사실 규모가 작은 정보조직들에 대해서도 대부분 조사를 끝내 놓았다. 하지만 이 정도까지는 아니었다. 지금 금철휘가 건네준 조직들은 영세라고 말하기에도 미안할 정도로 소규모 정보상들이었다.

아무리 많아도 스무 명 이하였고, 심지어는 혼자나 둘이서 정보를 사고파는 경우도 비일비재했다.

이러니 굳이 뭔가와 엮이거나 얽히지 않는 한, 금향각이 관심을 가질 이유도 필요도 없었다.

'만일 정말로 포천회가 이들을 이용했다면…… 그들은 정말로 무서운 자들이야.'

화예지는 일순 소름이 쫙 끼쳤다. 그 영세 조직들을 아우르고 거대한 정보망으로 엮기 위해 얼마나 많은 노력을 했겠는가. 또 얼마나 많은 돈과 시간을 들였겠는가.

새삼 포천회의 집요함과 저력이 뼈저리게 느껴졌다.

"조사하는 데 시간 많이 걸려?"

화예지가 고개를 저었다. 아예 모르고 있을 때 이들을 하나하나 파악해서 분석하려면 시간이 어마어마하게 많이 필요하겠지만, 이렇게 자세히 나온 상황에서 조사하는 건 일도 아니었다. 그리고 그런 것이 바로 금향각 같은 거대 정보조직의 힘이었다.

"금방 파악해서 알려 드릴게요."

"그리고 이것도 한번 봐."

금철휘가 또 서류를 건네자 화예지가 긴장한 눈으로 그것을 받았다. 또 뭐가 나올지 궁금했다. 그리고 기대됐다.

"이게 뭔가요?"

"항주에 있는 포천회의 정보조직."

　화예지의 눈이 커다래졌다. 그리고 정신없이 금철휘가 처음 준 서류를 뒤졌다. 그곳에도 분명히 같은 조직에 대한 정보가 적혀 있었다.

"포천회가 정말로 이들을 이용했군요?"

"그래. 그런 확신을 가졌기에 가져온 거야."

　화예지가 반짝반짝 빛나는 눈으로 금철휘를 바라봤다. 그녀는 결연한 표정으로 말했다.

"제가 꼭 몽땅 밝혀낼게요. 포천회의 눈을 도려내고 귀를 잘라낼 거예요."

　금철휘가 빙긋 웃으며 화예지의 머리를 헝클었다.

"믿는다."

　화예지가 예쁘게 웃었다. 믿는다는 말 한 마디에 가슴이 설레었다.

"뭐예요? 둘이서만. 나도 뭔가 시켜 줘요."

　화영이 앞으로 나서며 그렇게 말했다. 그녀는 살짝 토라진 표정을 짓고 있었는데, 그 모습이 또 상당히 귀여웠다. 처음부터 그렇게 보이려고 작정하고 연습한 표정 중 하나였다.

　금철휘는 그 모습을 보고는 여기 더 있다가는 또 곤란한 상황에 빠질 것 같은 예감이 들었다. 아니나 다를까, 백검화와 한서연도 눈을 빛내며 금철휘를 바라보고 있었다.

금철휘는 네 여인을 하나하나 바라보며 눈을 마주쳐 주었다. 그리고 빙긋빙긋 웃어 주었다. 그것만으로도 네 여인의 눈빛을 흔들어 놓을 수 있었다.

그리고 그 순간 금철휘가 창밖으로 휙 몸을 날렸다.

네 여인은 미처 그것을 말리지도, 또 따라가지도 못하고 안타까운 표정으로 손만 들었다. 아무것도 없는 허공을 네 개의 손이 가볍게 움켜쥐었다.

"정말 언제쯤 제대로 상대를 해 주실 건지……."

네 여인이 목마른 표정으로 창밖을 내다봤다.

금철휘의 신형이 쭉쭉 멀어져 가고 있었다. 그녀들은 전혀 알지 못했다. 금철휘가 지금 장사를 떠나려 한다는 사실을 말이다. 만일 알았다면 무리를 해서라도 그 뒤를 쫓았을 것이다. 폐가 터져서 죽는 한이 있더라도.

네 여인의 안타까운 한숨이 황금루를 타고 흘렀다.

제3장
동정호

금철휘는 장사를 훌쩍 벗어나서 동정호로 향했다. 그곳에
있다는 포천회 본단을 찾아보기 위해서였다. 어쩌면 그곳에
자신의 몸이 있을지도 모르지 않은가.

'찾은 다음에는 어쩌지?'

일단 몸을 찾은 다음 문제는 아직 생각도 해 보지 않았다.
하지만 결론은 금방 나왔다. 없애 버려야 한다. 자신은 이미
죽었다. 사실 이렇게 다른 몸에 혼백만 갈아타는 것도 해선
안 되는 짓이다.

'사실 지금 쓰는 몸도 죽었을 텐데.'

금룡장의 소장주는 죽은 게 분명하다. 한데 그 몸을 금철

휘가 입으면서 지병을 고치고 살아났다. 어쩌면 죽은 뒤 다시 살아난 것일 수도 있었다.

만일 그게 아니라면 예전에 이 몸을 쓰던 혼백이 어떤 식으로든 금철휘에게 개입해 왔을 것이다.

예전이라면 전혀 몰랐겠지만, 천령신공의 성취가 상당히 깊은 지금이기에 그것을 알 수 있었다. 인간의 혼백은 그만큼 오묘하다. 아직 모든 걸 파악할 수 없을 정도로 말이다.

'한데 포천회주는 혼백을 자유자재로 다룬다 이거지?'

그렇게 생각해 보니 상당히 무서운 적이었다. 지금까지는 단 한 번도 해 본 적이 없는 생각이었다. 누구든 앞에 나타나기만 하면 다 박살내 버릴 수 있을 거라 자신했다.

물론 진짜 포천회주가 앞에 나타난다면 분명히 그렇게 할 수 있을 것이다. 하지만 포천회주의 무서운 점은 그런 무력이 아니다. 혼백을 다룬다든가 하는 기묘한 술법이었다.

'그걸 이용하면 어떤 일을 할 수 있는지 알 수가 없어서 두려운 건가?'

미지는 두려움과 직결된다. 알면 두렵지 않다. 그렇게 생각하니 답이 금방 나왔다.

'천령신공.'

천령신공을 수련하는 게 답이었다. 천령신공의 성취가 더 깊어진다면, 분명히 포천회주의 술법이 우스워 보일 정도가 될 것이다. 이것은 감이 아니라 확신이었다.

동정호는 장사에서 그리 멀지 않다. 더구나 금철휘는 귀혼보를 극성으로 펼쳐 이동했기 때문에 금세 도착할 수 있었다.

바다처럼 드넓은 호수가 쫙 펼쳐져 있었다. 금철휘는 전생에도 이곳 동정호를 몇 번이나 왔었다. 물론 그때는 피 튀기는 혈전을 동반했다.

'호수가 붉게 물들 정도였지.'

조금 과장한 거지만 금철휘가 보기에는 그랬다. 석양이 질 무렵 수백이 넘는 시체에서 흘러나오는 피가 호수를 적셨고, 그 위에 노을이 드리워져, 동정호가 온통 붉게 물들어 있었다. 마치 피의 호수 같았다.

지금도 저녁놀이 호수 위에 드리워져 있었다. 그때는 그렇게 섬뜩해 보였는데, 지금은 말할 수 없이 평온했다. 그리고 운치 있었다.

"속이 탁 트이는 것 같군."

정말로 그러했다. 상황과 마음가짐에 따라서 같은 것이 다르게 보이니 참으로 재미있지 않은가.

"자아, 과연 어디 있을까."

동정호를 몽땅 뒤지기에는 너무 넓다. 아무리 금철휘라도 이 모든 곳을 뒤져 포천회의 본단을 찾는 건 무리였다.

"그래도 일단은 몸으로 부딪히는 게 최고지."

금철휘는 망설임 없이 물에 휙 뛰어들었다.

해가 서서히 지고 있어서 물속은 어둡기 그지없었다. 하지만 금철휘에게는 아무런 장애도 되지 않았다. 금철휘는 습관적으로 천령신공을 일으켰다.

천령신공이 물속을 거침없이 헤집고 돌아다녔다.

'좀 이상한데?'

분명히 거침없이 돌아다니고 있는데, 뭔가에 꽉 막힌 기분이 들었다. 천령신공이 제대로 먹히지 않았다는 뜻이었다. 천령신공이 막히니 꼭 눈앞이 뿌연 것 같은 기분이었다.

'물속에서는 안 된다고? 그럴 리가!'

그건 말도 안 되는 일이었다. 아니, 그동안 천령신공을 이용해 몇 번이나 물속을 살핀 경험이 있었다. 그때마다 거침없이 물속의 모든 것을 뇌리에 심었다.

한데 딱 지금만 안 된다니, 이건 물의 문제가 아니라, 뭔가 다른 이유가 있다는 뜻이었다.

금철휘는 더욱 깊이 잠수하며 천령신공에 집중했다. 그랬더니 조금 전보다는 나아졌다. 하지만 그뿐이었다. 뭔가에 꽉 막힌 기분은 사라지지 않았다.

'역시 그냥 두지는 않았다 이건가? 한데 왜?'

금철휘는 천령신공을 거둬들였다. 그리고 천령신공을 완전히 배제한 채 기감을 펼쳤다. 물속의 상황이 일목요연하게 잡혔다. 하지만 그것도 한계가 있었다.

'역시 막혀 있군.'

누군가 고의적으로 동정호에서 기감을 통해 뭔가를 알아

채기 어렵게 만들어 두었다. 그것도 한계를 교묘히 설정해 그런 장치를 했는지조차 알기 어렵게 조치했다.

목적은 기감의 차단이었지만 펼친 사람조차 예상치 못하게 천령신공을 흐리는 역할까지 하게 된 것이다. 게다가 기감의 차단보다 천령신공의 차단에 훨씬 큰 효과를 지녔다.

'난감하군.'

너무나 난감했다. 금철휘의 가장 큰 무기가 바로 천령신공인데, 그것을 사용할 수 없으니 손발이 다 잘려 나가고 눈이 멀고 귀가 먹은 기분이었다.

'그나저나 포천회주, 정말 대단한 자로군.'

이것 역시 술법으로 이룬 것이리라. 대체 술법이 얼마나 대단하기에 이런 일이 가능하단 말인가.

그러니 죽은 사람도 살려내지 않았겠는가. 그들의 혼백을 저당 잡기까지 하고 말이다.

금철휘는 제대로 집중할 수가 없었다. 그저 물고기처럼 빠르게 헤엄치며 눈으로 확인하고 가능한 범위 내를 기감으로 탐색하는 것이 그가 할 수 있는 전부였다.

그렇게 얼마나 돌아다녔을까. 조금 기분이 풀어진 금철휘는 수면 위로 불쑥 올라갔다.

"이대로는 답이 없어."

다른 방법을 써서 알아내야만 할 시점이 되었다. 물론 조급하지는 않았다. 이 안에 그놈들이 있다는 걸 안 이상, 언젠가는 싹 없앨 수 있을 테니까.

"그놈들이 이번에 눈과 귀를 잃으면 어쩌나 보자고."

포천회의 정보망을 가닥가닥 끊어 버리면, 그들도 어떤 식으로든 행동을 취할 수밖에 없었다. 그리고 그 순간 덮치면 또 심각한 타격을 줄 수 있을 것이다.

"좋아. 동정호는 여기까지."

금철휘는 동정호 밖으로 헤엄쳐 나갔다. 그리고 물가에 서서 한동안 동정호를 노려보다가 이내 몸을 돌렸다.

아직은 때가 아니었다.

"공자님! 어디 갔다 오셨어요?"

"동정호."

"동정호요? 누구랑요?"

네 여인의 눈이 일제히 빛을 발했다. 금철휘는 그 서슬에 움찔 놀랐다. 그러다가 입가에 짓궂은 미소가 어렸다.

"누구랑 갔을까?"

"누, 누군데요?"

"너희들은 몰라도 돼."

금철휘는 그렇게 말하고 벌떡 일어났다. 그 순간 네 여인이 일제히 금철휘에게 달려들었다. 금철휘는 몸을 슬쩍 돌려 여덟 개의 손을 휘리릭 피해 버렸다.

"정말 너무해요!"

네 여인이 금철휘를 바라보며 거의 동시에 외쳤다.

"우리도 동정호 가고 싶어요!"

도망가려던 금철휘의 몸이 딱 멈췄다. 금철휘는 천천히 돌아서서 네 여인을 쳐다봤다.

"동정호에 가자고?"

네 여인이 일제히 고개를 끄덕이자, 금철휘는 턱을 쓰다듬으며 생각에 잠겼다.

동정호에 한 번 더 다녀오는 것도 나쁘지 않을 것 같았다. 어차피 이제 슬슬 항주로 돌아가야 할 시간이 되었다. 동정호에 들러서 풍광을 구경하고, 또 조금 남았던 미련을 떨쳐내기 위해 한 번 휘저어 주는 것도 나쁘지 않을 것 같았다.

'거기 있는 수적들을 한번 건드려 볼까?'

동정호를 주름잡는 수적들을 뒤집어 보면 분명히 뭔가를 아는 놈이 있을 것이다. 호수 바닥에 본단이 있다는 것은 출입하는 것이 상당히 어렵다는 뜻이다.

당연히 출입을 원하는 자들은 위화감을 가지고 있을 것이다. 그것을 발견하기만 하면 본단을 찾는 것도 어렵지 않다.

금철휘가 막 결정을 내리고 고개를 끄덕이려는 순간, 밖에서 시비의 목소리가 들려왔다.

"손님이 오셨습니다."

이곳 황금루의 시비는 충분한 교육과 훈련을 받았다. 웬만한 일에는 당황하지도 않고 또 누구의 시중을 들더라도 최상의 결과를 낼 수 있는 사람들이었다.

한데 시비의 목소리가 약간 떨리고 있었다. 이건 훈련으로 쌓은 능력을 채 발휘하기 어려울 정도로 놀랐거나 그에 준한 일이 있다는 뜻이었다.

금철휘가 고개를 돌려 문을 쳐다보자, 문이 활짝 열렸다. 그리고 당황한 얼굴로 서서 금철휘를 바라보는 시비의 모습이 보였다.

자연스럽게 천령신공이 발휘되며 황금루 전체를 뒤덮였다. 금철휘의 눈이 흥미로 빛났다.

"정말 재미있는 손님이 왔군."

금철휘가 중얼거리며 시비를 쳐다봤다. 시비는 급히 심호흡을 통해 마음을 가라앉히고 조용히 입을 열었다.

"무림맹주님과 혈무련주님께서 오셨습니다."

"같이?"

금철휘가 묻자, 시비가 고개를 끄덕였다.

"예. 함께 들어오셨습니다. 미리 약조를 하시고 밖에서 만난 뒤 오신 것 같습니다."

"호오. 그래? 그렇단 말이지?"

무림맹주는 그렇다 치고 혈무련주는 조금 의외였다. 사실 백검화에게 처참하게 깨졌으니 다시 이곳에 오고 싶은 마음이 들 리 없었다. 그게 아니라면 이곳을 완전히 때려 부수러 오거나.

"데려와."

"예?"

시비가 깜짝 놀라 금철휘를 바라봤다. 설마 데려오라고 말할 줄은 몰랐다. 상대는 천하의 무림맹주와 혈무련주다. 직접 나가서 맞이해도 모자라는 사람들이었다. 한데 데려오라니.

아무리 교육을 받고 훈련을 쌓았다지만, 일개 시비인 자신이 어떻게 그런 말을 한단 말인가. 시비의 얼굴이 당황으로 짙게 물들었다.

"왜? 다시 말해 줘? 데려오라고."

"하, 하지만 그분들은……."

금철휘가 시비의 마음을 충분히 이해한다는 듯 빙긋 웃으며 다시 말했다.

"너한테 피해가 갈 일은 절대 없을 테니까 걱정 말고 가서 데려와. 아마 수긍하고 올 거다."

시비는 그 말에 반신반의하면서도 결국 물러날 수밖에 없었다. 상대는 황금루의 주인이다. 일개 시비인 자신이 어찌 주인의 말을 거스르겠는가.

하기 싫으면 시비 일을 그만두면 된다. 하지만 그녀에게는 그만둘 수 없는 이유가 너무나도 많았다.

"예. 일단 그렇게 전하겠습니다."

시비가 공손히 인사하고 물러갔다. 그러자 네 여인이 금철휘에게 다가와 조금씩 핀잔을 줬다.

"애 놀라게 무슨 짓이에요?"

"맞아요. 공자님은 너무 여자의 마음을 몰라요."

금철휘는 황당한 눈으로 네 여인을 쳐다봤다. 지금 이 일과 여자의 마음이 무슨 관계가 있단 말인가.

당장이라도 '장난해?' 하면서 반발하고 싶었다. 하지만 네 여인의 표정과 눈빛을 보니 그 말이 쏙 들어갔다. 네 여인은 아직도 서운해하고 있었다. 자신들을 내버려 두고 동정호에 다녀왔다는 사실을 말이다.

"그래, 가자, 가. 동정호 같이 가면 될 거 아냐."

"정말요?"

"무르시기 없어요!"

"언제 가실 건데요?"

"음식을 준비할게요."

네 여인이 저마다 한마디씩 하며 환하게 웃었다. 그녀들은 손뼉을 치며 좋아했다.

그 모습을 보고 있으니 금철휘도 피식 웃었다. 이렇게 좋아할 줄 알았으면 좀 더 빨리 얘기해 줄 걸 그랬다고 생각하면서.

그렇게 분위기가 화기애애해지고 있을 때, 문밖에서 인기척이 느껴졌다. 금철휘는 물론이고 네 여인도 일제히 고개를 돌려 문을 쳐다봤다.

"손님을 모셔 왔습니다."

시비의 말이 들렸고, 문이 활짝 열렸다. 또 금철휘가 연 것이다. 이번에는 시비도 마음의 준비를 했기에 놀라지 않았다.

그리고 조용히 서 있는 시비의 뒤로 두 명의 사내가 당당하게 서 있었다. 무림맹주와 혈무련주였다.

"오랜만이군."

무림맹주가 반가운 표정으로 그렇게 말했다. 금철휘가 살을 뺀 모습을 본 적이 없어서 알아보지 못했지만 그 곁에 있는 한서연과 화영의 모습은 확실히 기억하고 있었다.

"맹주님을 뵈어요."

한서연과 화영이 공손히 인사했다. 무림맹주는 그 정도 예의를 갖춰야 할 상대였다.

대충 무림맹주와 인사를 하고 나니 사람들의 시선이 그제야 혈무련주에게로 향했다.

혈무련주는 처음부터 한 사람에게 시선을 두고 미동도 않고 서 있었다. 그가 바라보는 한 사람은 바로 백검화였다.

백검화는 혈무련주와 마주 보며 조금도 흔들리거나 위축되지 않았다. 어떤 식이었건 자신이 한 번 이겼던 상대였다. 마음을 졸일 이유가 없었다.

물론 아직도 자신이 혈무련주보다 약하다는 건 잘 안다. 하지만 두렵지 않았다. 그리고 다시 싸운다 하더라도 또 이길 수 있을 것 같았다.

"도전하러 왔소."

혈무련주의 말에 금철휘를 제외한 모든 사람들의 눈이 화등잔만 해졌다. 천하의 혈무련주가 대체 누구에게 도전을 한단 말인가.

모두의 시선이 일단 금철휘에게로 향했다. 하지만 금철휘의 시선이 백검화에게 있는 것을 보고는 그쪽으로 다시 시선이 돌아갔다.

"제가 왜 그래야 하죠?"

백검화의 말투는 차갑기 그지없었다. 얼마 전 혈무련주와 싸웠을 때의 상황을 떠올려 보면 화가 치밀었다. 혈무련주는 힘으로 모든 걸 해결하려는 사람이었다. 만일 그때 자신이 이기지 못했다면 어떤 일이 벌어졌을지 생각만 해도 치가 떨렸다.

"도전을 안 받으면 주변이 다 죽을 테니까."

여전히 오만했다. 하지만 그가 그렇게 하고자 마음먹으면 반드시 그리될 것이다. 혈무련주는 충분히 그 정도 힘이 있는 사람이었다.

물론 오늘은 상대를 잘못 잡았다.

"그럼 그렇게 해 보든가."

혈무련주는 붉은 광망이 일렁이는 눈으로 금철휘를 노려봤다.

"그 말, 책임질 수 있나?"

금철휘는 혈무련주를 향해 한 발 성큼 걸었다.

혈무련주는 갑자기 금철휘가 거대해지는 듯한 느낌에 깜짝 놀랐다. 그제야 상대가 달리 보였다.

'이놈, 뭐지? 그냥 상인 나부랭이가 아니었던가?'

혈무련주가 어금니를 꽉 물었다. 움직일 수가 없었다. 금철휘가 앞에 다가올 때까지 가만히 서서 그저 노려보기만 했다.

"그냥 싸우는 건 재미없으니까, 내기라도 하는 게 어때?"

"내기?"

"뭐든 걸고 하는 거지. 너 그런 거 좋아하잖아?"

금철휘가 그렇게 말하며 씨익 웃었다. 혈무련주는 그 웃음에서 섬뜩함을 발견하고는 몸을 움찔 떨었다. 팔뚝에 소름이 우수수 돋았다.

혈무련주는 원래 내기를 좋아한다. 하지만 지금은 절대로 하기 싫었다. 이런 적은 처음이었다. 내기를 하면 무조건 질 것 같은 생각이 들었다.

"왜? 질 것 같아? 어차피 질 거 도전은 해서 뭘 해?"

금철휘의 도발에 혈무련주가 발끈했다. 발끈하면서도 자신이 대체 왜 이러는지 스스로 이해할 수가 없었다.

"좋아. 하지, 내기."

금철휘가 씨익 웃었다.

"우린 지금 동정호에 놀러 가려고 하는데, 거기서 싸우면 되겠네."

"동정호?"

혈무련주의 표정이 일그러졌다. 대체 자신이 왜 동정호까지 가야 한단 말인가. 하지만 결국 고개를 끄덕이고 말았다. 자신을 보는 백검화의 경멸 어린 시선을 봤기 때문이다.

"그럼 나도 함께 가도 되겠는가?"

무림맹주가 대화에 끼어들며 물었다. 그의 눈에는 호기심이 가득했다. 소문만 무성한 혈무련주의 실력을 볼 수 있는 기회가 왔는데 그냥 넘길 수는 없지 않은가.

게다가 혈무련주는 분명히 도전이라고 했다. 그 말은 백검화가 혈무련주를 이겼다는 뜻이다. 이건 정말로 믿기 어려웠다.

무림맹주의 말에는 백검화가 나서서 대답해 주었다.

"물론입니다. 오셔서 꼭 참관을 해 주십시오."

무림맹주가 흡족한 표정으로 웃었다. 즐거운 시간이 될 것 같았다. 그러다가 문득 조금 전에 말한 사람이 누군지 궁금했다. 듣기로는 금룡장의 소장주 금철휘라고 했는데, 도저히 믿을 수가 없었다.

"한데 자네가 설마 예전에 내가 봤던 금철휘인가?"

금철휘가 씨익 웃으며 품에서 패 하나를 꺼냈다. 무림맹에서 내려 준 구적당주를 상징하는 패였다.

무림맹주의 얼굴에 놀람이 어렸다.

"정말 대단하군. 그 많던 살을 대체 어떻게 뺀 건가?"

"똥 한 번 거하게 싸면 쫙 빠지는 게 살이지."

금철휘의 황당한 대답에 무림맹주가 멍한 표정을 지었다가 인상을 살짝 찡그렸다. 진실성이 보이지 않으니 좋게 봤던 마음이 많이 희석되었다.

어쨌든 다들 밖으로 나갔다. 당장 동정호에 가려면 서둘러야만 했다.

일단 황금루 밖으로 나오니 무림맹주와 혈무련주의 수행원들이 수십 명이나 대기 중이었다. 그들은 황금루를 물샐틈 없이 포위한 채 만에 하나 발생할 수 있는 일을 방지하기 위해 눈을 번득이고 있었다.

그것을 본 금철휘가 못마땅한 얼굴로 혀를 찼다.

"쯧쯧, 이거 남의 가게 앞에 와서 뭐 하는 짓들인지. 완전히 영업 방해잖아?"

금철휘의 말에 수행원 중 하나가 발끈해서 나섰다.

"천박한 상인 놈의 눈에는 역시 돈밖에 안 보이는 모양이군."

금철휘가 고개를 돌려 방금 말한 사내를 쳐다봤다. 사내는 당장이라도 자리만 마련되면 검을 휘두르겠다는 의지를 가득 담아 금철휘를 노려봤다.

금철휘가 피식 웃으며 화예지를 쳐다봤다.

"쟤 누구야?"

"낙양 휘룡장주의 동생입니다."

"휘룡장? 처음 듣는데?"

"그리 대단치 않은 곳입니다."

화예지의 냉정한 평가에 휘룡장주의 동생이라는 사내가 크게 화를 내며 소리쳤다.

"닥쳐라! 네가 뭘 안다고 지껄이느냐!"

사실 그는 이렇게 해선 안 된다. 엄연히 무림맹주를 수행하러 온 것이니 맹주의 수행에만 힘을 써야지 분란을 만들어선 안 된다. 즉, 본분을 잊은 것이다. 그리고 그 대가는 참으로 뼈아팠다.

"좋아. 휘룡장이라고 했지? 네가 그렇게 천박하게 생각하는 돈이 어떤 힘을 가졌는지 한번 겪어 봐."

금철휘의 말이 끝나자, 화예지가 공손히 고개를 숙였다.

"그렇게 조치하겠습니다."

금철휘는 사내를 더 이상 쳐다보지도 않았다. 대신 무림맹주를 보며 씨익 웃었다.

"일부러 방관하신 거 잘 알고 있습니다. 휘룡장이 어지간히 맹주님 마음에 안 들었던 모양이군요. 맹주님이 원하시는 대로 처리하겠습니다."

금철휘는 웃음기가 사라진 무림맹주가 채 뭐라 입을 열기도 전에 휙 몸을 날렸다.

"맹주님, 저자의 말에 신경 쓰실 필요 없습니다. 설마 저희들이 저런 말도 안 되는 소리를 믿겠습니까? 맹의 결속력을 흐트러뜨리려는 수작에 불과합니다."

무림맹주의 표정이 살짝 풀렸다. 하지만 걱정이 완전히 사라지지는 않았다.

솔직히 조금 즐기는 심정으로 지켜봤다. 금철휘의 역량을 보고 싶었기 때문이다. 하지만 그 시도는 많이 비틀렸다. 설마 금철휘가 이런 식으로 나올 줄은 몰랐다.

분위기가 한껏 무거워졌다. 그리고 그 무거운 분위기를 이끌고 모두가 동정호로 향했다.

인원이 많았지만 다들 상당한 고수였기에 이동은 경공으로 했다. 빠른 속도로 달렸지만 한 명도 뒤처지지 않았다. 가장 앞에서 달리는 금철휘가 속도를 적당히 조절했기 때문이다.

수행원들은 금철휘가 앞장서는 걸 못마땅하게 여겼다. 앞장서는 것은 수행원들 중 하나가 되어야만 한다고 생각했다. 하지만 이곳에는 무림맹과 혈무련이 함께 있었다. 둘 중 누가 앞장선다고 해도 분란의 소지가 있었다.

할 수 없이 금철휘를 따라가긴 하지만 간간이 불만이 터져 나왔다. 물론 대놓고 하지는 않았다. 자기들끼리 가볍게 대화를 주고받으며 불만을 섞어 말한 것이다. 목소리를 낮출 생각도 없으니 금철휘의 귀에도 고스란히 그 모든 내용이 들어갔다.

"공자님, 정말 화나요."

금철휘는 자신의 옆으로 따라붙은 화영의 말에 피식 웃었다. 그러자 나머지 세 여인도 금철휘 근처에 붙었다. 순식간에 네 여인이 조잘대는 소리로 가득 찼다.

네 여인의 목소리도 그리 작지 않았다. 당연히 뒤따라오는 사람들의 표정도 그리 밝지 않았다.

"자, 그럼 슬슬 속도를 좀 더 높여 볼까? 이대로 가면 오늘 중에 도착하지도 못하겠다. 안 그래?"

"맞아요."

네 여인은 아직 여력이 충분했기에 고개를 끄덕였다. 그리고 도발적인 표정으로 뒤를 돌아봤다. 마치 쫓아올 수 있겠냐고 묻는 듯했다.

쫓아가던 수행원들이 발끈했다. 그들도 아직 여력이 있기는 마찬가지였다.

"우리 걱정은 필요 없으니 어서 가기나 하시오!"

누군가의 외침을 신호로 금철휘가 속도를 높였다. 물론 갑작스럽지 않게 천천히 올렸다.

금철휘는 천령신공을 펼쳐 자연스럽게 네 여인의 진기를 보호해 주었다. 진기의 수발이 훨씬 편해졌고, 또 내공이 끊임없이 샘솟았다.

네 여인이 놀란 눈으로 금철휘를 바라봤다. 금철휘는 그저 씨익 웃기만 했다.

앞쪽은 그렇게 화기애애했지만, 뒤따라오는 사람들은 그

야말로 죽을 맛이었다.

뒤따라가는 사람들 중 편안한 사람은 가장 뒤에서 느긋하게 따라가는 무림맹주와 혈무련주뿐이었다. 나머지는 한 명도 예외 없이 가쁜 숨을 토해내고 있었다.

하지만 처음 해 놓은 말이 있어서 이를 악물고 참았다. 어떻게든 끝까지 버틸 거라고 다짐하고 또 다짐했다. 그 이면에는 이런 속도라면 앞서 나가는 사람들도 오랫동안 달리지 못할 거라는 예상도 섞여 있었다.

하지만 아무리 달리고 또 달려도 속도가 줄기는커녕 오히려 더 빨라지기만 했다.

그렇게 동정호까지 단 한 번도 쉬지 않고 달렸다. 한 명도 낙오되지는 않았지만 도착과 동시에 다들 퍼져 버렸다.

멀쩡한 사람은 금철휘 일행과 무림맹주, 혈무련주뿐이었다.

무림맹주와 혈무련주는 번득이는 눈으로 금철휘 일행을 유심히 살폈다. 그들도 쫓아가는 게 그리 쉽지는 않았다. 힘들었다는 것이 아니라, 상당한 내력을 소모했다는 뜻이다.

무림맹주나 혈무련주 정도 되는 고수는 웬만한 속도로 이동할 경우 내력 소모가 거의 없이 달릴 수 있었다.

한데 제법 많은 내력이 소모되었으니, 그걸로 앞서 달리던 금철휘 일행의 내공을 가늠해 보면 상당하다는 결과가 나온다.

"상재만 뛰어난 줄 알았더니 무공도 대단하군."

무림맹주의 칭찬에 금철휘는 그저 빙긋 웃기만 했다. 자칫 무례해 보일 수도 있었지만 누구도 그것에 대해 신경 쓰지 않았다. 신경을 쓸 만한 사람들은 모두 퍼져서 바닥에 누워 있었다.

"그럼 적당한 자리를 찾아서 바로 시작하지."

금철휘는 그렇게 말하며 백검화를 쳐다봤다. 백검화는 괜찮다는 듯 고개를 끄덕였다. 내공이 전혀 소모되지 않았다. 금철휘가 계속 도와줬으니 당연했다.

더구나 이렇게 끊임없이 내공을 소모하고 채우면서 훨씬 더 많은 양의 내공을 한꺼번에 이용하는 게 가능해졌다. 달리는 시간 동안 자연스럽게 수련을 한 것이다.

덕분에 백검화의 수준은 장사에 있을 때보다 한 단계 더 높아졌다. 그렇지 않아도 혈무련주와 싸우면서 큰 폭으로 발전했는데, 거기서 더 강해진 것이다.

금철휘는 씨익 웃으며 이번에는 혈무련주를 쳐다봤다. 혈무련주는 이를 악물고 말했다.

"나도 상관없다."

말은 상관없다고 했지만 실제 몸은 그렇지 않았다. 여기까지 오면서 너무 많은 내공을 쓴 것이다. 혈무련주는 장소를 찾기 전까지 최대한 많은 내력을 회복하려 애썼다.

만일 무림맹주를 완전히 믿을 수 있었다면 훨씬 더 많은 내력을 회복할 수 있을 것이다. 하지만 혈무련주는 누구도 믿지 않았다. 그 성정으로 인해 위험을 감수할 수가 없었다.

"그럼 저 떨거지들은 냅두고 저쪽으로 가 보죠."

금철휘는 그렇게 말하며 성큼성큼 걸음을 옮겼다. 동정호는 넓었고, 호반 역시 넓었다. 둘이서 싸울 만한 장소를 찾는 건 일도 아니었다.

"여기 괜찮네."

금철휘가 찾은 장소는 호수에 닿아 있는 넓은 공터였다. 싸움이 격해지면 물에 들어갈 수도 있는 곳이었는데, 그래서 더 재미난 대결이 될 듯했다.

혈무련주의 표정이 살짝 굳어졌다. 아직 내력을 완전히 회복하지 못했다. 처음보다야 나았지만 그래도 예전 백검화와 싸울 때를 생각해 보면 이대로 싸우기가 불안했다.

하지만 그렇다고 당당히 운기조식을 요구할 수는 없었다. 무엇보다 백검화는 아무렇지도 않은 표정 아닌가. 이건 일단 자존심 문제였다.

"좋아. 여기서 하지."

혈무련주가 대답하자, 금철휘가 서둘러 뒤로 물러났다.

"자자, 다들 자리 좀 만들어 주자고요."

어차피 무림맹주를 제외하면 금철휘 일행뿐이었기에 자리를 만드는 것도 금방이었다.

백검화는 혈무련주를 가만히 노려보며 검을 뽑았다. 그리고 혈무련주도 도를 뽑아 겨눴다.

"후우욱."

길게 숨을 내쉬며 단전을 한 번 더 다독인 혈무련주는 그제야 조금 표정이 퍼졌다. 지금 이 호흡으로 상당한 내공을 회복시켰다. 조금 전부터 이 한 번의 호흡을 위해 준비를 했다.

"자, 먼저 올 텐가? 아니면 내가 먼저 갈까?"

혈무련주는 말이 채 끝나기도 전에 몸을 날렸다. 일종의 기습이었다. 말을 하며 상대의 호흡을 계산하고 말이 끝나든 말든 호흡만 빼앗으면 즉시 달려드는 수법으로, 혈무련주가 아직 강하지 않을 때 많이 쓰던 것이었다.

쩡!

백검화의 검이 혈무련주의 도를 가볍게 막았다. 호흡을 빼앗겼는데도 너무나 수월하게 검을 휘둘렀다. 혈무련주의 눈이 커다래졌다. 전혀 예상치 못했다.

'완벽하게 호흡을 빼앗았거늘!'

촤촤촤촤촤촹!

백검화의 검이 화려하게 꽃을 피워냈다.

혈무련주는 정신없이 도를 움직여 공격을 막아냈다. 워낙 화려하고 변화가 극심해 막기가 어려웠다. 하지만 그래도 혈무련주는 차분하게 변화의 중심을 찾아 효과적으로 공격을 봉쇄해 나갔다.

'이년 실력이 훨씬 더 늘었잖아!'

혈무련주의 이마에 주름이 졌다. 설마 그사이에 실력이 이렇게 많이 발전했을 줄은 몰랐다.

사실 다시 싸움을 건 것은 어느 정도 자신이 있었기 때문이다. 자신의 패인을 정확히 분석하고 해결책을 찾았기 때문에 왔다. 한데 이런 식이 되면 얘기가 많이 달라진다. 물론 방법이 아예 없는 건 아니었다.

혈무련주의 도에서 검붉은 도강이 쑥 튀어나왔다.

쩌저정!

백검화의 검에서 피어나던 화려한 꽃들이 모조리 박살 났다. 혈무련주의 도강은 어딘가 보통 도강과 달라 보였다. 백검화도 그것을 느꼈기에 긴장하며 뒤로 훌쩍 물러났다.

잠시 소강상태가 이어졌다.

혈무련주의 표정이 더 크게 일그러졌다.

"눈치가 빠르군."

이것은 상당히 특별한 방법으로 만든 도강이었다. 만일 백검화가 정면으로 달려들었다면 그녀는 큰 낭패를 봤을 것이다.

백검화는 조용히 호흡을 정리했다. 그녀의 눈이 자신감으로 가득 찼다. 이길 수 있다는 확신이 섰다. 천하제일인에 가장 가깝다는 두 사람 중 하나, 바로 혈무련주를 이길 수 있다는 확신 말이다.

백검화의 몸이 허공에 둥실 떠올랐다. 그리고 빠르게 혈무련주를 향해 짓쳐 들었다.

꽈앙!

백검화의 검에서 새하얀 검강이 넘실거렸다. 혈무련주는 그
것을 막으며 경악했다. 방금 전 자신이 만들어낸 그 도강과
똑같은 구조를 가진 검강이었다.

"이걸 어떻게!"

백검화는 대답하지 않고 연달아 검을 휘둘렀다.

꽝! 꽝! 꽝! 꽝!

폭음이 울릴 때마다 거대한 기파가 사방으로 퍼져 나갔다.
그리고 바닥이 움푹움푹 들어갔다.

혈무련주의 이마에 핏줄이 솟았다. 그리고 백검화의 표정은
더할 나위 없이 편안해졌다.

물론 둘 다 내공이 급격히 소모되고 있었다. 두 사람이 만
든 강기는 일반적인 강기보다 훨씬 강력했다. 그렇기에 소모
되는 내공의 양도 어마어마했다.

그런 강기를 오랫동안 유지할 수 있을 리 없었다.

혈무련주는 이를 악물었다. 백검화의 회복력을 잘 알기에
어떻게든 회복할 틈을 주지 않으며 끈질기게 물고 늘어져야
만 했다. 혈무련주의 눈빛이 마치 먹이를 노리는 뱀의 그것처
럼 사이하게 빛났다.

'간격을 벌리기 위해 강기를 폭발시키는 순간, 넌 끝이다.'

혈무련주의 속셈을 아는지 모르는지 백검화는 검을 휘두

르는 일에 집중했다. 이렇게 충만한 기분으로 대결에 임한 것이 언제인지 기억도 나지 않았다.

백검화는 확신했다. 이번 싸움이 끝나고 나면, 자신은 한 단계 또 위로 올라갈 것이라고 말이다.

그렇게 열심히 휘두르니 당연히 내공 소모가 극심했다. 백검화는 문득 내공을 보충해야겠다는 생각이 들었다. 하지만 지금 이 순간, 좀 더 충실히 검을 휘두르고 싶다는 생각도 함께 들었다.

그리고 그런 생각을 하는 사이 그녀의 내공도 바닥으로 치달아 갔다.

백검화는 강기를 폭발시켜 물러날 틈을 만들려 했다. 하지만 그 순간 혈무련주의 눈을 봤다. 섬뜩한 뭔가가 그녀의 등줄기를 한바탕 훑고 지나갔다.

이를 악물었다. 버티기로 결심했다. 이것은 그녀의 감이었다.

'내가 감에 의지하다니.'

이건 그동안 한 번도 없었던 일이었다. 감보다는 스스로의 노력으로 만들어진 실력을 믿었고, 또 머리를 굴려 생각한 계산을 믿었다.

꽈앙! 꽈앙! 꽈앙!

더욱 거센 폭음이 울렸다. 두 사람의 강기가 거칠게 흔들리며 폭발 또한 거칠어진 것이다.

혈무련주의 얼굴이 창백해졌다. 그리고 백검화의 얼굴도 새하얘졌다.

검과 도가 부딪치면 부딪칠수록 두 사람의 내상도 점점 더 심각해졌다. 하지만 혈무련주와 백검화는 결코 물러서지 않았다.

혈무련주는 솟구치는 핏물을 억지로 삼키며 도를 휘둘렀다. 한 호흡도 쉬지 않았다. 백검화의 가공할 내공 회복력을 이미 겪은 바 있다. 숨을 쉴 여유를 주면 언제 내공이 되살아날지 알 수 없었다.

'독한 것 같으니!'

점점 초조해졌다. 내공은 이미 바닥났다. 이제는 원기(元氣)를 건드릴 지경에 이르렀다. 그런데도 백검화는 여전히 검을 휘두르고 있지 않은가.

'대체 왜 강기를 터트리지 않는 거지?'

뭔가 자신이 쓰려는 수법을 눈치채지 않고서는 이럴 수 없었다. 백검화의 내공은 분명히 자신보다 아래였다. 즉, 백검화 역시 지금 원기를 소모하고 있다는 뜻이다.

원기를 지나치게 소모하면 자칫 돌이킬 수 없는 사태를 일으킬 수 있었다. 무공을 잃는 것이다. 원기는 그만큼 중요했다. 또한 그것을 채우거나 늘리기도 어려웠다.

그런데도 이렇게 고집스럽게 검을 휘두른다는 것은 뭔가를 알아차렸다는 뜻 아니겠는가. 물론 확신할 수는 없지만 말이다.

백검화는 백검화대로 갈등에 휩싸여 있었다. 딱 한 호흡만 할 수 있다면 숨통이 트일 것 같은데, 혈무련주가 워낙 정신없이 몰아치고 있어서 숨을 쉴 틈도 없었다.

그런 상황이니 강기를 폭발시켜 빈틈을 만들고 싶은 마음이 굴뚝같았다. 그녀 역시 원기가 상당히 소모되었기에 앞으로 무공을 수련하는데 많은 애로가 따를 것이다.

'고작 감 때문에 이래도 되는 걸까?'

만일 감이 틀렸다면 자신은 완전히 바보가 된다. 하지만 아무리 생각해도 감이 틀리지 않았다는 묘한 확신만 계속 생겨났다.

백검화는 다시 한 번 이를 악물었다. 그리고 검에 집중했다. 아무리 원기가 상해도 이왕 이렇게 된 거 끝까지 가 보겠다고 결심했다.

쩡! 쩡! 쩡! 쩡!

검과 도에 맺힌 기운이 눈에 띄게 약해졌다. 하지만 그 예기는 더욱 날카롭게 벼려졌다. 한순간만 실수해도 목이 날아갈 것 같은 흉험함이 연달아 이어졌다.

이제는 둘 모두 오기로 검과 도를 휘두르고 있었다. 체력이 떨어져 갔다. 그리고 아무래도 이런 대결 양상으로 가면 남자인 혈무련주가 더 유리할 수밖에 없었다.

백검화는 자신이 조금씩 밀린다는 걸 느끼며 이를 악물었다. 비릿한 혈향이 울컥 올라왔다. 내상이 깊어진 것이다. 이대로는 파탄을 피할 수 없을 것 같았다.

'한 줌의 내공만 더 있었으면……'

백검화는 그런 생각을 하며 검을 휘둘렀다. 힘으로는 계속 밀리지만, 초식 자체로는 결코 밀리지 않았다. 아니, 오히려 혈무련주를 능가했다. 그게 아니었다면 벌써 승부가 끝났을 것이다.

그렇게 내공을 갈구하던 백검화는 흠칫 놀랐다. 텅 빈 단전이 꿈틀거렸다. 그리고 그 순간, 금철휘로부터 배운 운기법이 그녀의 뇌리에서 더욱 선명해졌다. 작은 깨달음 하나가 왔다. 간절함이 만들어낸 깨달음이었다.

호흡을 하지도 않았는데 단전에 내력이 조금씩 차올랐다. 백검화는 숨을 멈추고 있었지만, 검을 휘두르는 박자에 맞춰 저절로 운기가 되었다. 그리고 그 박자에 맞춰 기운이 샘솟았다.

'아아!'

백검화는 속으로 크게 감탄하며 내부를 관조해 보았다. 검과 도가 부딪치는 충격 속에서도 운기는 전혀 흔들리지 않았다. 숨을 멈추고 있는데도 어딘가에서 쉴 새 없이 기운이 흘러 들어 왔다.

스아악!

백검화의 검에 흐르던 예기가 더욱 날카로워졌다. 그리고 그와 동시에 새하얀 검강이 쭉 솟았다.

"말도 안 돼!"

혈무련주는 경악하며 외쳤다. 하지만 이미 상황은 끝났다. 백검화의 검강이 혈무련주의 도를 갈라 버렸다.

서걱!

혈무련주의 도가 두 동강 났다. 그리고 그와 동시에 혈무련주의 가슴이 쩍 갈라졌다.

죽지는 않았지만 더 싸우기 어려울 정도로 큰 상처를 입었다. 혈무련주는 피를 토하며 뒤로 주춤주춤 물러났다. 불신어린 눈빛으로 백검화를 바라봤는데, 이내 힘없이 고개를 떨구며 그 자리에 털썩 주저앉았다.

"쿨럭!"

한바탕 피를 토해낸 혈무련주가 허탈한 표정으로 고개를 들고 백검화를 바라봤다.

백검화의 검에 어린 검강이 희미해지더니 이내 사라져 버렸다.

"후우우우."

백검화가 길게 숨을 내쉬었다. 그녀는 그렇게 선 채로 운기에 들어갔다. 가만히 서서 내상을 다독이고 방금 전 만든 검강 때문에 다시 텅텅 비어 버린 단전을 채웠다.

혈무련주는 그 모습을 보다가 풀썩 웃고는 고개를 저었다.

"그래, 내가 졌다. 깨끗이 승복하지."

혈무련주의 표정은 어딘가 후련해 보였다. 그도 이번 싸움을 하면서 뭔가를 깨달은 듯했다. 그 모습에 백검화가 눈을 빛냈다.

다음에 만나면 지금보다 더 어려운 싸움이 될 것이다. 하지만 그래도 두렵지 않았다. 다음에도 또 이길 테니까 말이다. 백검화의 눈빛이 자신감으로 차올랐다.

"좋은 눈빛이군."

혈무련주가 천천히 몸을 일으켰다.

"다음에 또 한 번 대련을 부탁해도 되겠나?"

혈무련주의 정중한 말투에 백검화가 빙긋 웃었다. 마치 꽃이 만개하는 것처럼 환하고 아름다운 미소였다.

"물론이에요. 오히려 제가 부탁하고 싶네요."

혈무련주는 그 모습을 멍하니 바라보다가 고개를 흔들어 정신을 차렸다.

"허어. 놓치고 나니까 더 아깝군. 자네 정말로 내 여자가 될 생각 없나? 원한다면 련주 자리를 자네에게 줄 수도 있네."

혈무련주는 진심으로 그렇게 말했다. 정말로 백검화 정도의 인재라면 언제든 혈무련을 맡길 수 있을 것 같았다. 물론 이번 싸움으로 인해 얻은 깨달음이 아니었다면 이런 생각조차 하지 못했을 것이다. 혈무련주는 확실히 뭔가가 변했다.

백검화의 눈이 동그래졌다. 진심이라는 걸 알기에 혈무련주를 완전히 다시 봤다. 하지만 그녀는 이내 다시 환하게 웃으며 고개를 돌려 세 여인과 함께 서서 이쪽을 보고 있는 금철휘를 바라봤다.

"죄송해요. 조금 늦으셨네요."

혈무련주는 고개를 돌려 금철휘를 바라봤다. 대체 저 사내의 어떤 점이 백검화 같은 여인의 마음을 흔들었는지 알고 싶었다. 하지만 아무리 봐도 알 수 있는 게 없었다.

"진심인가?"

백검화가 금철휘에게 사뿐사뿐 걸어가 그의 팔을 가만히 휘감으며 어깨에 머리를 기댔다.

"네. 진심이에요."

혈무련주의 표정이 묘해졌다.

"잘 생각해 보게. 그가 해 줄 수 있는 건 나도 얼마든지 해 줄 수 있네."

백검화가 싱긋 웃었다.

"과연 그럴까요?"

혈무련주가 양팔을 활짝 펼치며 자신만만한 표정으로 말했다.

"말해 보게. 뭘 원하나? 돈을 원하나? 금룡장의 소장주와 함께 있으니 그럴 확률이 제일 높겠군. 좋아. 자네가 원하는 돈, 내가 다 주지. 얼마를 원하나?"

보통 여자라면 자신을 돈으로 사려는 거냐고 한마디 하겠지만 백검화는 전혀 그런 마음이 들지 않았다. 그저 금철휘 앞에서 돈 얘기를 하는 것이 우스워 보였다.

"혹시 추일객잔 아세요?"

혈무련주가 씨익 웃으며 고개를 끄덕였다.

"알다마다. 지금 거기서 묵고 있네. 좋은 객잔이더군. 그 객잔을 원하나? 원한다면 당장이라도 사 줄 수 있네."

"추일객잔이 천하에 몇 개나 있는지 혹시 아시나요?"

혈무련주는 전혀 예상치 못한 백검화의 질문에 의아한 표정을 지었다.

"추일객잔이 또 있었나?"

"여기저기 많이 있죠. 원래는 항주에 있던 객잔인데, 천하 각지에 같은 방식의 객잔을 세웠어요."

백검화는 말문을 닫고 자신을 바라보는 혈무련주를 향해 생긋 웃어 주었다.

"현재 정확히 백세 개의 추일객잔이 있답니다."

혈무련주의 눈이 살짝 커졌다. 추일객잔이 얼마나 고급 객잔인지 알고 있다. 한데 그런 것이 백 개가 넘게 있다니, 객잔주의 재력이 상상 이상 아닌가.

"설마?"

혈무련주가 금철휘를 바라보며 눈을 크게 떴다. 추일객잔의 주인이 금철휘라 생각한 것이다.

"우리 공자님을 보실 것 없어요. 그 객잔, 모두 다 제 것이니까요."

백검화의 말에 혈무련주의 눈이 더욱 커졌다. 그렇지 않아
도 탐나는데 재력까지 상상 이상이니 더더욱 욕심이 생겼다.
백 개가 넘는 고급 객잔을 가지고 있다면 향후 얼마나 큰 재
정적 도움이 되겠는가.

'어쩌면 혈무련을 한 단계 더 성장시킬 수 있을지도 모르
지.'

하지만 혈무련주의 그런 생각은 백검화의 한마디에 새하얗
게 지워졌다.

"저한테 그 객잔을 주신 게 누구 같아요?"

혈무련주의 눈가가 살짝 찢어졌다. 이건 그동안 들었던 말
보다 더욱 놀라웠다. 혈무련주는 금철휘를 다시 바라봤다.
새삼스러웠다.

'금룡장의 재력이 그 정도였던가?'

고작 여인 하나를 얻기 위해 객잔 백 개를 넘기다니. 이건
통이 크다고 해야 할지 아니면 여자에 미쳤다고 해야 할지 얼
른 선택할 수가 없었다.

"어때요? 제게 그 정도 돈을 주실 수 있나요?"

혈무련주는 입을 다물었다. 줄 수 있을 리가 없지 않은가.
알아보지는 않았지만 추일객잔 정도 되면 하나를 사는 데에
만도 상당한 돈이 필요할 것이다.

하나라면 어떻게든 사 줄 수 있겠지만, 열 개만 넘어가도

무리였다. 혈무련의 재정을 끌어 써야 하는데, 그렇게 했다간 혈무련 자체가 흔들릴 수도 있었다.

"그 얘기를 들으니 더 탐나는군. 정말로 안 되겠나? 돈이 주지 못할 힘과 권력을 주겠네."

백검화는 금철휘의 팔을 더욱 세게 안았다.

"전 우리 공자님만 있으면 돼요. 다른 건 다 필요 없답니다."

혈무련주가 굳은 표정으로 입맛을 다셨다. 혈무련이 얼마나 대단한 힘을 가지고 있는지 당장 보여 주고 싶었다. 금룡장쯤은 단숨에 밀어 버리고 자신의 힘을 과시하고 싶었다.

'내가 이 나이에 무슨……!'

혈무련주는 쓴웃음을 지었다. 굳이 그따위 짓을 할 필요가 없었다. 그래 봐야 백검화의 마음을 얻을 수 없다는 건 너무나 자명했다. 이 나이에 무슨 추잡한 생각이란 말인가.

"정말로 아깝군, 아까워. 혹시라도 나중에 생각이 바뀌면 언제든 말하게. 혈무련으로 찾아와도 좋고, 지부에 가서 말해도 좋네. 자네라면 언제든 우리 혈무련의 귀빈으로 대접할 테니, 꼭 그 일이 아니라도 얼마든지 찾아오게."

혈무련주의 진심 어린 말과 표정에 백검화가 자세를 바로 하고 정중히 포권을 취했다.

"련주님의 호의, 감사하게 받아들이겠습니다."

혈무련주가 기분 좋게 웃었다. 이런 모습을 보니 탐나지 않을 도리가 없었다. 하지만 그는 일단 욕심을 버렸다. 지금은 욕심을 내봐야 얻을 건 없고 잃을 것만 많다.

욕심도 때가 있는 법이었다.

혈무련주는 고개를 돌려 무림맹주를 쳐다봤다. 물처럼 담담한 기도가 느껴졌다.

"후우. 이거 완전히 우물 안 개구리가 된 기분이로군."

지금까지는 자신의 실력이 무림맹주와 거의 비슷하다고 생각했다. 하지만 이렇게 마주쳐 그의 기도를 느껴 보니 그동안 얼마나 잘못 생각하고 있었는지 깨달았다.

'그나마 지금 백검화와 싸우면서 작은 깨달음을 얻지 못했다면 알지도 못했겠군.'

그것이 더 놀라웠다. 그리고 자괴감이 들었다. 자신은 그동안 대체 뭘 했단 말인가. 혈무련주는 어금니를 꽉 물었다. 앞으로 수련에 더더욱 매진할 거라 다짐하면서 말이다.

"덕분에 재미있는 구경을 했군."

지금까지 보고만 있던 무림맹주가 나섰다. 그 한 마디 말은 좌중의 시선을 즉시 끌어왔다. 그의 말에는 그 정도 힘이 있었다.

혈무련주는 그것이 마음에 안 들어 고개를 돌려 버렸다. 하지만 자신과 그와의 차이는 분명히 느끼고 있었다.

하지만 그렇게 집중된 분위기는 금철휘가 나서며 단번에 깨졌다.

"자자, 이제 여흥도 끝났으니 본격적으로 일 한번 해 보지 않겠습니까?"

"여흥?"

"일?"

혈무련주와 무림맹주가 동시에 금철휘를 노려봤다. 혈무련주는 자신과 백검화의 싸움을 고작 여흥 정도로 여긴다는 것이 마음에 안 들었고, 무림맹주는 자신을 데려다 놓고 감히 일 운운 하는 것이 괘씸했다.

상대는 고작 금룡장의 소장주일 뿐인데 말이다. 그저 상인 나부랭이가 그따위 말을 하니 기분이 좋을 수 없었다.

"포천회, 그냥 두실 생각입니까?"

포천회라는 말이 나오자 두 사람이 눈살을 찌푸렸다. 포천회라는 말만 들어도 이가 갈렸다. 만일 처음 돌았던 소문이 사실이라면 무림맹주나 혈무련주 역시 그들의 암수를 피하기 어려웠을 것이다.

그건 포천회 안에서 그 진법의 힘을 직접 느껴 봤기에 알 수 있었다. 만일 그게 아니었다면 그저 코웃음 한 번 치고 말았을 것이다.

하지만 직접 겪어 본 그들의 힘은 정말로 놀라웠다. 처음 포천회에 갔을 때 겪은 그 기이한 기파는 아무리 뛰어난 고수라도 떨쳐낼 수가 없었다. 무림맹주나 혈무련주 역시 마찬가지였다.

그리고 두 번째 포천회를 찾아갔을 때는 더 놀랐다. 자신도 모르게 포천회로 향했기 때문이다. 포천회는 사람의 욕망을 부추겨 원하는 일을 하게 만든 것이다.

그렇기에 혈무련주와 무림맹주는 처음 퍼졌던 소문을 믿었다. 포천회는 분명히 그런 짓을 하려고 했을 것이다. 그 계획이 왜 깨졌는지는 알 수 없지만 말이다.

"포천회는 이미 무너졌지 않은가."

"정말로 그렇게 생각하십니까?"

혈무련주와 무림맹주는 입을 꾹 다물고 심각한 표정을 지었다. 당연히 그렇게 생각할 리 없지 않은가. 포천회에 대해난 소문 뒤로 그것을 덮어 버리는 소문이 연이어 퍼졌다.

이건 포천회에 대해 누군가 공작을 벌였다는 뜻이다. 그런걸 아무렇지도 않게 받아들이면 무림맹이나 혈무련을 이끌 수있을 리가 없다.

"어쨌든 포천회에 대해 아는 게 하나도 없지 않은가. 어떻게 하고 싶어도 뭔가를 알아야 해 볼 게 아닌가."

그 말에 금철휘가 씨익 웃었다.

"우리 좋은 일 한번 할까요?"

"좋은 일?"

무림맹주와 혈무련주가 눈살을 찌푸렸다. 왠지 금철휘의말에 계속 휘말리고 있는 것 같아 기분이 좋지 않았다.

"동정호 근방에 수적들이 얼마나 있는지 혹시 아십니까?"

"우리가 그런 것까지 알아야 하는가?"

"그럴 필요야 없지요. 하지만 그들로 인해 수많은 민초들이 힘겨워하고 있다는 사실은 알아야 하지 않겠습니까?"

"아무리 무림맹과 혈무련이 크다고 하지만 천하에 있는 모든 수적과 산적을 잡을 수는 없네."

"그러니까 일단 동정호만 해 보자는 겁니다. 어떻습니까?"

금철휘가 눈을 빛내며 말하자, 두 사람의 표정이 살짝 굳어졌다.

"동정호의 수적들이 포천회와 관계가 있다는 건가?"

"그거야 알 수 없지요. 하지만 동정호 어딘가에 포천회가 있다는 믿을 만한 정보를 입수했습니다."

"동정호에 진짜 포천회가 있다고?"

"문제는 정확한 위치를 알기 어렵다는 점입니다. 또한 상당히 고립된 곳일 확률이 높습니다."

그제야 혈무련주와 무림맹주가 눈을 빛냈다.

동정호에서 고립된 장소에 위치한다면 수적들을 이용하지 않을 수 없다. 그게 제일 편하고 안전하고 확실하다.

"한번 해 볼 만한 가치가 있군."

금철휘가 씨익 웃었다.

"그렇게 말씀하실 줄 알았습니다."

"언제쯤 시작하면 되겠나?"

"시간 끌 것 있습니까? 지금 당장 하죠. 무림맹과 혈무련에 연락만 하고 시작하면 더 일찍 정리가 되지 않겠습니까?"

금철휘가 그렇게 말하며 한쪽을 쳐다봤다. 그곳에서 영곤이 스르륵 나타났다. 영곤은 새장 하나를 들고 있었는데, 그 안에 전서구 두 마리가 들어 있었다.

무림맹주와 혈무련주는 깜짝 놀랐다. 근처에 누군가 은신해 있다는 사실을 아예 인식하지도 못했기에 영곤이 나타나는 순간 온몸의 털이 쭈뼛 설 정도로 긴장하고 놀랐다.

금철휘는 경악한 두 사람에게 새장을 내밀었다.

"무림맹과 혈무련으로 가도록 훈련된 전서구입니다. 바로 연락을 보내시죠."

무림맹주와 혈무련주는 굳은 표정으로 새장 속의 전서구와 금철휘를 번갈아 쳐다봤다. 정말 보통 놈이 아니었다.

두 사람은 영곤이 내미는 지필묵을 받아 대충 동정호에 대한 내용을 쓰고 맹주와 련주를 상징하는 패를 꺼내 인장을 찍었다.

잠시 후, 전서구가 하늘로 날아올랐다.

"자, 이제 슬슬 시작해 보죠. 일단 간단하게 순서부터 정할까요?"

새가 날아가는 모습을 바라보던 사람들은 금철휘의 말에 시선을 돌렸다. 금철휘는 나뭇가지 하나를 들고 바닥에 그림을 슥슥 그렸다.

먼저 커다란 호수를 그리고, 그 안에 있는 수채의 위치를 콕콕 짚었다.

"이 순서로 치면 아마 나중에 무림맹과 혈무련에서 도착했을 때 서로 섞이지 않고 효율적으로 정리가 가능할 것 같은데, 어떠십니까?"

금철휘의 말에 무림맹주와 혈무련주가 고개를 끄덕였다. 순서야 아무럼 어떤가, 수적들을 정리하면서 포천회에 타격을 준다는 사실이 중요하다.

금철휘는 굳이 수적들 사이에 고수가 끼어 있을지도 모른다는 말은 하지 않았다. 괜히 그런 말을 해 봐야 자신들을 무시한다고 기분만 나빠할 테니까 말이다.

'잘들 싸울 수 있을지 모르겠네.'

금철휘는 이들 앞에서 모든 힘을 보여 줄 생각이 전혀 없었다. 수적들을 정리하면서 자신의 여자들만 지키면 그만이었다. 오늘 수채를 정리하는 목적은 무림맹과 혈무련을 끌어들이는 것이었다.

만일 포천회가 수적들을 이용하고 있다면 분명히 어떤 수채의 경우는 포천회 무사들로 채워져 있을 것이다. 만일 그런 수채를 만난다면 아무리 무림맹주와 혈무련주라도 상대하는 게 쉽지 않을 것이다.

'그래도 죽지는 않겠지.'

금철휘는 그렇게 속 편하게 생각하며 걸음을 옮겼다. 일단 수채를 싹 정리해서 포천회의 보급을 끊어 버리면 포천회도 어떤 식으로든 움직일 수밖에 없을 것이다.

'그럼 난 아주 자연스럽게 본단을 찾을 수 있고 말이야.'

금철휘가 성큼성큼 걸어가며 의미심장한 미소를 지었다.

제4장
수적들과의 싸움

"저곳이 첫 번째인가?"

혈무련주는 아직 내상도 채 회복되지 않았다. 운기조식을 통해 어느 정도 상세를 다스리긴 했지만 그래도 완전치 않았기에 평소의 힘을 모두 발휘할 수는 없었다.

하지만 고작 수적들을 상대하는 일이었기에 별생각이 없었다. 그저 가서 싹 쓸어버리면 된다고 생각했다. 물론 혼자서 가도 충분하다고 자신했다.

"저곳은 내가 맡지. 나머지는 도망가는 놈들이나 잡도록. 뭐, 한 명도 없겠지만 혹시 모르니까."

혈무련주의 말에 백검화가 그를 바라보며 물었다.

"설마 혼자 가시려고요?"

"뭐, 어려울 것 있겠나. 고작 수적들인데."

"그래도 수적들 중 제법 강한 자들이 많이 섞여 있을 수도 있어요."

"그래 봐야 수적 나부랭이 아닌가."

"하지만 아직 내상도……."

혈무련주가 손을 들어 백검화의 말을 막았다.

"됐네. 걱정은 고맙지만 나 혼자면 충분하네."

혈무련주는 그렇게 말하고는 경공을 펼쳐 앞으로 쭉 나아갔다. 그의 몸이 순식간에 수채 안으로 사라졌다.

"괜찮을까요?"

백검화가 걱정 어린 말을 하자, 금철휘가 그녀의 어깨를 토닥여 주었다.

"저 수채에는 별놈 없으니 괜찮아."

벌써 천령신공으로 수채의 상황을 자세히 살폈다. 또한 수적들의 성향도 파악했다. 몽땅 죽어 마땅한 놈들이었다. 온몸에 흐르는 살기와 사기, 그리고 음탕함이 하늘을 찌를 정도였다.

"자, 우리는 다음 수채 쪽으로 가자고."

금철휘는 일행을 이끌고 두 번째 수채로 향했다. 혈무련주가 난입한 수채 안에서 끊임없이 비명 소리가 들려왔다. 그리고 눈에 보일 정도로 피가 퍽퍽 튀었다.

잠시 후, 혈무련주가 유유자적한 모습으로 일행에 합류했다. 두 번째 수채에 거의 도착할 무렵이었다.

"도망치는 놈들이나 잡으라고 했더니 날 버리고 그냥 가? 이거 너무한 거 아닌가?"

혈무련주가 이를 드러내며 웃었다. 상당히 섬뜩한 웃음이었지만 아무도 그걸 무섭게 여기지 않았다.

"누가 도망갔어요?"

"그럴 리가. 내가 그런 놈들을 만들 것 같나?"

금철휘가 씨익 웃었다.

"그럼 됐죠. 천하의 혈무련주가 고작 그 정도 수채를 치는데 도망하는 사람이 나올 리 없다고 판단했습니다."

"뭐, 나쁘지 않은 판단력이로군."

혈무련주는 더 이상 그 일에 대해 언급하지 않았다. 금철휘의 말 한 마디에 기분이 풀린 것이다.

"자, 두 번째 수채는 누가 가 볼 텐가?"

혈무련주는 그렇게 물으며 백검화를 바라봤다. 그녀가 갔으면 좋겠다는 압박이었다.

물론 백검화는 전혀 개의치 않았다. 그녀는 오직 금철휘의 지시만을 기다렸다. 누가 뭐라 하든 금철휘가 시키는 대로 할 생각이었다.

"호오. 이번엔 제법 강한 놈이 섞여 있는데?"

"포천회 놈들인가요?"

"그건 아닌 것 같아. 저기가 동정채였나?"

금철휘의 물음에 화예지가 즉시 대답했다.

"예. 사실상 동정호에서 제일 강한 수채예요."

"그래? 역시 그랬군. 그럼⋯⋯."

금철휘는 네 여인을 슥 둘러본 뒤 말했다.

"이번에는 예지랑 화영이 가서 정리해 봐."

"예?"

"저희들이요?"

두 여인은 살짝 불안한 표정을 지었다.

"저, 저희가 할 수 있을까요?"

금철휘가 크게 고개를 끄덕였다.

"방심만 안 하면 가능해."

금철휘의 말에 두 여인이 눈을 빛냈다. 금철휘가 그렇다고
하면 그런 것이다.

'하긴 공자님이 괜히 우리들을 보낼 리 없지.'

분명히 뭔가 도움이 될 것 같으니 시키지 않았겠는가. 화예
지와 화영은 결연한 표정으로 고개를 끄덕였다.

"해 볼게요."

금철휘가 웃으며 손을 내젓자, 두 여인은 돌아서서 수채를
바라봤다. 그리고 심호흡을 몇 번 한 뒤 그대로 몸을 날렸다.

순식간에 수채 안으로 스며들어 간 두 여인을 가만히 지켜
보던 무림맹주가 입을 열었다.

"괜찮겠나? 좀 버거워 보이는데."

"이런 기회 흔치 않죠."

"무슨 기회 말인가?"

"적당히 위험한 기회. 안전하게 강해질 수 있는 기회."

"정말로 그렇게 생각하나?"

금철휘가 씨익 웃었다.

"내기할까요?"

내기라는 말에 무림맹주가 묘한 표정을 지었다. 사실 무림맹주를 앞에 두고 이렇게 편히 말할 수 있는 사람이 얼마나 있겠는가.

'당당히 내기라니. 대체 어떤 머리 구조를 가지고 있는 건지……'

속으로는 그렇게 생각했지만 사실 무림맹주도 슬그머니 내기에 관심이 생겼다. 이번 내기는 무조건 자신이 이길 것 같았다.

동정채는 제법 유명한 수채였기에 무림맹주도 웬만한 정보는 가지고 있었다.

"관심 있습니까?"

"무슨 내기를 할 건가?"

"제가 도와주면 지는 거죠. 목숨이 위험한 상황이 오면 안 도와줄 수는 없으니."

"좋네. 하지. 뭘 걸 텐가?"

무림맹주의 적극적인 모습에 옆에서 지켜보던 사람들이 모두 놀랐다. 심지어는 혈무련주조차 커다래진 눈으로 무림맹주와 금철휘를 번갈아 쳐다봤다.

"이런 건 어떻습니까?"

금철휘가 품에서 뭔가를 꺼냈다. 놀랍게도 그것은 검이었다. 대체 어떻게 넣어 놓은 것인지 다들 깜짝 놀랐다.

"검이로군."

무림맹주는 시큰둥한 표정을 지었다. 이미 검을 가리지 않는 경지에 들었다. 어떤 검이든 자신이 들기만 하면 절세의 보검이나 마찬가지 위력을 발휘한다.

한데 고작 검을 내기로 걸다니, 여자에게 객잔을 백 개나 사 준 사람의 배포로는 보이지 않았다.

"일단 확인이나 해 보시죠."

금철휘가 무림맹주에게 검을 휙 던졌다. 무림맹주는 금철휘의 태도에 눈살을 찌푸렸다. 이건 버릇이 없어도 너무 없지 않은가.

'고작 검 따위에 내가 흔들릴 거라 생각하는 건가?'

무림맹주는 무심한 눈으로 검집에서 검을 뽑았다.

스릉.

검이 나온 순간, 무림맹주의 눈이 화등잔만 해졌다. 이 검은 절대 보통 검이 아니었다.

"대체 이런 검을 어떻게 만든 건가?"

무림맹주는 믿을 수 없었다. 이런 검이 존재할 수 있다는 사실을 믿을 수 없었다.

검으로부터 끊임없이 청량한 기운이 흘러들어 오고 있었다. 그 기운은 너무나 정순하고 순수해서 무림맹주가 가진 내공과 전혀 반발하지 않고 몸속을 자유자재로 돌아다녔다.

"이 검을 들고 싸우면 내상 걱정을 할 필요가 없겠군."

뿐이랴, 이 검을 들고 수련을 하면 내공이 쌓이는 속도가 상상을 초월할 것이다. 대체 이런 검이 어떻게 존재할 수 있는지 이해할 수가 없었다.

무림맹주는 검날을 쓰다듬으며 대체 뭘로 만들어졌는지 살폈다. 하지만 아무리 살펴봐도 알 수 없었다. 무림맹의 대장장이에게 가져다주면 혹시 알 수 있지 않을까 추측만 할 뿐이었다.

"가치를 따질 수 없는 검이로군."

"마음에 드십니까?"

무림맹주가 크게 고개를 끄덕였다. 이 정도라면 내기를 하는 보람이 느껴질 것이다. 어쨌든 이 검은 자신의 것이 될 테니까 말이다.

"하면 난 뭘 걸면 좋겠나?"

무림맹주는 아무리 생각해도 이 검에 견줄 만한 것을 찾을 수 없었다. 그것도 자신이 가진 것 중에서는 더더욱 없었다.

"나중에 우리 애들이랑 대련이나 한번 해 주시죠."

"대련? 애들이라면 누굴 말하는 건가?"

"여기 있는 애들 말입니다."

무림맹주는 백검화와 한서연을 보고는 고개를 끄덕였다. 이 정도라면 대련을 해 주는 보람도 있을 것이다. 지금 수적들과 한창 싸우는 두 여인은 좀 수준이 떨어지지만 말이다.

"좋네. 내 네 명 모두와 한 번씩 대련을 해 주지. 한데 정말로 그거면 되겠나?"

금철휘가 씨익 웃었다.

"어차피 이길 내기에 너무 과한 걸 받기가 미안하지 않습니까."

"미안하다고? 내기에 이길 거라고 확신하는 모양이군."

"당연합니다."

금철휘의 자신만만한 표정에 무림맹주는 고개를 절레절레 저었다. 그리고 새삼 상대가 아직 젊다는 것을 상기했다. 고작 이십 대 초반의 젊은이다. 저런 치기는 너무나 당연하다.

'왜 가끔 나랑 비슷한 연배로 보이는지 모르겠군. 그만큼 뛰어나다는 건가? 아니면 음흉하다는 건가?'

무림맹주는 고개를 젓다가 문득 혈무련주를 바라봤다. 혈무련주는 금철휘를 어이없는 눈으로 바라보고 있었다. 그 역시 자신과 같은 의견인 것이다.

혈무련주의 반응에 좀 더 힘을 얻은 무림맹주는 이번엔 백검화를 바라봤다. 혈무련주를 이길 정도의 실력을 가진 여인이라면 어느 정도 냉철한 판단을 할 수 있을 거라 여겼다.

하지만 백검화의 표정은 읽을 수가 없었다. 지극히 담담했다.

'이길 거라 이건가? 이해할 수가 없군. 대체 뭘 믿고……'

무림맹주는 고개를 돌려 동정채 쪽을 바라봤다. 문득 궁금해졌다. 저 수채로 달려간 두 여인이 어떻게 싸우고 있을지 말이다.

"가 보지 않아도 되나? 위험하면 도와줘야 할 것 같은데……"

금철휘는 무림맹주의 말에도 그저 느긋하기만 했다. 슬쩍 수채 쪽을 한 번 보고는 그 주변에 자리를 잡고 털썩 주저앉았다.

"궁금하면 가서 보시죠. 전 여기서 기다리겠습니다. 마침 배도 고프고……"

금철휘의 말이 끝나기 무섭게 영곤이 어디서 구해 왔는지 커다란 솥을 내려놓고 사라졌다. 그리고 잠시 후 다시 나타나 수많은 식재료들을 쌓았다.

"그럼 간만에 실력 한번 발휘해 볼까?"

금철휘의 말에 백검화와 한서연이 놀란 눈으로 바라봤다.

"공자님께서 요리를 하시게요?"

"요리는 무슨. 그냥 이것저것 다 넣고 팔팔 끓이는 거지."

금철휘는 앉은 채로 영곤이 가져온 재료들을 대충 다듬었다. 제법 모양이 나왔다. 한두 번 해 본 솜씨가 아니었다.

백검화와 한서연은 그 모습을 너무나 신기한 눈으로 바라봤다. 금철휘에게 이런 면이 있을 줄은 생각도 못 해 봤다.

재료를 모두 다듬은 금철휘는 솥에 물을 붓고는 그 안에 몽땅 쏟아 넣었다. 그렇게 모든 준비를 끝내자, 어느새 나타난 영곤이 장작을 가져왔다.

돌을 이용해 솥을 고정시킨 뒤, 그 아래에 장작을 넣고 불을 붙였다.

금철휘는 커다란 주걱으로 솥을 열심히 저었다. 이내 고소한 냄새가 모두의 콧속으로 빨려 들어갔다. 그리고 미친 듯이 식욕을 자극했다.

"구경하러 안 가십니까?"

금철휘가 솥을 젓다 말고 고개를 돌려 무림맹주를 쳐다봤다. 무림맹주는 군침을 삼키다가 금철휘와 눈이 마주치는 바람에 무안한 표정으로 헛기침을 몇 번 했다.

"크흠. 뭐, 슬슬 가 보려 했네."

무림맹주는 느릿느릿 몸을 돌렸다. 갑자기 구경하는 게 별 의미가 없다는 생각이 들었다. 하지만 이내 고개를 저었다. 생각해 보니 참으로 섬뜩했다.

'내가 대체 무슨 생각을!'

고작 여자 두 명이 동정채에 갔다. 동정채에는 동정삼괴라는 놈들이 있다. 무림맹주가 생각하기에 화예지와 화영은 고작 동정삼괴 정도의 수준이었다.

하지만 문제는 동정채의 채주는 동정삼괴 모두가 덤벼도 이길 수 없는 고수라는 점이었다.

그런 자들 틈에 여자 둘을 던져 놓고 이런 한가한 생각을 하고 있다니, 스스로 생각해도 믿을 수 없었다.

'내가 원래 이런 놈이었던가?'

무림맹주는 고개를 저었다. 그리고 금철휘를 바라봤다. 참으로 기이한 느낌이 들었다. 금철휘와 만나면서 모든 것이 어그러지는 것 같았다. 왠지 모르게 계속 말려드는 기분이 들었다.

"후우. 일단 가 보자."

무림맹주는 훌쩍 몸을 날렸다. 더 여기 있다가는 골치만 아플 것 같았다. 지금은 아예 금철휘를 보지 않는 게 나았다.

무림맹주의 몸이 허공을 너울너울 날아 수채의 울타리 위에 사뿐히 섰다.

"허어. 대단하구나."

동정채는 동정호에서 가장 큰 수채인 만큼 그 패악도 다른 수채들보다 훨씬 대단했다. 이곳도 조금 전에 혈무련주가 처단한 수채와 마찬가지로 살려 둘 가치가 없는 놈들만 득실거렸다.

그리고 그 수적 놈들의 목이 하나하나 날아가고 있었다. 화예지와 화영의 작품이었다.

"아름답군."

두 여인이 검을 휘두르는 모습은 너무나 아름다웠다. 그녀들의 외모가 뛰어나다는 점도 아름다움에 일조를 했지만 그보다는 그 움직임 자체가 너무나 아름다웠다.

그야말로 물 흐르듯 검이 움직였다. 그리고 그 끝에는 반드시 수적 하나의 목이 떠올랐다.

물론 아직 동정삼괴나 동정채주는 보이지 않았다. 그들이 나왔다면 상황은 지금과 많이 달라졌을 것이다. 물론 지금 상황도 솔직히 말하면 그다지 좋지 않았다.

"쯧쯧, 다수의 적과 싸워 본 경험이 그리 많지 않은 모양이군."

다수의 상대와 싸울 때는 고려해야 할 점이 상당히 많았다. 하지만 화예지와 화영은 아직 그 부분이 미숙했다. 경험이 별로 없으니 당연했다.

하지만 그렇게 싸워 가면서 무서울 정도로 빠르게 경험을 습득해 나가는 중이었다. 그 부분은 무림맹주도 상당히 감탄했다.

"재능이 뛰어난 소저들이로군."

하지만 딱 거기까지였다. 저 정도 재능을 가진 사람은 무림맹에 가면 발에 챌 정도로 많았다. 또한 저 정도 실력을 가진 사람도 마찬가지였다.

무림맹주는 울타리 위에 앉아 조금 여유를 가지고 느긋하게 싸움을 구경했다. 보아하니 쉽게 위험에 빠질 것 같지 않았다.

"그나저나 동정삼괴는 언제 나오려나……."

일단 동정삼괴가 나오면 싸움이 이런 식으로 흘러갈 수가 없다. 고수의 위력이라는 건 그만큼 대단한 것이다. 그리고 보아하니 이런 식으로 가면 결국은 파탄을 드러낼 수밖에 없었다. 사람의 체력이라는 것은 분명한 한계가 존재하는 법이다.

"저기 오는군."

뒤늦게 동정삼괴가 등장했지만 수적들이 너무 많이 죽었다. 사실 동정삼괴가 나서는 시점이 좀 늦었다. 아무리 약한 수하들이라지만 그들이 있기에 수채가 유지되는 법이다. 수하들을 아끼지 않는 수채의 미래 따위 보지 않아도 훤히 알 수 있었다.

"굳이 우리가 나서지 않았어도 동정채는 오래가기 힘들었겠군."

이렇게 소란이 크게 일었는데 채주는 고사하고 부채주조차 코빼기도 비치지 않는다. 아직도 망하지 않은 것이 용할 지경이었다.

그래도 일단 동정삼괴가 나서니 싸움의 양상이 많이 달라졌다. 무림맹주는 눈을 빛내며 동정삼괴와 두 여인의 싸움을 지켜봤다. 언제든 위험하면 몸을 날릴 준비를 하면서 말이다.

　　　　　*　　　　*　　　　*

　"지금까지와는 좀 다를 것 같은데?"

　"근데 우리 둘이서 저 셋을 상대할 수 있을까? 기세가 정말 만만치 않은데?"

　"공자님이 된다고 하셨으니 되겠지."

　두 여인은 무겁게 고개를 끄덕였다. 금철휘가 된다고 했으니 당연히 될 것이다. 하지만 금철휘는 그녀들이 이번 일을 성공할 수 있다고 했지 다치지 않는다는 말은 한 적이 없었다.

　'어쩌면 크게 다칠 수도 있겠는걸?'

　두 여인의 표정이 살짝 굳었다. 다치는 건 무섭지 않다. 다만 얼굴을 다치면 정말로 속상할 것이다. 앞으로 금철휘에게 더 예쁜 모습을 많이 보여 주고 싶은데 더 이상 그럴 수 없을 테니 말이다.

　"이년들이냐?"

　동정삼괴의 첫째가 휘둥그레진 눈으로 물었다. 정말 귀찮음을 무릅쓰고 나왔는데, 충분히 그 가치를 했다. 안 왔으면 후회했을 것이다. 적이 저렇게 예쁜 여자일 줄 누가 알았겠는가.

　"벌써 저년들의 손에 우리 애들이 백 명 가까이 죽었습니다!"

　옆에서 울분을 토하는 수적을 슬쩍 쳐다본 첫째는 눈살을 찌푸리며 말했다.

"답답하긴! 진작 예쁜 여자가 쳐들어왔다고 말했으면 피해를 훨씬 줄일 수 있었을 것 아니냐!"

수적은 너무나 어이가 없어 그것이 결례이며 동정삼괴의 기분을 크게 거스르는 건지도 모르고 빤히 그를 쳐다봤다. 마치 지금 이게 제정신으로 하는 소리냐고 묻는 듯했다.

"눈깔이 더럽군."

서걱!

수적의 목이 날아가 버렸다. 그 서슬에 다들 목을 움츠렸다. 동정삼괴는 항상 기분에 따라 수하들을 죽이곤 했는데, 아무도 그것에 대해 항의하지 못했다. 그저 벌벌 떨 뿐이었다.

"자, 이제 저것들을 잡아서 어떤 순서로 즐길지 얘기를 해 볼까?"

첫째의 말에 둘째와 셋째가 음흉하게 웃으며 화예지와 화영의 몸을 핥듯이 훑어봤다.

두 여인은 그들의 시선에 소름이 쫙 돋았다. 하지만 섣불리 달려들지는 않았다. 일단 기력을 회복하는 게 먼저였다. 이렇게 시간을 줬는데 활용하지 않으면 멍청한 짓이다.

"일단 둘이니까 둘째랑 내가 먼저 한 다음 셋째가 둘을 한꺼번에 가져라."

"나보고 형님들이 싸질러 놓은 여자나 안고 있으란 말이오? 그냥 한꺼번에 같이 합시다."

"뭐, 그것도 나쁘지 않지."

동정삼괴는 입맛을 다시며 혀로 입술을 핥았다. 그들의 음탕한 시선이 다시 한 번 화예지와 화영을 훑었다.

두 여인은 이번에는 굳이 참지 않았다. 기력과 내공은 충분히 회복했다. 체력도 꽉꽉 채웠다. 금철휘에게 배운 심법은 정말로 굉장했다.

"하압!"

화영이 먼저 기합과 함께 검을 휘둘렀다. 그녀의 검에서 새하얀 강기가 실처럼 뽑혀 나왔다.

촤라락!

동정삼괴는 자신들을 휘감는 강기의 실을 보며 눈에 이채를 띠었다.

"호오. 강기를 이 정도까지 다룰 수 있는 여자였던가!"

물론 전혀 위협을 느끼지는 않았다. 셋째가 즉시 도를 뽑으며 크게 휘둘렀다.

슈각!

강기의 실이 가닥가닥 끊어졌다. 보통 이런 경우 내상을 입기 마련이지만 화영은 멀쩡했다. 그녀는 재차 검을 휘두르며 강기의 실을 더 뽑아냈다. 이번에는 세 가닥이었다.

촤촤촤라라락!

세 가닥 강기가 서로 다른 방향으로 휘며 셋째를 공격했다. 셋째는 코웃음을 치며 다시 도를 크게 휘둘렀다.

슈가각!

처음과 마찬가지로 강기의 실들이 가닥가닥 끊어졌다.

"고작 그따위 수법밖에 없는 거냐? 좀 더 참신하고 재미난 거 없어?"

화영은 셋째의 비아냥에도 전혀 개의치 않고 다시 검을 휘둘렀다. 이번에는 열 가닥의 강기가 뽑혀 나왔다.

좌라라라라락!

열 가닥 강기가 서로 몸을 꼬며 이리저리 휘돌았다. 그리고 그대로 셋째를 향해 짓쳐 들었다. 지금까지와는 전혀 다른 방식이었다.

하지만 셋째는 여전히 마찬가지로 도를 크게 휘둘렀다.

쩌저정!

셋째의 눈이 화등잔만 해졌다. 강기의 실 몇 가닥이 꼬였을 뿐인데, 그것을 잘라내는 데 내기가 진탕했다.

좌라라락!

이번에는 스무 개의 강기가 화영의 검에서 뽑혀 나왔다. 그리고 각각 네 가닥씩 꼬며 다섯 개의 끈이 되었다.

꽈과과광!

셋째가 피를 토하며 뒤로 날아갔다. 설마 이렇게 간격 없이 바로 공격할 거라고는 예상을 못했고, 또 네 가닥의 강기를 꼰 것이 이렇게 강하리라고도 생각 못했기에 보기 좋게 당해 버렸다.

화영은 날아가는 셋째를 즉시 따라붙었다. 그녀의 보법 역시 보통이 아니었다. 그 역시 금철휘에게 직접 배운 보법이었다. 이름조차 모르지만 말이다.

순간적으로 셋째에게 바짝 붙은 화영은 망설임 없이 검을 내리쳤다.

쩌엉!

강기를 가득 머금은 검이 중간에서 막혔다. 어느새 끼어든 첫째가 자신의 도를 던져 화영의 검을 막은 것이다.

하지만 그 여파만으로도 충분히 셋째에게 타격을 줄 수 있었다.

"쿠헉!"

셋째는 바닥에 내동댕이쳐지며 또 한 번 피를 토했다. 그리고 그대로 정신을 잃어버렸다.

화영은 쓰러진 셋째에게는 눈길도 주지 않고 즉시 첫째를 향해 몸을 날렸다. 그리고 그와 동시에 화예지도 둘째에게 다가가 검을 휘둘렀다.

너무나도 절묘하게 공격의 순간이 맞아떨어져 첫째도 둘째도 채 다른 방도를 찾을 틈이 없었다.

쩌저저정!

둘째와 화예지의 검이 정신없이 부딪쳤다. 둘의 실력은 놀랍게도 거의 비슷했다.

그리고 화영은 첫째를 완전히 몰아붙이고 있었다. 자신의 무기를 던져 버렸기에 화영의 검에 제대로 대응을 하지 못했다.

두 여인의 몸에서 동시에 기의 회오리가 일어났다. 두 회오리가 서로 겹치더니 한데 뭉쳐 엄청나게 거대해졌다.

그렇게 일어난 기의 폭풍이 근방을 마구 휩쓸었다.

중심은 그나마 바람만 조금 부는 정도였지만 중심에서 멀어질수록 폭풍에 가까울 정도로 바람도 거세고 빨랐다. 또한 바람에 검기가 뒤섞여 있어서 근처에 아무도 다가가지 못했다.

"허어. 저게 대체 무슨 일이란 말인가."

무림맹주는 울타리 위에 앉아 싸움을 구경하면서 감탄을 거듭했다. 화예지와 화영의 실력은 정말로 대단했다. 처음 본 것은 빙산의 일각이었다.

제법 하는 정도가 아니었다. 저 정도라면 동정채주가 나와도 승부를 장담할 수 없을 것이다. 물론 그때는 두 여인이 동시에 동정채주를 상대해야겠지만 말이다.

무림맹주가 가장 주목하는 것은 두 여인을 중심으로 휘몰아치는 기의 폭풍이었다. 검기가 뒤섞인 걸로 봐서 화예지와 화영이 의도적으로 만든 것임이 분명했다.

"저대로 빠르게 이동만 해도 잔챙이들은 싹 걸러지겠군."

검기가 뒤섞인 기의 폭풍이다. 웬만한 실력으로는 그것을 버텨낼 수 있을 리 없었다.

"이래서 장담했던가."

무림맹주는 이제야 금철휘가 왜 그렇게 자신만만했는지 이해할 수 있었다. 저 정도 실력을 가졌다면 충분히 자신만만할 만했다.

"솔직히 말하면 실력이라기보다는 익힌 무공이 워낙 훌륭한 것 같지만 그것도 엄밀히 따지면 실력이니……."

무림맹주는 그렇게 중얼거리다가 눈을 빛냈다. 정말로 기의 폭풍이 동정채의 중심부로 이동하고 있었다. 그것도 아주 빠른 속도로 말이다.

"역시 다 쓸려 나가는군."

무림맹주는 다시 한 번 감탄했다. 동정삼괴와 싸우면서 동시에 나머지 수적과 수채의 건물을 부수는 두 여인의 능력에 혀를 내둘렀다.

"이거 어쩌면 내가 질 수도 있겠군. 허허허."

질 확률이 늘었지만 무림맹주는 기분이 나쁘지 않았다. 아니, 오히려 좋았다. 그리고 내심 기대됐다. 저런 아이들과 대련을 할 수 있다면 참으로 즐거울 것 같았다.

"대련이라……."

무림맹주는 즐거운 표정으로 기의 폭풍 안에서 벌어지는 싸움에 다시 집중했다.

＊　　　＊　　　＊

콰콰콰콰콰!

거대한 검기의 폭풍이 모든 걸 날려 버렸다. 폭풍에 닿은 모든 걸 분쇄해 버리는 가공할 위력에 다들 도망치기 바빴다.

하지만 폭풍은 점점 더 규모가 커져 갔다. 이걸 인간의 힘으로 일으켰다고는 아무도 믿기 어려울 정도로 어마어마했다.

그리고 그 안에서는 폭풍에 비견될 정도로 거칠고 흉험한 싸움이 계속되고 있었다.

하지만 검기의 폭풍이 워낙 크고 거세 안이 잘 보이지 않았다. 그저 검과 검이 부딪칠 때마다 튀는 불똥만 간간이 보일 뿐이었다.

멀찍이 떨어진 곳에서 그 모든 광경을 지켜보고 있는 사람들은 다들 입을 쩍 벌렸다. 금철휘를 제외하고 말이다.

"대체 저게 뭐예요?"

백검화가 놀라 물었다. 아무래도 저 폭풍의 정체는 금철휘가 아니면 아무도 모를 것 같았다.

"심법과 보법, 검법이 잘 어우러지면 나타나는 현상이야."

금철휘는 별것 아니라는 듯 말했지만 다들 그 말에 깜짝 놀랐다. 세상에 그런 무공이 어디 있단 말인가. 절묘하게 어우러지면 폭풍을 부르는 무공이라니.

"그럼 저희들도 가능한가요?"

한서연이 눈을 빛내며 기대감 어린 표정으로 물었다. 자신도 금철휘에게 심법을 배웠다. 그 심법을 이용하면 못할 것도 없지 않은가.

"너희는 보법이랑 검법은 안 배웠잖아."

"꼭 그 보법이라야 하는 건가요?"

"당연하지. 원래 하나인 무공인데."

"원래 하나라고요?"

"만들 때 그렇게 만든 거야. 이름도 폭풍무(暴風舞)라고 거창하게 지어서."

"폭풍무…… 어울리는 이름이네요."

한서연은 잠시 서운한 표정을 지었다. 하지만 이내 밝게 웃었다. 금철휘가 자신에게 보법과 검법을 안 가르쳐 준 것은 다 이유가 있어서일 거라고 믿었기 때문이다.

"너희들은 버릴 게 너무 많아서 차라리 그냥 익히던 걸 익히는 게 나아. 딱 필요한 것만 챙겨서. 안 그래?"

금철휘는 한서연에게 말하다가 마지막에는 백검화를 쳐다보며 물었다.

백검화는 금철휘의 말에 크게 공감하며 고개를 끄덕였다. 사실 저런 검기의 폭풍은 자신에게는 필요 없었다. 당장 저런 걸 마주한다 하더라도 하등 두려울 것 없는 실력을 가지고 있었다.

아마 한서연도 조만간 그리될 것이다.

백검화와 한서연은 심법만 익혔다. 그리고 그로 인해 내공 회복 속도가 비약적으로 빨라졌다. 아마 심법에 더 익숙해지고 경지가 오르고 깨달음을 얻으면 내공에 대한 제약 자체가 완전히 사라질지도 모른다.

"확실히 큰 도움이 되었죠. 그게 아니었다면 저쪽에 있는 련주님을 이길 수 없었을 테니까요."

백검화의 말에 가장 놀란 사람은 혈무련주였다. 혈무련주는 금철휘와 두 여인의 대화를 관심 있게 들었다. 백검화와 관계된 일에는 일단 관심을 두고 보는 것이 지금 혈무련주의 마음이었다.

한데 백검화가 자신을 이긴 가장 결정적인 이유가 바로 금철휘에게 있다는 사실에 큰 충격을 받았다.

'고작 상인 나부랭이인 줄 알았건만.'

사실 고작 상인이라고 하기에는 지나치게 돈이 많긴 했다. 하지만 그래도 상인에 불과하다고 생각했다. 혈무련이 나서기만 하면 금룡장쯤 단숨에 밀어 버릴 수도 있으니 말이다.

한데 막상 이런 얘기를 듣고 나니 금철휘가 또 달리 보였다.

'돈으로 못할 일이 없다는 건가? 아니면 뭔가 다른 것이 있는 건가?'

혈무련주는 속으로 그런 생각을 하며 금철휘를 유심히 살폈다. 그리고 계속 대화에 집중했다.

그 뒤로도 몇 가지 소소한 질문이 이어졌고, 금철휘는 친절하게 대답해 주었다.

그리고 그렇게 거대하던 기의 폭풍이 점차 사그라졌다.

"음? 싸움이 끝났나?"

금철휘는 천령신공을 이용해 동정채를 살폈다. 여전히 남아 있는 기의 폭풍 속에 화예지와 화영이 숨을 몰아쉬며 앉아 있었다. 동정채 안에 아직 인기척이 상당히 많았지만 크게 신경 쓸 필요는 없어 보였다.

'문제는 저놈인가?'

*   *   *

기의 폭풍 앞에 한 사내가 오연하게 서 있었다. 그는 굳이 기의 폭풍을 뚫고 지나갈 생각이 없었다. 시작이 있으면 끝도 있는 법. 폭풍이 언젠가 사라질 거라 믿고 기다렸다.

그리고 드디어 폭풍이 점점 사그라지고 있었다. 사내의 눈에 섬뜩한 광기가 흘렀다.

"감히 동정채를 건드린 대가를 반드시 치르게 해 줘야지."

사내는 동정채주였다. 그는 지금 너무 화가 나서 머리가 새까맣게 타 버릴 지경이었다.

동정채주는 폭풍이 가라앉는 것을 확인하고, 즉시 몸을 날리려 했다. 방해되는 것이 사라짐과 동시에 기습을 하면 아마 거의 실패할 일이 없을 것이다.

결국 폭풍이 사라졌다. 동정채주의 몸이 순간적으로 사라져 버렸다. 그리고 화예지와 화영 사이에 나타났다. 실로 어마어마한 속도였다.

동청채주의 입가에 잔혹한 미소가 어렸다. 그야말로 완벽한 기회를 잡았다. 이제 도를 꺼내 단숨에 양쪽을 갈라 버리면 끝이다.

빛살이 양쪽으로 화려하게 터졌다.

쩌저저저저저정!

동정채주가 눈살을 찌푸렸다. 단 한 번의 도격도 제대로 들어가지 않았다. 상대는 자신의 공격을 모조리 흘렸다. 놀랍게도 말이다.

쉭! 쉭! 쉭! 쉭!

동정채주는 요혈을 노리고 찔러 들어오는 검에 크게 당황했다. 검과 검기가 절묘하게 어우러져 그가 피할 방향을 모두 틀어막았다. 도를 들어 막을 수밖에 없었다.

쩽! 쩽! 쩽! 쩽!

정말로 간신히 막았다. 그리고 그때부터가 진짜 싸움의 시작이었다.

*　　　　*　　　　*

"결국 내가 졌군."

"그래도 기분이 나빠 보이지 않습니다."

무림맹주가 그 말에 크게 고개를 끄덕였다.

"나쁘지 않지. 암, 나쁘지 않고말고."

오히려 기분이 좋았다. 참으로 즐거운 대련이 될 테니까 말이다.

아직 동정채주와 두 여인의 싸움은 끝나지 않았다. 하지만 곧 끝날 것이다. 남은 동정채를 몽땅 휩쓸어 버린 뒤에 말이다.

지금도 두 여인의 주위로 거대한 검기의 폭풍이 휘몰아치고 있었다. 그 폭풍은 동정삼괴와 싸울 때보다 두 배나 더 크고 위력적이었다.

그래서 무림맹주도 뒤로 피할 수밖에 없었다. 동정채의 울타리까지 폭풍의 권역에 휘말려 산산조각 났기 때문이다.

물론 굳이 그 자리에 있고자 하면 있을 수도 있었다. 고작 검기의 폭풍 따위가 무림맹주를 어찌할 수는 없다. 그 안에서 아무런 영향을 받지 않고 쉴 수도 있었다.

하지만 무림맹주는 그렇게 하지 않았다. 자신의 존재로 인해 검기의 폭풍이 어그러지는 걸 원치 않았다. 그러다가 잘못되어 두 여인에게 조금이라도 영향이 미친다면 승패가 달라질 수도 있었다.

내기는 공정해야 하지 않겠는가.

"슬슬 끝나가는군요."

"도망친 놈들은 어떻게 할 생각인가?"

어차피 동정채에 속한 수적들 중 살려 둘 가치가 있는 놈은 단 한 명도 없었다. 싹 죽여 버리는 편이 그들에게 가장 적당한 응징이었다. 물론 세상을 위해서도 그게 나았다. 어차피 살아남아 봐야 해악만 끼칠 존재들이었다.

"그들이 갈 데가 어디 있겠습니까? 다른 수채로 가서 정보를 팔아 몸을 의탁하지 않겠습니까?"

"하긴. 그렇게 많이 살아남은 것도 아니니 충분히 그러겠군."

그렇게 하지 않고 세상으로 스며드는 놈들도 분명히 있을 것이다. 하지만 금철휘는 그것도 걱정하지 않았다. 이미 영곤이 움직였다.

벌써 동정호 근방의 금향각 요원들이 분주히 움직이고 있었다. 아마 지금쯤 도망치려는 놈들을 몽땅 잡아 죽였을 것이다.

"끝났군요."

금철휘의 말이 끝남과 동시에 거대한 폭음이 울렸다.

꽈아아아아앙!

그리고 피투성이가 된 동정채주가 너울너울 날아가 한쪽에 처박혔다.

폐허가 된 동정채 한가운데에 화영과 화예지가 가쁜 숨을 몰아쉬며 나란히 서 있었다. 그녀들의 얼굴은 기쁨과 흥분으로 잔뜩 상기되었다.

둘은 고개를 돌려 금철휘를 바라봤다. 그리고 누가 먼저랄 것도 없이 달렸다.

"공자님!"

"해냈어요!"

둘은 금철휘의 품에 몸을 날렸다. 거의 동시에 몸을 날렸기에 금철휘는 한꺼번에 둘을 안아 줄 수밖에 없었다.

너무 저돌적으로 달려들어서 순간적으로 피할까? 하는 생각이 들었지만 쓴웃음을 지으며 팔을 벌렸다. 금철휘는 둘을 품에 안고 난감한 표정으로 웃으며 주위를 둘러봤다.

무림맹주와 혈무련주가 의미심장한 눈으로 바라보고 있었다. 그리고 백검화와 한서연이 약간 새치름한 눈으로 금철휘를 한 번 바라보고는 슬그머니 시선을 피했다.

어쨌든 그렇게 동정호에서 가장 큰 수채인 동정채의 정벌이 끝났다. 이제 남은 것들은 비교적 수월한 수채뿐이었다.

"남은 놈들은 인원을 좀 나눠서 한꺼번에 해결하는 게 어떻습니까?"

금철휘의 제안에 무림맹주와 혈무련주는 대번에 고개를 끄덕였다. 바라던 바였다. 어차피 해야 할 일이라면 굳이 시간을 끌 필요가 없지 않은가.

"그럼 잠깐만 쉬었다가 시작하죠."

금철휘의 말에 어느새 다시 나타난 영곤이 금철휘가 만든 음식을 가져와 화예지와 화영에게 내밀었다.

"공자님께서 직접 만드신 겁니다."

화영과 화예지의 눈이 화등잔만 해졌다. 그녀들은 그제야 금철휘의 품에서 떨어져 나와 기대감 어린 눈으로 그릇을 받아 들었다.

"공자님께서 만드신 거라고요?"

둘은 죽 비슷하게 생긴 음식을 한 숟갈 떠서 입에 넣었다. 둘의 눈이 커다래졌다.

"맛있어요!"

정말로 의외였다. 금룡장의 소장주라면 손에 물 한 번 묻힐 일이 없었을 텐데 이런 음식을 만들 수 있다니 말이다. 게다가 맛도 좋았고, 식재료를 다듬은 상태도 더할 나위 없이 훌륭했다.

"크흠. 크흠."

둘이 워낙 맛있게 먹었는지라 어느새 군침이 돈 무림맹주가 슬그머니 다가왔다.

"혹시 내 것도 한 그릇 남았는가?"

아직 솥에는 음식이 가득 남아 있었다. 무림맹주도 당연히 그것을 봤으니 남았다는 걸 알지만 체면상 그렇게 물었다.

영곤이 언제 가져왔는지 그릇 하나를 무림맹주에게 내밀었다. 무림맹주는 반색하며 그것을 받았다. 그리고 음식을 음미

하며 먹었다. 더없이 행복한 표정으로 말이다.

　혈무련주가 옆에서 그 모습을 보며 나직이 혀를 찼다.

　"쯧쯧, 무림맹주라는 사람이……."

　물론 그렇게 말한 혈무련주는 이미 다섯 그릇의 죽을 비워낸 뒤였다.

제5장
수적 아닌 수적

黄金公子

　수채 정벌은 순조롭게 이어졌다. 동정호 근방에는 정말로 많은 수의 수적들이 살고 있었다. 당연히 대부분 죽어 마땅한 놈들이었다. 그렇기에 일행의 손속도 단호하기 그지없었다.

　하지만 아무리 순조롭다 하더라도 하루 만에 모든 걸 끝낼 수는 없었다. 대충 단순 계산을 해 봐도 상당한 시간이 필요했다. 하지만 금철휘 일행은 생각보다 훨씬 빨리 일을 처리했다.

　고작 닷새가 지났을 뿐인데 절반 이상의 수채를 정리해 버렸다.

　밤이 되면 근방의 마을에 가서 쉬는 게 좋겠지만, 금철휘는 굳이 그렇게 하지 않았다.

탁탁탁탁.

모닥불이 너울너울 춤을 췄다. 그 위에 걸린 솥에서 구수한 냄새가 흘러나왔다. 그리고 일행이 그 주위에 옹기종기 모여 앉아 각자 그릇을 하나씩 들고 행복한 표정을 짓고 있었다.

"운치 있어서 좋군."

음식이 맛있기에 운치가 더해진다. 아마 금철휘가 끓인 죽이 아니었다면 대부분 운치를 느끼지 못했을 것이다.

"이제 대충 절반쯤 끝난 건가?"

"오늘 열 군데를 정리했으니 절반을 훨씬 넘었습니다."

"그럼 이제 얼마나 더 해야 하나?"

"이틀쯤 더 하면 되지 않을까요?"

"이틀? 정말 많이 정리했군."

무림맹주와 혈무련주가 뿌듯한 표정을 짓자, 금철휘가 씨익 웃었다.

사실 저들에게는 이런 일, 참으로 별것 아닐 것이다. 하지만 막상 해 놓고 보면 기분 좋은 일이었다. 수적들을 정리하면 근방 민초들의 삶이 달라진다는 걸 알기 때문이다.

벌써 처음 수적을 정리했던 근방은 다른 곳과 달리 활기가 넘쳤다. 장강의 다른 수적들이 동정호의 상황을 알고 이쪽으로 진출하기 전까지는 아마 계속 호황이 이어질 것이다.

물론 금철휘는 다른 수적들에게 그런 먹음직스런 먹이를

던져 줄 정도로 너그러운 사람이 아니었다.

지금 한창 금향각과 연계해서 새로운 물류망을 구축하고 있는 중이었다. 백총관과 흑총관도 적극적으로 나서서 도왔다. 어차피 금철휘의 재산이 늘어나는 일이었다.

아마 동정호의 모든 수채를 정리하고 그 자리를 금철휘가 차지한다면 향후 막대한 돈이 쏟아져 들어올 것이다.

그만큼 동정호 근방의 수적들이 상업에 끼치는 해악이 대단했다.

사실 무림맹이나 혈무련이라고 몰라서 그곳을 장악하지 않은 게 아니었다. 하지만 그들이 나서서 하기에는 수로라는 물류망이 너무나 거대했다. 그 모든 곳을 장악하지 않는 한 괜히 물류망 구축에 돈만 쓰는 것이다.

하지만 금철휘가 한다면 조금 얘기가 달라진다. 금철휘에게는 그 모든 것을 가능하게 할 정보망과 인력이 있다.

금향각의 정보망을 이용하고, 흑총관이 관리하는 문파들의 힘을 이용하면 정보와 인력을 모두 해결하는 게 가능했다. 더구나 백총관의 돈이 거기 더해지면 그야말로 엄청난 상승효과를 발휘해 그 모든 것이 엄청난 이득으로 돌아오게 된다.

"그나저나 이거 참으로 부끄럽군."

무림맹주가 문득 떠올랐다는 듯 얼굴을 붉혔다. 그리고 은은한 노기가 그의 눈에 어렸다.

무림맹에 연락을 보낸 지가 언제인데 아직도 별다른 움직임이 없었다. 그것은 혈무련도 마찬가지였다.

무림맹이나 혈무련은 동정호 근방의 수채를 정리한다는 것에 큰 의미를 두지 않았다. 그저 맹주나 련주의 변덕과 기분에 의한 명령이라고 판단해 그저 하는 시늉만 했다.

동정채 근방의 무림맹 지부나 혈무련 지부가 움직이면 될 일이었다. 결국 결정도 그렇게 났다. 한데 그렇게 결정이 나기까지의 시간이 너무 오래 걸렸다.

사실 이대로라면 수채 정벌이 다 끝날 무렵에나 무림맹과 혈무련이 움직일 것 같았다.

"규모가 큰 조직이 움직이려면 원래 시간이 많이 걸리는 법이니 신경 안 쓰셔도 됩니다."

금철휘는 그렇게 말했지만 무림맹주는 고개를 저었다. 정말로 부끄러웠다. 뒤늦게나마 무림맹과 혈무련이 움직이려는 이유를 알기에 더 부끄러웠다.

지금은 사실 힘 안 들이고 동정채 근방의 영향력을 확장할 수 있는 기회였다. 수적들과의 충돌이 아예 없을 테니 그곳에 무사들을 파견해 분위기만 조성해도 얻을 만한 것이 많았다.

물론 그렇게 얻는 것에는 시간제한이 있다. 다른 수적들이 동정호를 차지하게 되면 슬그머니 물러나면 된다. 수적들과 끝도 없는 싸움을 할 생각 따위는 애초부터 없었다.

"그래도 내가 재촉을 해 놨으니 아마 내일쯤이면 움직일지도 모르네."

말하는 무림맹주의 목소리에 힘이 없었다. 그조차도 자신이 없는 것이다.

"예. 아마 그럴 겁니다. 내일은 움직이겠지요."

금철휘의 말에 무림맹주와 혈무련주의 안색이 조금 밝아졌다.

"정말로 그렇게 생각하나?"

"제가 언제 허튼소리 하는 것 보셨습니까?"

금향각의 정보를 토대로 한 말이었기에 결코 틀릴 리가 없었다. 금철휘의 확신 어린 태도에 무림맹주와 혈무련주의 안색이 조금 더 좋아졌다.

"하긴, 제 놈들도 낯짝이라는 게 있으면 내일은 움직여야지. 최소한 수채 두어 개는 정리해 주지 않으면 체면이 안 설테니까."

실제로 무림맹과 혈무련이 움직이는 이유도 그 때문이었다. 수채를 한두 개 정리한 다음 발을 디밀려는 것이다. 물론 그것만으로도 충분히 뻔뻔한 일이지만 말이다.

"자, 다 드셨으면 내일을 위해 쉴까요?"

금철휘는 어느새 일행을 이끄는 위치에 서 있었다. 심지어 무림맹주와 혈무련주조차 금철휘의 말을 들었다. 그것이 너무나 자연스러워 만일 모르는 사람이 외부에서 이 상황을 봤다면 엄청나게 놀랐을 것이다.

더 대단하고 무서운 점은 금철휘를 자연스럽게 따르는 사람들은 스스로 그 사실을 인지하지 못하고 있다는 것이었다.
네 여인이야 그렇다 해도, 무림맹주와 혈무련주의 입장에서는
정말로 놀랄 만한 일이었다.

금철휘가 나서서 잠자리를 정리하자, 무림맹주와 혈무련주
가 그 일을 조금씩 도왔다. 그렇게 잠자리를 완벽하게 만든
뒤, 금철휘가 자리에 눕자, 나머지 사람들도 자리에 누웠다.

불침번 따위는 필요가 없었다. 무림맹주나 혈무련주쯤 되
는 고수들은 잠자면서도 모든 기척을 느낄 수 있었다.

또한 아무도 모르게 금철휘가 펼쳐 놓은 진도 있었다. 누
군가 다가오면 진이 발동하며 자연스럽게 일행을 깨울 것이
다.

그렇게 다들 잠자리에 들었다.

탁탁탁탁.

모닥불은 끊임없이 타올랐다. 장작을 더 넣어 주지도 않았
는데 꺼질 생각을 하지 않았다. 자면서도 자연스럽게 펼쳐지
는 천령신공의 힘이었다.

그렇게 하나둘 잠에 빠져들었다. 그리고 밤이 깊어 갔다.

포천회는 금철휘 일행이 수채를 정리하기 시작할 때만 해도
큰 감흥이 없었다. 그저 누군가 나서서 수채를 공격했다는 정
보만 들었을 뿐이었다.

한데 그게 며칠 이어지자, 그냥 내버려 둘 수 없게 되어 버렸

다. 이대로라면 호수 바닥에 있는 본단이 고사할 위기에 처한 것이다.

물론 수채가 몽땅 정리된다 하더라도 방법이야 얼마든지 만들 수 있었다. 수채 이후에 호수의 물류망을 장악하는 상단을 집어삼키거나, 나중에 다시 스며든 수적들을 이용하는 방법도 있다.

하지만 어떤 방법이 되었든 귀찮고 동정호에 있는 본단이 드러날 위험이 있다. 지금 자리 잡은 규칙이 변하지 않는 편이 가장 좋았다.

결국 포천회는 그걸 위해 사람들을 파견했다. 포천회의 본단에는 살행에 특화된 수련을 쌓은 자들도 수두룩했다. 그중에서 가장 실력이 뛰어난 열 명을 뽑아 보냈다.

수채를 정리하는 자들 중에 무림맹주와 혈무련주가 있다는 사실을 알고 준비를 더욱 철저히 한 것이다.

열 명의 자객들이 흑의에 복면까지 쓰고 은밀히 움직였다. 그들을 이끄는 사람은 포천회의 혈천당주로 포천회에서도 손꼽힐 정도로 강했다.

혈천당주가 데려온 자객들도 몽땅 혈천당 소속이었다. 혈천당이 바로 살행에 특화된 자객을 키우는 곳이었다.

그들은 은밀히 움직여 금철휘 일행이 잠든 곳을 향해 빠르게 다가갔다.

혈천당주가 갑자기 손을 들어 올렸다. 그러자 그의 뒤를 따르던 수하들이 일제히 멈췄다. 그들의 시선은 멀리서 빛을 발하고 있는 모닥불에 집중되었다.

아직 거리가 멀었지만 결코 안심해선 안 된다. 상대는 무림맹주와 혈무련주였다. 사실 이런 기회는 흔치 않다. 혈무련주와 무림맹주가 죽으면 두 집단은 일시적인 혼란을 피할 수 없을 것이다.

최근 포천회가 흔들리는 상황에서 그런 일은 호재였다. 그 틈을 이용해 무림맹과 혈무련에 수작을 부릴 수도 있었다.

혈천당주는 눈에 내력을 집중했다. 모닥불의 불빛 덕분에 주변을 충분히 살필 수 있었다.

"다들 깊이 자는 것 같다. 수마분(睡魔粉)을 꺼내라."

자객들이 품에서 작은 주머니를 각각 하나씩 꺼냈다. 수마분을 담아 둔 주머니였다. 수마분은 이름 그대로 사람을 잠들게 하는 약이었다. 호흡으로 중독시킬 수 있기에 바람결만 타고 날리면 된다.

혈천당주는 바람의 방향을 파악하며 천천히 움직였다. 그리고 바람을 확실히 타고 날아갈 수 있도록 조금 더 다가갔다.

자리를 잡은 혈천당주가 먼저 수마분을 뿌렸다. 그러자 나머지 자객들도 수마분을 솔솔 뿌렸다.

동정호가 지척에 있기에 밤바람이 끊임없이 불었다. 동정호를 향해 부는 바람을 이용해 수마분을 몽땅 뿌린 혈천당주와 그의 수하들은 납작 엎드려서 모닥불 쪽을 살폈다.

수마분 뿌리는 거야 하도 수련을 많이 해서 정확히 모닥불 주위에 떨어지게 할 수 있었다. 이번에도 그 주위를 장악했다고 확신했다. 하지만 그래도 기다려야만 했다.

반 시진 정도가 흘러갔다. 혈천당주는 그때까지도 끈기 있게 기다렸다. 기다리는 건 그들에게 기본 중 기본이었다. 목표를 죽이기 위해 며칠 동안 물 한 모금 안 마시고 참을 수도 있었다.

"슬슬 된 것 같군. 가자."

혈천당주가 몸을 일으키며 빠르게 움직였다. 물론 은밀하게 행동했다. 아무리 수마분에 중독되어 깊게 잠들었다 하더라도 상대가 상대이니만큼 조심할 필요가 있었다.

모닥불은 여전히 활활 타올랐다.

가까이 다가가던 혈천당주는 갑자기 드는 위화감에 등줄기에 소름이 쫙 돋았다.

'모닥불이 멀쩡해?'

혈천당주가 급히 손을 번쩍 들었다. 모든 움직임이 일제히 멎었다.

'잠든 지 몇 시진이 지났을 텐데 아직도 모닥불이 멀쩡하다고? 그게 말이 되나?'

모닥불을 관리하는 사람도 없는데 모닥불이 멀쩡할 리가 없다. 모닥불은 어느 정도 타오르다 불씨만 남기고 꺼져야 정상이었다. 한데 아직도 타오른다는 건 누군가 그것을 관리했다는 뜻 아니겠는가.

'숨어 있는 놈이 있다.'

혈천당주는 그것을 확신했다. 그게 아니라면 모닥불에 대한 점을 설명할 수 없었다. 혈천당주의 눈이 번득이며 모닥불 주위를 살폈다. 그러면서 한편으로 방심한 채 너무 가까이 다가온 게 아닌가 하는 생각이 들었다.

'찾을 수가 없다. 대체 누구지? 이런 엄청난 은신 능력이라니……!'

혈천당주는 긴장하며 수하들에게 흩어질 것을 지시했다. 열 명의 자객들이 흩어지며 주위를 확인했다. 하지만 그들 역시 아무것도 찾지 못했다.

그렇게 한 시진이 더 지났다. 모닥불은 여전했고, 혈천당주는 여전히 아무도 찾지 못했다. 그쯤 되자 혈천당주도 이상한 점을 느꼈다.

'모닥불이 여전해?'

무려 한 시진이나 지났는데도 모닥불이 그대로였다. 그제야 모닥불에 뭔가 조치를 취해 놓고 잔 것일 수도 있다는 생각이 들었다. 만일 정말로 그렇다면 지금까지 헛짓을 한 셈이다.

'그래도 그동안 더 깊게 잠들었을 테니 그걸로 위안을 삼아야지.'

혈천당주는 속으로 혀를 찼다. 그리고 즉시 수하들을 모았다.

이제는 더 이상 거칠 것이 없었다. 조용히 접근해 심장에 검을 박아 넣으면 된다. 아주 무심하게.

혈천당주의 몸이 허공에 살짝 떴다. 그렇게 부유하며 마치 유령처럼 모닥불 근처로 흘러갔다. 나머지 열 명의 자객들 역시 마찬가지였다.

그들은 무감정한 눈으로 각자 목표를 잡아 움직였다. 아름다운 여인이 넷이나 자고 있었지만 아무도 욕정을 가지지 않았다. 그들은 감정을 죽이는 수련을 꾸준히 받아 왔다. 꼭 필요할 때는 감정이 아예 사라져 버린다.

다들 바람의 결을 타고 검을 찔렀다. 바람을 가르는 소리조차 없었다. 그들의 검이 목표의 가슴에 정확히 닿았다.

그리고 그렇게 움직임이 딱 멈췄다.

혈천당주는 크게 당황했다. 식은땀이 흘렀고 소름이 돋았다. 이 말도 안 되는 상황을 이해하려 애썼다. 하지만 이해할 수가 없었다. 갑자기 그냥 몸이 움직이지 않았다.

그렇게 당황하고 있을 때, 금철휘가 부스스 일어났다. 그리고 늘어지게 기지개를 켰다.

"으아아아아!"

혈천당주의 눈동자가 옆으로 데굴 굴러갔다. 그리고 금철휘와 눈이 마주쳤다. 금철휘의 의미심장한 미소를 확인한 혈천당주는 자신이 완전히 농락당했다는 것을 깨달았다.

"이야, 조금만 늦었으면 심장에 구멍 뚫릴 뻔했네?"

금철휘의 과장된 어조에 다들 눈을 뜨며 자리에서 일어났다. 물론 가슴에 닿은 검에 찔리지 않게 조심했다.

"다들 일어났네?"

금철휘의 말에 모두 피식 웃었다. 다들 한참 전부터 깨어 있었다. 금철휘가 펼친 진이 발동했기에 깨지 않을 수가 없었다.

"그나저나 내 말을 그렇게 잘 들어줄 거라고는 생각도 못 했는데, 다들 대단한데?"

금철휘는 무슨 일이 있어도 움직이지 말아 달라고 부탁했다. 하지만 네 여인은 그렇다 치고 무림맹주나 혈무련주까지 그럴 수 있을 줄은 몰랐다.

검이 가슴에 닿을 때까지 미동도 하지 않았다는 건, 정말로 금철휘를 철석같이 믿었다는 뜻이었다.

아무리 고수라도 가슴에 검이 닿은 다음에 피할 수는 없다. 더구나 살행을 나선 자들의 실력이 이 정도로 뛰어날 경우에는 더더욱 그러하다.

한데도 그렇게 했다. 금철휘는 무림맹주와 혈무련주를 보며 묘한 표정을 지었다. 무림맹주와 혈무련주도 스스로 약간의 혼란을 느끼는 듯했다. 자신들이 왜 그랬는지 이해하지 못한 것이다. 물론 결과적으로는 아무 일도 없었지만 말이다.

"아무튼 이놈들을 조지다 보면 뭔가 알아낼 게 있겠지."

금철휘는 그렇게 말하며 혈천당주와 열 명의 자객들을 쳐다봤다.

"확실히 그렇겠군. 하면 심문은 내가 맡지. 오랜만이라 참으로 즐거운 시간이 될 것 같아."

혈무련주가 먼저 나섰다. 그의 표정에 어린 기대감을 보건대 예전에도 이런 일을 자주 했었음이 분명했다.

"뭐, 원하시는 대로."

금철휘의 허락이 떨어지자 혈무련주의 입가에 짙은 미소가 어렸다. 그리고 무림맹주는 나서려다가 말았다. 금철휘의 말이 떨어졌으니 자신이 나설 필요가 없다고 생각한 것이다.

'이건 좀 이상한데?'

무림맹주는 문득 자신의 상태가 이상하다는 것을 또 상기했다. 조금 전 가슴에 검이 닿았을 때, 처음 그런 생각이 들었다. 그리고 그 한 번의 경험이 그에게 경각심을 일깨웠다.

그랬기에 지금의 상황을 이상하게 여길 수 있었다. 만일 그게 아니었다면 또 자연스럽게 넘어갔을 것이다. 금철휘의 말에 수긍하고 따른다는 것은 그만큼 자연스럽고 편했다.

"자아, 일단 조용한 곳으로 옮겨 볼까?"

혈무련주가 손을 비비며 혈천당주에게 다가갔다. 그리고 그 순간 혈천당주의 입가에 피가 주르륵 흘렀다.

혈무련주는 깜짝 놀라 몸을 날려 혈천당주의 맥을 살폈다.

혈천당주의 숨은 이미 끊어진 상태였다. 혈무련주의 시선이 다른 자객들에게로 향했다. 그들 역시 입가에 피를 흘리고 있었다.

혈무련주는 그 모두를 확인했다. 한 명도 예외 없이 숨이 끊어져 있었다.

"허어. 이런 지독한 놈들을 봤나."

정말로 지독한 놈들이었다. 또 대단한 놈들이기도 했다. 스스로의 몸을 전혀 통제하지 못하는 상황에서 자살을 했다. 그 점이 참으로 놀라웠다.

'대체 무슨 수를 쓴 거지?'

금철휘는 이들의 기운을 완전히 막아 버려 움직이지도 말하지도 못하게 만들었다. 한데 죽은 것이다.

천령신공이 자연스럽게 일어났다. 그리고 죽은 시체를 샅샅이 살폈다. 머리끝부터 발끝까지 세심히 살핀 금철휘는 이들이 어떻게 죽었는지 알 수 있었다.

'포천회주의 대법이로군.'

포천회주가 건 대법을 이용해 자살한 것이었다. 포천회주의 대법은 금기로 지정한 것을 깨면 뇌에 숨겨진 봉인이 풀리며 죽음을 내리는 방식이었다.

처음부터 이런 상황을 염두에 두고 만든 대법이리라.

금철휘는 고개를 절레절레 저었다.

'아직 누군지 모르겠지만, 이거 정말 엄청난 놈인걸? 보통

미친놈이 아니야.'

금철휘가 포천회주에 대해 생각하고 있을 때, 혈무련주는
어색하게 웃으며 금철휘에게 다가갔다.

"이거 왠지 미안하군. 내가 좀 더 서둘렀으면 한 명은 막을
수 있었을 텐데."

혈무련주의 사과에 금철휘가 고개를 저었다.

"아마 막을 수 없었을 겁니다. 이놈들, 이런 경우 그냥 목
숨을 잃는 대법에 걸려 있어요."

"대법? 그런 것도 가능한가?"

"이놈들을 보니까 가능한 모양이네요."

"대체 누가 그런 대법을 건단 말인가?"

"누구긴 누구겠습니까. 포천회주지."

"포천회……!"

"대단한 놈들이죠?"

혈무련주와 무림맹주가 심각한 표정으로 고개를 끄덕였다.
포천회는 상식을 가볍게 부숴 버리는 조직이었다.

장사에서의 일만 봐도 그렇다. 대체 어떤 조직이 개파대전
을 이용해 무림인을 모아서 그딴 짓을 계획한단 말인가. 웬만
큼 미치지 않고서야 엄두도 못 낼 계획 아닌가.

"아무래도 포천회에 대해 다시 생각해 봐야겠군."

두 사람의 마음이 확고해졌다. 물론 거기에 금철휘가 큰 역
할을 했다는 것은 당연했다. 두 사람도 금철휘도 아직은 모

르고 있지만 말이다.

"그럼 이제 위험도 비켜 갔으니 나머지 잠을 자야죠."

금철휘는 그렇게 말하며 열한 구의 시체를 휙휙 던져 버렸다. 시체들이 밤하늘을 가르며 멀리 날아갔다.

그리고 아주 멀리서 물에 빠지는 소리가 들려왔다.

풍덩! 풍덩! 풍덩!

정확히 열한 번 울린 물소리에 다들 혀를 내둘렀다. 여기서 호수까지의 거리는 상당하다. 거기까지 단번에 시체를 던져버리는 건 아무나 할 수 있는 일이 아니었다.

"자자, 이제 잡시다."

금철휘는 그렇게 말하고 자신의 자리로 돌아가 편히 누웠다. 그리고 순식간에 잠들어 버렸다.

다들 어이가 없는 눈으로 금철휘를 바라봤다. 대체 신경이 어떻게 생겨 먹었기에 이런 일을 겪고 잠이 온단 말인가.

하지만 상대는 금철휘다. 그냥 그러려니 하는 수밖에 없는 사람이었다.

백검화가 가장 먼저 움직였다. 어쨌든 금철휘가 자자고 했으니 그 말을 따르고 싶었다.

자리에 누운 백검화는 금철휘와 마찬가지로 순식간에 잠들어 버렸다. 지켜보고 있던 사람들이 어이가 없어 헛웃음을 흘릴 정도였다.

하지만 결국 다들 잠자리에 들었다. 그리고 그렇게 어이없어 하던 것이 무색하게 눕자마자 잠들어 버렸다.

순식간에 적막이 찾아왔다. 다들 잠든 자리에 모닥불만 탁탁 타올랐다.

다음 날, 일행은 아침 일찍 밥을 먹고 다음 수채를 향해 출발했다. 일단 첫 번째 수채는 함께 부수고 그다음에 일행을 둘로 나누기로 했다.

"이번 수채는 규모가 좀 작은 편이로군. 여기도 다 죽어 마땅한 놈들이겠지?"

무림맹주의 물음에 화예지가 대답했다.

"다른 수적들과 마찬가지입니다. 사람을 밥 먹듯 죽이는 놈들이니 세상에서 사라지는 편이 천하를 위하는 길입니다."

"그렇군."

무림맹주는 항상 수채를 치기 전에 그들에 대해 물었다. 그리고 화예지는 매번 귀찮아하지 않고 성실히 대답해 주었다. 가끔 오늘 물었던 것보다 더 자세히 묻는 경우가 있었는데, 그럴 때도 자신이 아는 범위 내에서 최대한 열심히 설명을 해 주었다.

"그럼 내가 먼저 가지."

무림맹주가 훌쩍 몸을 날리자, 혈무련주가 지기 싫다는 듯 거의 나란히 달려갔다.

그 두 사람을 보는 금철휘의 시선이 의미심장했다.

"우리는 좀 천천히 가지. 저 두 사람도 슬슬 포천회가 얼마나 만만치 않은 조직인지 알아야 할 필요가 있으니까."

"예? 그 말씀은……."

"맞아. 저 수채. 포천회의 지부나 다름없는 곳이야."

금철휘의 말에 화예지의 눈이 동그래졌다.

"대체 그걸 어떻게 아셨어요? 저도 모르는 사실인데!"

금향각도 모르는 걸 어떻게 금철휘가 알고 있단 말인가. 화예지는 순간적으로 금철휘가 금향각 외에 다른 정보조직을 따로 키우고 있는 건 아닐까 하는 생각이 들었다.

하지만 금철휘의 대답은 화예지의 예상과는 전혀 달랐다.

"저기 있는 놈들이 가진 무공이 딱 말해 주잖아. 포천회라고."

"예? 그걸 보지도 않고 어떻게 알아요?"

금철휘가 자신의 가슴을 손바닥으로 탕탕 두드렸다.

"나 금철휘야, 금철휘. 내 말 못 믿어?"

"믿죠……."

다들 그렇게 말하면서 고개를 절레절레 저었다. 그리고 다시 고개를 끄덕였다. 확실히 저런 말을 할 자격이 있는 사람이었다. 저 말을 한 사람이 무림맹주라 한다 해도 핀잔을 주겠지만 금철휘라서 그럴 수가 없었다.

"한데 아무리 포천회라 하더라도 저 두 분을 어찌할 수 있을 것 같지는 않은데…… 아닌가요?"

한서연이 물었다. 그녀가 보기에 저 둘은, 특히 무림맹주는 정말로 엄청난 강자였다. 그런 강자들이 힘겨운 싸움을 한다는 건 왠지 잘 상상이 가지 않았다.

"직접 가서 보면 되잖아. 우리도 저 위에서 구경이나 한번 해 보자."

금철휘가 몸을 훌쩍 날려 수채의 울타리 위에 걸터앉았다.

네 여인은 그런 금철휘를 보며 가만히 미소를 짓다가 이내 몸을 날려 금철휘 옆에 나란히 앉았다.

수채 안에서는 싸움이 한창이었다. 한데 그 양상이 네 여인이 생각했던 것과는 전혀 달랐다.

사실 아무리 포천회라 하더라도, 또 무림맹주와 혈무련주가 고전을 한다고 해도 어느 정도는 적을 몰아붙일 수 있을 줄 알았다.

한데 막상 확인하니 그게 아니었다. 두 사람은 쉴 새 없이 밀리고 있었다. 포천회 무사들의 실력은 엄청났다. 게다가 기묘한 검진을 펼치며 덤비는데, 무림맹주와 혈무련주는 제대로 실력을 발휘하지도 못했다.

"어때? 내 말이 맞지?"

"예. 정말로 그러네요. 그런데 도와 드려야 하는 거 아닌가요?"

"이대로는 크게 다치실 것 같은데……."

네 여인이 걱정을 했지만 금철휘는 씨익 웃으며 고개를 저었다.

"내버려 둬. 좀 더 고생을 해야 포천회 무서운 줄 알지."

순간 금철휘의 입가에 걸린 미소가 왠지 짓궂고 사악해 보였다.

네 여인은 다시 싸움터로 시선을 돌렸다.

무림맹주와 혈무련주는 그야말로 죽을 맛이었다.

"이놈들, 뭐 이리 강해?"

혈무련주가 이를 악물며 도를 휘둘렀다. 그의 도에서 수십 덩어리의 강기가 쏟아져 나갔다.

콰과과광!

강기의 폭발이 사방을 휩쓸었다. 하지만 수적들은 그 강력한 공격을 너무나 간단히 막아 버렸다. 검을 빙글빙글 돌려 검막을 방패처럼 만들어 강기의 폭풍을 막아낸 것이다.

"이런 놈들이 고작 수적질이나 하고 있다니!"

혈무련주는 자신에게 쏟아지는 수십 개의 검기를 쳐냈다.

쩌저저저저정!

수적들은 조직적으로 움직이며 혈무련주와 무림맹주를 공격했다. 방어는 최소 열 명이 동시에 힘을 모아서 하고, 공격은 갖은 변칙을 다 사용해 집요하게 물고 늘어지니 상대하기가 여간 까다로운 게 아니었다.

한동안 지루한 공방이 이어졌다. 무림맹주와 혈무련주는

이 상황을 어떻게든 바꿔야겠다고 생각했다. 그렇게 뭐든 시도해 보려는 찰나, 수적들의 움직임이 갑자기 바뀌었다. 그들보다 수적들이 먼저 변화를 시도한 것이다.

츠츠츠츠츠

마치 안개 같은 기운이 수적들 사이에서 피어오르며 무림맹주와 혈무련주를 휘감았다. 그 기운의 정체를 파악한 두 사람은 다급히 검과 도를 휘둘렀다.

쩌저정!

꽈과광!

안개를 닮은 기운은 검기였다. 검기가 변형되어 안개처럼 뿌옇게 퍼지며 날아온 것이다.

검기는 끊임없이 날아들었다.

무림맹주와 혈무련주는 물 흐르듯 자연스럽게 검과 도를 휘둘러 검기를 완벽하게 차단했다. 그러면서 한편으로 수적들의 움직임을 살피고 빈틈을 찾았다.

'이놈들, 검진을 쓰고 있구나.'

수적들이 내뿜는 검기는 검진으로 인한 효과였다. 무림맹주와 혈무련주는 당황할 수밖에 없었다. 수적들은 아직 제대로 된 공격을 하지 않았다. 그저 검진의 효과로 나타나는 공격만 하고 있을 뿐이었다.

'이러다가 본격적으로 덤벼들기라도 하면!'

둘이 거의 동시에 그런 생각을 했을 때, 수적들이 일제히 검을 휘둘렀다. 검진의 움직임에 기본적인 틀을 맞추긴 했지만 그럼에도 상당히 자유롭고 변칙적이었다.

쉬쉬쉬쉬쉭!

날카롭게 바람을 가르는 소리와 함께 수십 개의 검이 무림 맹주와 혈무련주를 향해 짓쳐 들었다.

쩌저저저저저정!

무림맹주와 혈무련주는 수적들의 검을 쳐내며 이를 악물었다. 검을 쳐낼 때마다 손이 저릿저릿했다.

'이놈들!'

이번에는 정말로 깜짝 놀랐다. 수적들의 실력은 처음에 예측한 것보다 훨씬 더 강했다. 물론 무림맹주나 혈무련주보다는 못했지만 그래도 최소한 무림맹이나 혈무련의 장로보다 훨씬 더 강한 실력을 가지고 있었다.

지금까지 실력을 감추고 수적 우위와 검진만을 이용해서 힘을 빼다가 이제야 본격적으로 이를 드러낸 것이다.

"대체 어디서 이딴 놈들이 나타났단 말인가!"

무림맹주가 당황해 외쳤다. 그의 검이 더욱 정신없이 움직였다. 검에서 뿜어져 나온 새하얀 검강이 사방을 휘저었다. 하지만 그런 강력한 공격들도 수적들에게는 무용지물이었다. 검진의 힘이었다.

수적들이 펼치는 검진은 방어가 너무나 강력했다. 공격은 고작 검기의 안개를 뿌리는 정도였지만 방어는 무림맹주의 검강을 막아낼 정도로 대단했다.

"이놈들, 그냥 공격해서는 안 먹혀! 무리를 해서라도 빈틈을 만들어야 돼!"

혈무련주는 그렇게 외치고는 도강을 뽑아냈다. 백검화와 싸울 때 썼던 그 도강이었다.

쉬아악!

꽈앙!

혈무련주의 도강이 수적들을 후려쳤다. 검진의 방어에 수적들 스스로도 검강을 뽑아 막아냈지만 혈무련주의 공격이 워낙 강력해 순간적으로 검진이 흔들렸다.

"지금!"

혈무련주가 외쳤다. 물론 무림맹주는 그가 외치기도 전에 빈틈을 향해 검을 찔러 넣었다.

콰콰콰콰콰콰!

거대한 검강의 폭풍이 휘몰아쳤다. 보통 강기가 아니라 혈무련주가 썼던 것과 똑같은 강기였다.

강기의 폭풍이 수적들을 휘감았다. 하지만 수적들은 누구도 당황하지 않았다.

쩌저저저저정!

다른 수적들과 복장이 좀 다른 다섯 명의 수적이 나타나 빈틈을 찌른 무림맹주의 공격을 완벽하게 막아냈다.

수적들은 거의 피해를 입지 않았다. 몇 명이 약간의 내상을 입은 것이 전부였다. 그나마 내상을 입은 수적들은 뒤로 물러나고 멀쩡한 다른 수적들이 그 자리를 채웠다.

처음 싸움을 시작할 때와 똑같은 상황이 된 것이다. 아니, 그때보다 더 좋지 않았다. 다른 수적들보다 훨씬 강한 자들이 다섯이나 나타났으니 말이다.

"저놈들, 아무래도 우리 아래가 아닌 것 같은데?"

혈무련주의 말에 무림맹주가 눈살을 찌푸렸다. 아무리 싸우는 와중이라 경황이 없다고 하지만 마치 친구를 대하는 듯한 혈무련주의 말투가 마음에 안 들었다.

그래도 어쩌랴. 지금은 위급한 상황인 것을. 물론 무림맹주는 혈무련주처럼 함부로 말을 놓지 않았다.

"아무래도 우리끼리 해결하기에는 상황이 여의치 않은 것 같소."

"젠장. 백검화만 있어도 어떻게 해 볼 수 있을 것 같은데."

"저쪽은 다섯이나 되니 아마 쉽지 않을 것 같소만."

"깐깐하기는. 백검화에 그 검기 폭풍을 일으키는 여자들까지 하면 어떻게든 되지 않겠어?"

"나머지 수적들은 안 보이시오?"

혈무련주가 인상을 구겼다.

"대체 저딴 놈들이 뭐가 아쉬워서 수적질을 하고 있는 거야? 저놈들 진짜 수적이기는 해?"

"당연히 수적일 리가 없지 않소."

"그럼 포천회겠군."

무림맹주가 고개를 끄덕였다. 새삼 포천회에 대한 경각심이 강하게 들었다. 어두운 곳에서 음모나 꾸미는 놈들인 줄 알았는데, 이렇게 강력한 무사들을 보유하고 있다니, 인식이 완전히 달라져 버렸다.

"돌아가면 포천회에 대한 대비를 해야겠군."

"그건 일단 무사히 돌아간 다음에 고민해도 늦지 않소. 지금은 살아남는 것도 쉬워 보이지 않소만⋯⋯."

무림맹주의 표정이 어두워졌다. 복장이 다른 다섯 명 뒤로 그들과 또 복장이 다른 두 명이 나타났기 때문이다. 그들에게서 느껴지는 거대한 기세에 무림맹주는 절로 몸이 움츠러들었다.

'나보다 훨씬 강하다!'

충격이었다. 지금까지는 은연중 자신이 천하제일인이라는 자부심을 가지고 있었다. 한데 자신보다 강한 사람이 나타난 것이다. 그것도 둘이나.

"길 좀 열어라. 무림맹주랑 혈무련주가 왔다는데 낯짝이나 좀 보자."

안쪽에서 걸걸한 목소리가 울렸다. 그러자 무림맹주와 혈무련주의 앞을 막은 수적들이 일제히 길을 열었다.

그곳에 철탑을 연상케 하는 거대한 사내가 웬만한 장정만 한 도끼를 들고 서 있었다. 그렇게 거대한데도 그에게서는 그 어떤 기세나 기척도 느껴지지 않았다.

'이놈이 수장이로군. 정말 어마어마하구나.'

자신보다 강한 사람이 둘이나 있다는 것도 충격인데, 그 둘보다 더 강한 사람이 등장했다. 이제는 그저 허탈할 뿐이었다.

"뭐야? 무림맹주니 혈무련주니 해서 기대했더니, 뭐 이리 약해?"

철탑 거한의 우렁우렁한 목소리가 무림맹주와 혈무련주의 고막을 때렸다.

"크윽."

두 사람은 순간적으로 비틀거렸다. 목소리에 담긴 내력에 당한 것이다.

둘은 급히 균형을 잡으며 경악한 눈으로 철탑거한을 노려봤다. 믿을 수가 없었다. 고작 고함 한 번에 자신들을 흔들다니!

"네놈들이 이 근방 수적들을 휘젓고 다닌다면서?"

쿠웅!

철탑거한이 도끼를 세워 자루를 바닥에 꽂았다. 바닥이 은은히 진동했다.

무림맹주와 혈무련주는 땅의 진동을 타고 오는 막대한 경력을 간신히 해소했다. 두 사람은 질린 눈으로 철탑거한을 바라봤다. 완전히 기가 꺾였다. 둘이 함께 덤벼도 절대 저 거한을 이길 수 없을 것 같았다.

"일단 목부터 따자. 계집들이랑 같이 다닌다더니 그년들은 어디 갔지?"

철탑거한이 옆에 있던 수하를 보며 말했다.

"가서 어디 있는지 찾아 놔. 피를 보면 여자로 몸을 풀어야 직성이 풀리니까."

철탑거한의 입가에 음흉한 웃음이 맺혔다.

붕붕붕!

철탑거한이 도끼를 빙빙 돌렸다. 어마어마한 바람이 일어났다. 무림맹주와 혈무련주는 그 풍압을 억지로 버텨냈다. 둘의 뺨이 푸들푸들 떨렸다.

'이 무슨 말도 안 되는!'

고작 바람을 이겨내기가 버거웠다. 강기가 섞인 공격도 아니고 도끼로 만드는 바람을 간신히 버텨내는 게 고작이라니, 말로 형언할 수 없을 정도로 지독한 자괴감이 밀려왔다.

철탑거한에게 명령을 받은 수적이 빠르게 몸을 날려 어딘가로 달려갔다. 수채 밖으로 가서 적의 위치를 확인하고자 하는 것이다.

무림맹주와 혈무련주는 그 모습을 빤히 보면서도 막을 수가 없었다. 이 상황에서 도망치기도 어려운데 그런 것까지 신경을 쓸 수 있을 리가 없었다.

"일단 발악이라도 해 봅시다."

무림맹주는 그렇게 말하며 철탑거한을 향해 검을 겨눴다. 아무래도 오늘이 삶의 마지막인 듯했다.

　혈무련주도 도를 겨눴다. 하지만 표정은 무림맹주와 조금 달랐다. 그는 씨익 웃으며 말했다.

　"그래도 무림맹주와 함께 죽을 수 있다면 나름대로 영광이 긴 하군. 안 그래?"

　그 말에 무림맹주가 피식 웃었다. 생각해 보면 무림맹주와 혈무련주가 같은 장소, 같은 시간에 죽는다는 것도 웃기는 일이었다. 무림맹과 혈무련은 경쟁 관계를 넘어서 서로 적대하는 사이 아닌가.

　"갑시다."

　무림맹주의 말이 끝남과 동시에 두 사람이 그대로 몸을 날렸다. 두 사람의 온몸은 짙은 강기로 뒤덮였고, 각각 들고 있는 도와 검은 그보다 더 짙은 강기로 휩싸였다.

　쫘아아아아앙!

　"쿨럭!"

　"크윽!"

　단 한 번의 충돌로 무림맹주와 혈무련주가 뒤로 튕겨 났다. 철탑거한이 한 것은 그저 도끼를 들어 두 사람의 공격을 막았을 뿐이었다.

　무림맹주와 혈무련주는 입에서 연신 피를 토하며 질린 눈으로 철탑거한을 바라봤다. 인간이 저토록 강할 수도 있다는 사실을 처음 깨달았다.

"어쨌든 아직 죽지는 않았군."

무림맹주와 혈무련주는 비틀거리며 몸을 일으켰다. 그리고 가볍게 운기를 해 내상을 다스렸다.

철탑거한은 제자리에 서서 도끼를 어깨에 걸치고 오만한 눈으로 두 사람을 쳐다봤다. 그는 충분히 오만할 자격이 있었다.

"보아하니 또 오기 쉽지 않아 보이는군. 그럼 이번엔 내 도끼를 한번 받아야지?"

철탑거한이 씨익 웃으며 도끼를 들었다. 도끼에 강맹한 기운이 어리기 시작했다. 그 기운은 이내 회오리치며 도끼를 휘감았다. 아마 그것을 날리려는 모양이었다.

무림맹주와 혈무련주는 회오리치는 기운이 얼마나 강력한지 단번에 알아볼 수 있었다. 두 사람의 얼굴에 절망감이 나타났다.

철탑거한은 도끼를 한껏 치켜든 뒤 그것을 그대로 휘두르려 했다. 하지만 그 순간 뭔가가 그를 향해 날아왔다.

꽈앙!

철탑거한이 도끼를 들지 않은 손을 슥 뻗어 날아오는 것을 턱 잡았다. 그리고 눈살을 찌푸렸다. 날아온 것은 조금 전에 심부름 보냈던 수하였다.

"이놈 왜 이래?"

완전히 피떡이 되어 있었다. 죽지는 않았지만 이 정도면 거의 죽은 거나 다름없었다.

철탑거한의 도끼에 어렸던 기운이 사그라졌다. 그는 고개를 돌려 수하가 날아온 방향을 쳐다봤다.

울타리 위에 사람들이 나란히 앉아 있었는데 그중 하나가 열심히 손을 흔들어 주고 있었다.

"호오. 저년들이 저기 있었군. 아래에 피가 확 쏠리는데?"

철탑거한의 시선은 오로지 네 여인에게만 박혀 있었다. 너무나 아름답고 매력적이었다. 당장이라도 옷을 찢어발긴 뒤 바닥에 엎어서 덮치고 싶었다.

"이놈들은 알아서 처리해라. 난 저년들을 먼저 먹어야겠다."

철탑거한의 명령에 양옆으로 비켜서 있던 수적들이 천천히 무림맹주와 혈무련주를 포위하기 시작했다.

그나마 철탑거한보다는 나았기에 무림맹주와 혈무련주의 얼굴에 드리웠던 절망감이 빠르게 사라졌다. 하지만 일단 위기를 벗어나고 나니 울타리에 앉은 여인들이 걱정되기 시작했다.

'저자의 손을 피하기가 어려울 터인데……'

하지만 걱정은 그리 길지 않았다. 지금은 자기들이 더 급했다. 지금 열심히 뛰지 않으면 목숨을 장담하기 어려웠다. 아니, 발악해도 안 될 가능성이 컸다. 자신들보다 강한 사람이 둘이나 있는데 부상까지 당했으니 피하는 게 쉬울 리 있겠는가.

하지만 그래도 철탑거한이 주던 압박감에서 벗어나고 나니 희망은 사라지지 않았다.

그렇게 무림맹주, 혈무련주가 수적들과 대치하고 있을 때, 철탑거한은 금철휘와 네 여인이 있는 울타리 쪽으로 성큼성 큼 걸어가고 있었다.

"오오오. 가까이서 보니 더 죽이는구나. 넷을 동시에 깔아 뭉개 주지. 아마 너희들도 쾌락과 고통에 몸부림치다 보면 내 게 푹 빠져들 것이다. 흐흐흐흐."

철탑거한의 말에 화영이 갑자기 금철휘 옆으로 가서 팔을 꼭 끌어안았다.

"쾌락과 고통은 우리 공자님이 주시는 것만으로도 충분하 거든?"

그 말에 나머지 세 여인이 어이없는 눈으로 그녀를 바라봤 다. 화영의 얼굴은 살짝 상기되어 있었고, 금철휘에게 지나칠 정도로 밀착되어 있었다.

세 여인이 살짝 의심이 감도는 눈으로 금철휘와 화영을 번 갈아 바라봤다.

"서, 설마……."

"설마 우리가 모르는 사이에 둘이서 이상한 짓을 한 건 아 니죠?"

이상한 짓이라는 말에 화영이 발끈했다.

"이상한 짓이라니! 아름다운 행위였다고! 사랑이야!"

"역시!"

세 여인이 동시에 소리치며 자리에서 벌떡 일어났다. 이건 참을 수 없었다. 하려면 공평하게 다 같이 하든가. 어찌 화영에게만 그런 일을 할 수 있단 말인가. 게다가 고통과 쾌락이라니. 너무 선정적인 단어 아닌가. 대체 무슨 짓을 했단 말인가.

"공자님!"

"어떻게 이러실 수가 있어요!"

세 여인이 분개하자, 금철휘는 황당한 눈으로 화영을 쳐다봤다.

"너 왜 그래?"

"예? 제가 뭘요?"

화영은 환하게 웃으며 금철휘를 빤히 바라봤다. 그러자 둘의 모습이 마치 서로를 바라보며 사랑을 속삭이는 연인 같았다.

"둘이 지금 뭐 하는 거예요!"

백검화가 그렇게 외치며 득달같이 달려들었다. 그리고 금철휘의 나머지 팔을 꽉 휘감았다.

"나랑도 해요."

금철휘를 바라보는 백검화의 눈빛은 뜨거웠다. 금철휘는 당황하며 앞을 쳐다봤다.

철탑거한이 있는 대로 얼굴을 일그러뜨린 채 이쪽을 보고 있었다. 그의 손에 쥐어진 도끼에 강맹한 기운이 어리기 시작했다.

"역시 사내놈이 사라져야 저것들이 내 밑에 깔릴 준비가 되겠군."

쒸아아앙!

철탑거한이 도끼를 휘둘렀다. 강렬한 기운이 회오리치며 정확히 금철휘를 향해 날아갔다. 만나는 모든 것을 분쇄해 버릴 듯 너무나도 강력한 기의 회오리였다.

금철휘가 자리에서 일어서며 가볍게 팔을 떨쳤다. 너무나 자연스럽게 화영과 백검화가 금철휘의 팔을 놓치며 옆으로 살짝 밀려났다.

금철휘는 한 손을 앞으로 뻗었다.

푸화하학!

마치 회오리를 역으로 회전시킨 듯했다. 금철휘를 향해 날아가던 기의 회오리가 그대로 와해되어 버렸다. 남은 것은 가느다란 산들바람뿐이었다.

금철휘와 네 여인의 옷자락이 가볍게 나부꼈다.

철탑거한의 눈이 휘둥그레졌다. 설마 자신의 공격을 이렇게 간단히 막아낼 줄은 몰랐다.

"어라? 너 제법이잖아?"

철탑거한이 그렇게 말하며 도끼를 붕붕 돌렸다. 그리고 손가락을 까딱였다.

"이리 와서 나랑 조금만 놀아 보자. 실력이 쓸 만하면 살려 주마. 내가 저년들 먹을 때 도와줄 사람도 필요하니까."

금철휘가 피식 웃으며 울타리에서 훌쩍 뛰어내렸다.

"이거 완전히 색에 미친놈이로군."

금철휘가 목을 좌우로 꺾어 우드득 소리를 냈다. 마치 저잣거리 왈패가 상대를 겁주는 행동과 비슷했다.

"보아하니 시간도 별로 없는 것 같은데 빨리 끝내자."

금철휘는 그렇게 말하며 고개를 돌려 네 여인을 쳐다봤다. 여덟 개의 눈동자가 반짝반짝 빛나며 금철휘를 바라봤다.

"저 양반들 죽으면 곤란하니까 가서 좀 도와주고 있지?"

"네."

가장 먼저 백검화가 몸을 날렸다. 그녀는 단전에 있던 대부분의 기운을 단번에 끌어냈다. 그리고 그것을 검 끝에 모아 허공에서 그대로 휘돌려 던졌다.

꽈아아아아아앙!

거대한 폭발이 일어났다. 그 폭발이 수적들 대부분을 휩쓸고 지나갔다. 물론 큰 피해를 입은 수적들은 없었다. 하지만 너무나 급작스러운 공격이었기에 많은 수가 부상을 입었다.

백검화는 그 한가운데 떨어져 내렸다. 그리고 크게 숨을 들이마셨다. 순식간에 진기가 단전에 차올랐다. 금철휘가 전해 준 심법은 이제 다음 단계로 넘어가 그저 숨을 쉬는 것만으로도 빠르게 내력이 차오르는 경지에 이르렀다.

"어때요? 반갑죠?"

백검화가 무림맹주와 혈무련주를 보며 말했다. 두 사람은 화색이 도는 얼굴로 고개를 끄덕였다.

"이렇게 누군가가 반가워 보기는 내 평생 처음인 것 같군."

"나 역시."

두 사람은 기운을 냈다. 이제 백검화까지 왔으니 어떻게든 도망갈 틈을 만들 수 있을 것 같았다.

백검화는 다시 시선을 돌려 수적들을 노려봤다. 그녀의 검에 새하얀 기운이 맺히기 시작했다.

수적들은 크게 당황했다. 전혀 기척도 느끼지 못한 상황에서 강력한 공격을 받았기에 상당히 놀랐다. 사실 굳이 부상을 입지 않아도 될 단순한 공격이었는데, 워낙 창졸간에 벌어져 피할 틈이 없었다.

그들은 금철휘의 천령신공이 백검화를 비롯한 여인들의 기척을 가려 주었다는 걸 전혀 알지 못했다. 그랬기에 지금 떨어져 내리는 세 여인의 공격을 고스란히 맞을 수밖에 없었다.

꽈과과과광!

한서연을 필두로 화영과 화예지가 수많은 검강을 쏟아내며 바닥에 착지했다. 이번 공격으로 수적 둘이 심각한 부상을 입었다.

물론 전체 수에 비하면 경미했지만 그래도 수적들에게 피해가 가기 시작했다는 점이 중요했다.

"자, 일단 시작할까요?"

화영과 화예지가 먼저 움직였다. 둘의 주위로 거대한 검기의 폭풍이 일어나기 시작했다. 물론 수적들에게는 거의 위협이 되지 않았다. 하지만 충분히 신경을 거슬리게 했다.

그 뒤를 이어 한서연과 백검화가 만드는 수많은 꽃잎들이 흩날렸다. 꽃잎은 검기의 폭풍에 편승해 거세게 휘돌았다.

이제 검기폭풍은 신경을 거슬리게 하는 정도가 아니라 위협을 느끼게 할 정도로 강력해졌다. 폭풍에 검강의 꽃잎이 실리니 그 움직임을 예측하기가 어려워 더 위력적이었다.

무림맹주와 혈무련주는 서로를 한 번 바라보고는 의미심장한 표정으로 고개를 끄덕였다. 그리고 즉시 몸을 날려 수적들을 공격했다.

싸움의 양상이 팽팽하게 변했다.

일단은 그거면 됐다. 백검화는 이대로 조금만 더 시간을 끌면 된다는 걸 알기에 안심했다. 이제 남은 건 금철휘가 철탑거한을 물리치고 빨리 오기만을 기다리는 것뿐이었다.

금철휘는 네 여인이 싸움의 양상을 바꿔 버리는 걸 확인하고는 그제야 철탑거한을 쳐다봤다.

"이제 우리 사이도 정리를 해야지?"

금철휘가 씨익 웃으며 다가갔다. 철탑거한은 뭔가 기이한 느낌이 들었는지 뒤로 살짝 물러났다. 그리고 그대로 도끼를 내려찍었다.

쩡!

금철휘는 손을 들어 도끼날을 잡아냈다. 철탑거한의 눈이 화등잔만 해졌다. 자신의 도끼는 닿기만 해도 모든 걸 분쇄해 버리는 강력한 기운을 항상 품고 있다. 한데 고작 인간의 손이 그것을 막아냈다는 걸 믿기 어려웠다.

"감이 좋은 놈일세?"

금철휘는 그렇게 말하며 발을 슬쩍 들었다.

퍽!

"끄어어!"

철탑거한의 눈이 휙 돌아갔다. 그리고 사타구니를 부여 쥐고 바닥을 뒹굴었다. 도끼는 어느새 내팽개친 지 오래였다.

"끄아아아아악!"

정말 너무나 아팠다. 도저히 참을 수 없는 고통이었다. 철탑거한은 고통에 몸부림치면서 한편으로는 이상했다. 대체 왜 이렇게 고통스럽단 말인가. 그는 사타구니도 충분히 단련했다. 웬만해서는 충격을 받지도 않는다.

한데 이런 고통이라니. 그렇다고 뭉개지거나 한 것도 아니다. 피가 나지도 않았다. 그저 미치도록 아팠다.

"엄살은."

금철휘는 그렇게 말하며 철탑거한에게 다가갔다. 이놈에게 뭔가를 심문할까 말까 고민을 했다. 하지만 이내 깔끔하게 포기했다. 지금까지 알아낸 것만 처리해도 충분했다. 일단은 동정호 주변의 수적들을 몽땅 없애는 것이 먼저였다.

"크아악!"

철탑거한은 금철휘가 다가가자 비명으로 고통을 참으며 몸을 휘둘렀다. 그의 거대한 다리가 금철휘의 얼굴을 향해 빠르게 날아갔다.

틱!

금철휘는 가볍게 그의 다리를 잡은 뒤 팔을 빙글 휘둘렀다.

붕붕붕!

철탑거한이 허공에서 금철휘의 손에 붙잡혀 빙빙 돌았다. 그는 정신을 차릴 수가 없었다. 고통에 어지러움이 겹쳐 머리가 핑핑 돌았다.

"자아, 그럼 나도 싸움에 끼어들어 볼까?"

금철휘는 철탑거한의 몸에 천령신공을 밀어 넣었다. 그리고 그대로 수적들이 가장 많이 모인 곳을 향해 던져 버렸다.

회전하던 힘에다가 금철휘가 던진 힘까지 합해져 엄청난 속도로 날아간 철탑거한은 수적들 사이에 떨어지며 바닥에 푹 박혔다.

쩌어어어어어엉!

철탑거한을 중심으로 거대한 기파가 퍼져 나갔다. 금철휘가 미리 주입시킨 천령신공이었다.

천령신공으로 이루어진 기파에 몸을 내준 수적들은 갑자기 내부가 진탕되며 피를 토했다.

"쿠웩!"

"쿨럭!"

"크워억!"

여기저기서 피를 토하는 소리가 들려왔다. 수적들은 정신을 차리지 못했다.

그리고 무림맹주와 혈무련주는 수적들과 정반대 현상을 겪었다. 극심했던 내상을 기파가 한차례 다독이고 지나갔다. 놀랍게도 내상이 상당히 완화되었다.

두 사람은 놀란 눈으로 철탑거한이 박힌 자리를 보다가 이내 퍼뜩 놀라 몸을 날렸다.

"이 기회를 놓칠 수는 없지."

무림맹주와 혈무련주의 검과 도가 거침없이 움직였다.

서걱! 서걱!

한 번 휘두를 때마다 어김없이 수적의 목 하나가 떨어졌다. 무림맹주와 혈무련주는 지금까지 당한 것을 앙갚음이라도 하듯 쉴 새 없이 검과 도를 휘두르며 움직였다.

백검화도 마찬가지였다. 금철휘가 개입했다는 것을 알아챈 순간 즉시 몸을 날려 가장 강한 수적들부터 처리했다. 천령신공은 이들 포천회 무사들에게 거의 천적이나 다름없었다.

백검화보다 더 강한 고수도 둘이나 있었는데 그들 역시 전혀 힘을 쓰지 못했다. 백검화는 아주 손쉽게 그들의 목을 칠 수 있었다.

　그렇게 수적 아닌 수적들과의 싸움이 서서히 막바지로 달려갔다.

제6장
수채 정벌

"후욱. 후욱."

"더럽게 힘들구나. 허억. 허억."

무림맹주와 혈무련주가 거친 숨을 몰아쉬었다. 워낙 열심히 뛰어다닌 덕에 내력이 바닥났다.

내부가 진탕되어 제 실력을 발휘하지 못했지만, 수적들은 그럼에도 상대하기가 버거웠다. 천령신공에 당한 초반에는 아예 힘을 못 써서 쉽게 죽였지만, 조금 시간이 지나니 억지로라도 몸을 움직일 수 있게 되어 거센 저항을 하기 시작했다.

그렇게 목숨을 걸고 저항하는 수적들과 싸우려니 정말로 힘들고 위험했다.

그래도 어쨌든 이겼다. 수채를 완전히 정리한 것이다. 또한 부상도 대충 다독일 수 있었다.

"이제 쉴 만큼 쉬었으니 슬슬 다음 수채를 처리하는 게 어떻습니까?"

금철휘의 말에 무림맹주와 혈무련주가 고개를 저었다.

"오늘은 그만 쉬세. 운기조식을 좀 해야 할 것 같군. 다음 수채도 지금처럼 미친놈들이 가득하면 이 상태로는 위험할 것 같기도 하고."

"그럼 그러죠."

금철휘는 고개를 끄덕이고는 어느새 나타난 영곤과 함께 식사를 준비했다.

"일단 밖으로 나가는 게 어떻습니까?"

금철휘의 말에 무림맹주와 혈무련주를 비롯한 모든 사람들이 자리에서 일어났다. 굳이 피비린내가 진동하는 곳에서 식사를 할 필요는 없었으니까.

수채에서 한참 떨어진 곳에 와서야 금철휘는 식사 준비를 시작했다. 물론 금철휘보다는 영곤이 훨씬 많은 일을 했다. 금철휘가 한 것은 솥을 걸고 그 안에 식재료를 다듬어 넣는 것뿐이었다. 솥을 젓는 것도 영곤이 했다.

금철휘는 영곤을 보며 물었다.

"그동안 수채들 다 정리는 했지?"

"물론입니다. 제법 많은 재물을 모아 뒀더군요. 나중에 물류를 장악할 때 쓰려고 백총관께 드렸습니다."

금철휘가 고개를 끄덕였다.

"잘했다. 오늘 친 곳은 특별히 잘 뒤져 봐. 포천회 놈들, 생각보다 돈이 많으니 제법 쓸 만한 것들이 많을 거다."

"이미 그렇게 지시를 내려 뒀습니다."

금철휘가 만족한다는 듯 씨익 웃었다. 역시 영곤이었다.

"자, 그럼 난 오랜만에 게으름이나 잔뜩 부려 볼까?"

금철휘는 미리 준비한 잠자리에 누워 이리·뒹굴 저리 뒹굴하면서 시간을 보냈다.

무림맹주와 혈무련주는 그런 금철휘를 유심히 보다가 이내 고개를 저었다.

"아무리 봐도 알 수가 없군."

"나도 마찬가지야."

"저놈이 그 철탑거한을 죽인 거 맞나?"

무림맹주는 고개를 저었다. 못 봤으니 확신할 수가 없었다. 하지만 정황상으로는 분명히 금철휘가 죽였다.

"대체 어떻게 죽인 거지? 저놈이 그렇게 강한가?"

"글쎄. 좀 더 같이 다니다 보면 알겠지."

무림맹주가 눈을 빛냈다. 그의 시선은 바닥에서 뒹굴거리는 금철휘에게서 떨어지지 않았다.

의문만 계속 쌓였다. 철탑거한을 어떻게 죽였으며, 또 수적들에게 내상을 입히고 자신들을 치료한 그 기묘한 기파는 무엇이란 말인가.

'금룡장이라…… 좀 알아볼 필요가 있겠어.'

무림맹주와 혈무련주가 동시에 떠올린 생각이었다. 향후 무림의 중심에는 반드시 금룡장이 있을 것이다. 저 금철휘가 있는 한 말이다.

"그나저나 우리 애들은 아직도 안 움직이는 건가? 내 돌아가기만 하면 이놈들을 그냥 두나 봐라."

혈무련주의 투덜거림에 무림맹주도 낯빛을 굳혔다.

"나도 슬슬 맹을 한번 뒤집을 때가 된 것 같군."

혈무련주가 의미심장한 눈으로 무림맹주를 바라봤다.

"우리 이번 기회에 손 한번 잡아 보는 게 어떤가? 서로 개혁이 필요한데 이용하기도 편하고 말이야."

무림맹주가 선선히 고개를 끄덕였다.

"좋은 생각이군."

둘은 함께 목숨을 걸고 싸우며 많이 친해졌다. 즉, 무림맹과 혈무련의 향후 관계가 완전히 달라질 수 있다는 뜻이었다.

"개혁하지 않으면 포천회와 싸우기 어렵겠지."

포천회라는 말에 잠시 침묵이 감돌았다. 오늘 겪은 그들의 힘은 가공할 정도였다.

"일단 이번에 오는 놈들을 잘 굴려서 되도록 저놈과 부딪치지 않게 만들어야지. 이놈들, 오기만 해 봐라."

혈무련주가 이를 갈았다. 그리고 무림맹주는 그런 혈무련주의 태도에 공감하며 고개를 끄덕였다.

하지만 두 사람의 계획은 이어지지 않았다.

피투성이가 된 무사 하나가 정신없이 달렸다. 당장이라도 그 악마들이 자신을 덮칠 것 같아 두려웠다. 그는 내공이 바닥났는데도 개의치 않고 달리고 또 달렸다.

깜깜한 밤인지라 달리다가 넘어져 구르기를 반복했다. 하지만 그는 한 번도 쉬지 않았다.

그의 눈에 멀리 모닥불 하나가 보였다. 그는 더욱 미친 듯이 달렸다. 일단 사람을 만나야 했다. 그리고 이 사실을 무림맹에 전해야만 한다.

그렇게 달린 무사는 결국 모닥불이 있는 곳에 도착할 수 있었다. 그리고 그곳에서 무림맹주를 볼 수 있었다. 사내의 몸이 그대로 무너졌다.

"크흑! 맹주님!"

무림맹주의 얼굴이 딱딱하게 굳었다. 무사의 복장을 보면 무림맹 지부에서 최소 타격대의 조장은 되는 자였다. 그는 죽어 가고 있었다. 기력을 너무 소모한 것이다.

"수, 수적이……."

그는 말을 잇지 못했다. 무사의 표정이 분하고 답답함으로 물들었다. 무림맹주에게 전해야 할 말을 드디어 전할 수 있는

데 전하지 못하고 있으니 죽어서도 눈을 감지 못할 것 같았다.

그 순간 금철휘가 그 앞에 불쑥 나타났다.

"원기를 너무 소모했는데?"

금철휘는 아무렇지도 않게 그의 정수리를 손으로 꽉 쥐었다.

"크윽!"

무사가 갑자기 정신을 차리며 고통을 호소했다.

"무슨 짓인가!"

무림맹주가 깜짝 놀라 외쳤다. 하지만 금철휘는 그런 무림맹주를 보며 씨익 웃어 주고는 다시 무사의 머리를 쥔 손에 힘을 주었다.

"크으윽."

"자, 정신이 번쩍 들지?"

쏴아아.

무사는 자신의 머리 위로 마치 폭포가 쏟아지는 듯한 기분이 들었다. 아니, 소리도 들렸다. 뭔가가 마구 쏟아지는 것 같았다. 그러자 몸과 마음이 더없이 편안해졌다.

짝짝!

금철휘가 잠들려는 무사의 뺨을 때렸다. 무사는 정신이 번쩍 들어 눈을 크게 떴다.

"으아아악!"

너무 아팠다. 맞은 뺨이 너무 아파서 비명을 지르지 않고는 배길 수가 없었다.

"쉿! 시끄러우면 한 대 더 맞는다."

"헙!"

무사는 입을 꽉 다물었다. 여전히 너무 아파 비명을 지르고 싶었지만 그럴 수가 없었다. 그렇게 아픈 따귀를 또 한 대 맞는다면 아마 꼴사납게 바닥을 데굴데굴 굴러야 할 것이다.

"이게 대체 무슨 짓인가! 다 죽어 가는 사람을!"

"이게 어딜 봐서 죽어 가는 사람입니까?"

금철휘는 그렇게 말하며 무사를 번쩍 일으켰다. 무사는 그 자리에 벌떡 서서 어리둥절한 표정을 지었다.

자신은 분명 조금 전까지 죽어 가고 있었다. 한데 멀쩡히 살아났다. 여전히 뺨은 더럽게 아팠지만 말이다.

"중요한 말을 하려다 말고 잠들었기에 깨워 준 겁니다."

무림맹주는 심각한 표정으로 금철휘와 무사를 번갈아 바라봤다. 무사는 분명히 조금 전까지 죽어 가고 있었다. 한데 이제 보니 기력이 넘쳐났다.

'기이하군.'

금철휘가 또 달리 보였다. 정말 정체를 알 수 없었다. 그리고 욕심이 났다. 그를 무림맹으로 끌어들이고 싶었다. 고개를 돌려 혈무련주를 보니 그 역시 무림맹주와 똑같은 생각을 하고 있는 듯했다.

상념은 금철휘의 말과 동시에 끊어졌다.

"이제 말해 봐. 무슨 일이야?"

그 말에 무사는 정신이 번쩍 들었다.

"큰일 났습니다! 무림맹의 지원군이 수적들에게 완전히 당했습니다!"

무림맹주의 표정이 차갑게 굳었다. 그리고 혈무련주의 얼굴도 일그러졌다. 혈무련주는 무사에게 다급히 질문했다.

"혈무련에서 온 애들 못 봤나?"

"혈무련도 있었습니다. 수적들이 너무 강해 어쩔 수 없이 함께 싸웠습니다만…… 전멸했습니다."

"전멸했다고? 혈무련 애들도?"

무사는 대답하지 못했다. 하지만 굳이 대답을 들을 필요도 없었다.

"그 수적들은 악마입니다. 사람을 죽여 그 피를 마시며 싸우는 놈들이었습니다."

"허어. 그런 놈들까지 있단 말인가? 포천회, 정녕 천하에서 사라져야 할 족속들이로다!"

무사는 열을 내며 자신이 보고 겪은 일을 설명했다.

무림맹 지부에서 모은 무사들이 수채를 공격했다. 한데 수적들이 너무나 강했다. 무림맹 무사들은 수적을 죽이지는 못하고 피해만 계속 입었다.

그 상황에서 혈무련 지부에서 파견한 무사들이 그 수채에

도착했다. 그들은 수채 하나를 무너뜨린 뒤, 도망친 수적들을 쫓아온 것이었다.

그렇게 세 무리가 뒤엉켜 싸웠다.

그때부터 수적들의 분위기가 갑자기 변해 버렸다. 눈이 시뻘겋게 충혈되더니 훨씬 더 빨라지고 강해졌다. 무림맹이고 혈무련이고 속수무책으로 당할 수밖에 없었다.

그들은 자신이 죽인 사람들의 살을 뜯어 먹고 피를 마셨다. 실로 괴기스러운 모습이었다.

무림맹과 혈무련 무사들이 그 모습을 보고 공포에 질려 도망치려 했지만 제대로 도망칠 수가 없었다. 수적들이 사방으로 날뛰며 도망치는 사람을 먼저 공격했기 때문이다.

그 와중에 울타리가 무너졌고, 그 틈을 이용해 도망친 것이 지금 열심히 그들이 얼마나 무서운 놈들인지 설명하는 무사였다.

"고생이 많았구나. 이제 좀 쉬도록 해라."

무림맹주의 말에 무사가 정중히 포권을 취했다. 그의 눈시울은 붉게 물들어 있었다.

"명에 따르겠습니다. 맹주님, 동료들의 복수를 꼭 해 주십시오. 크흑."

적에게 죽어 가던 동료의 모습이 지워지지 않았다. 또한 피와 살을 뜯어 먹던 그 무시무시한 광경도 뇌리에 화인처럼 남아 있었다.

무사는 풀이 잔뜩 죽은 얼굴로 고개를 푹 숙이고 물러났다. 화영이 그를 잠자리로 안내했다. 아름다운 여인이 옆에 있는데도 아무런 감흥을 느끼지 못하는지 그저 누워서 그대로 잠들어 버렸다.

그 모습을 안쓰럽게 바라보던 무림맹주가 이를 갈았다.

"그 짐승만도 못한 수적 놈들을 지금 당장이라도 없애야 할 것 같군."

"우리만으로는 불가능하니 도움을 청해야 하지 않겠나?"

혈무련주가 그렇게 말하며 금철휘를 바라봤다. 과연 정확히 어떤 능력을 가지고 있는지 모르지만 그가 도와준다면 분명히 그들을 물리칠 수 있을 것이다.

그리고 어떻게든 금철휘를 끌어들여야 향후 포천회를 상대하는 게 훨씬 수월해질 것이다.

포천회의 힘을 겪어 보니 이제 확실히 알 수 있었다. 무림맹과 혈무련만으로는 포천회를 감당하는 게 결코 쉽지 않다는 것을 말이다.

"자네는 어쩔 생각인가?"

결국 혈무련주는 참지 못하고 금철휘의 의견을 물었다. 우선 금철휘가 하자는 대로 할 생각이었다.

"일단 그놈들도 문제지만, 지금 다른 수적들도 문젭니다."

"다른 수적들? 대충 동정호 근방의 수적들은 다 정리하지 않았나?"

"동정호야 그렇지요."

"하면……!"

"장강의 다른 수적들이 동정호로 오고 있답니다. 그 수가 참으로 어마어마하겠죠?"

무림맹주와 혈무련주의 표정이 심각해졌다. 수적들이 그렇게 대대적으로 움직였다는 건 누군가 뒤에서 압력을 행사했다는 뜻이다.

아무리 동정호가 탐나도 그렇게 많은 수의 수적들이 움직이는 건 쉽지 않은 일이다. 아니, 거의 불가능한 일이다. 다른 수채의 영역을 건드릴 수밖에 없기 때문이다.

한데 이렇게 대대적으로 수적들이 움직인다는 건, 그것도 동정호가 정벌되었다는 소문도 제대로 퍼지지 않았는데 그렇다는 건, 분명히 누군가 인위적으로 이 일을 조장했다는 뜻이다.

"포천회로군."

설마 포천회의 손이 장강의 수적들에게까지 닿아 있는 줄은 몰랐다. 대체 얼마나 많은 힘을 감추고 있단 말인가.

"일단 몰려오는 수적들을 처리해야 하는데, 어찌시겠습니까?"

금철휘가 무림맹주와 혈무련주의 의견을 물었다. 두 사람은 심각한 표정으로 생각에 잠겼다. 대체 그들을 어찌 다 막는단 말인가. 동정호가 보통 넓은가. 또 들어오는 수로는 얼마나 많은가.

그 모든 길목을 다 틀어막는다 해도 수적들과 싸우려면 수많은 무사가 필요하다. 한마디로 지금 당장 뭔가를 하는 건 불가능하다는 뜻이었다.

"어찌해야 할지 모르겠군."

"포천회가 정말로 동정호에 감추고 싶은 것들이 있긴 있는 모양이야."

그게 아니라면 이곳에 이토록 집착할 이유가 없다. 무림맹 주와 혈무련주는 새삼 금철휘를 다시 봤다. 처음 동정호에서 수적 토벌을 하자고 할 때는 그저 어린놈의 치기라고 여겼는데, 이제 보니 몇 수 앞을 내다보고 자신들을 끌어들인 것이었다.

"일단 차근차근 풀어 가죠."

"차근차근?"

"보아하니 포천회가 직접 관리하는 수채는 이제 하나만 남은 모양입니다."

"오늘 우리 애들을 전멸시킨 거기 말인가?"

"그렇죠. 거기를 제가 정리할 테니, 두 분은 나머지 수채들을 다 책임지십시오."

"좋네."

두 사람에게는 선택의 여지가 없었다. 그리고 이렇게 금철 휘가 시키는 대로 하니 왠지 마음이 편했다.

"그럼 당장 움직일까요?"

금철휘가 자리에서 벌떡 일어나자, 무림맹주와 혈무련주도 따라 일어났다. 그러자 근처에 앉아서 대화를 듣고 있던 네 여인도 함께 일어섰다.

"너희는 남아 있어. 나는 금방 다녀올 테니까 기다리고 있어."

금철휘의 어조가 워낙 단호했는지라 네 여인은 입도 뻥긋 못했다. 그저 묵묵히 고개를 끄덕인 뒤 걱정스런 눈으로 금철 휘를 바라볼 뿐이었다.

애처로운 네 여인의 눈길을 받은 금철휘는 씨익 웃어 주었다. 그리고 걱정 말라는 듯 손을 한 번 흔들어 주고는 훌쩍 몸을 날렸다.

아직 캄캄한 밤이었기에 금철휘의 모습은 금세 어둠 속으로 녹아들었다.

금철휘가 사라지자, 무림맹주와 혈무련주도 움직였다. 두 사람은 각각 따로 움직였다. 오늘 겪은 수적들만 아니라면 혼자서도 얼마든지 수채 하나를 박살낼 수 있었다.

한 치 앞도 안 보이는 깜깜한 밤이었지만 무림맹주나 혈무 련주에게는 아무런 장애도 되지 않았다.

금철휘는 거의 날다시피 해서 목표에 도착했다. 수채의 규모는 오늘 처리한 곳과 거의 비슷했다. 하지만 느껴지는 분위기는 훨씬 더 음산했다.

"이거 완전히 사기(邪氣) 덩어리인데?"

오늘 처리한 곳도 이 정도는 아니었다. 사기가 아예 없는 건 아니었지만 그래도 인간적이었다. 하지만 지금은 전혀 그런 분위기가 느껴지지 않았다.

"너무 지독한데?"

혈향이 진동했다. 사람을 죽여 뜯어 먹었다더니 그 흔적이 여전히 남은 듯했다.

"일단 살려 둬선 안 될 놈들 중 이놈들이 최고로군."

금철휘는 즉시 아래로 내려갔다. 천령신공이 확 퍼져 나가며 수채 전체를 장악했다. 수채가 일순 꿈틀거렸다.

'주술?'

마치 수채가 살아 있는 듯 꿈틀거렸다. 천령신공과 주술이 부딪쳤을 때 나타나는 현상 중 하나였다.

금철휘는 천령신공에 더욱 집중했다. 수채만 꿈틀거리는 것이 아니었다. 수채 안에 있는 사람들도 꿈틀거렸다.

"크어어!"

괴성과 함께 수적 하나가 안에서 튀어나왔다. 그는 핏물 섞인 침을 질질 흘리며 금철휘에게 달려들었다.

"이렇게 덤벼 주면 나야 고맙지."

금철휘가 손을 슬쩍 흔들었다.

펵!

수적의 머리가 날아갔다. 머리가 사라졌지만 수적은 여전히 움직였다. 마치 원래 목이 없는 사람인 것처럼 훌쩍 몸을 날리며 그대로 금철휘를 덮쳤다.

"이래서야 사람이라고 할 수도 없잖아?"

금철휘의 손이 다시 한 번 움직였다.

퍽!

수적의 몸이 그대로 부서졌다. 핏물로 변해 사라진 것이다.

금철휘는 수적의 몸에서 분명히 주술의 흔적을 발견했다. 시체나 다름없는 몸으로 움직이는 것도 주술의 영향이었다.

다시 한 번 천령신공의 기파가 수채를 뒤흔들었다. 수채가 꿈틀거리더니 이내 수적들이 우르르 몰려나왔다.

"크아아아아!"

하나같이 입에서 핏물 섞인 침을 질질 흘리고 있었다. 그들은 빠르게 달려와 금철휘를 덮쳤다.

금철휘의 몸에서 황금빛 광채가 피어났다.

쉬아아아.

"자, 그럼 한 번에 끝내 볼까?"

금철휘의 몸 주위로 황금색 귀갑이 무수히 나타났다. 그 귀갑들은 각자 맹렬히 회전하기 시작했다.

키이이이이잉!

금철휘의 입가에 씨익 미소가 어렸다. 그리고 회전하는 귀갑들이 일제히 튀어 나갔다.

쌔애애애애액!

귀갑의 수는 수적들의 수와 정확히 일치했다. 한 명의 수적에게 하나의 귀갑이 날아갔다.

퍼버버버버버벅!

귀갑의 속도가 어찌나 빠르고 움직임이 변칙적이었는지 아무도 그것을 피하지 못했다.

귀갑을 몸에 박은 수적들이 괴로운 괴성을 토해냈다.

"키에에에엑!"

마치 짐승이 울부짖는 것 같았다.

퍼버버버버버벅!

수적들이 산산이 부서져 나갔다. 몸속으로 파고든 귀갑이 맹렬히 회전하며 내부에서부터 몸을 붕괴시킨 것이다.

그렇게 한껏 몸을 난자한 황금빛 귀갑들이 그대로 폭발했다.

꽈아아아아앙!

거대한 폭발과 함께 수적들은 형체조차 남기지 못하고 몽땅 사라져 버렸다.

금철휘는 천령신공을 발휘해 아직 안에서 나오지 않은 자들이 있나 확인했다. 천령신공을 단순하게 펼치면 땅속에 숨은 자들은 알아낼 수가 없다. 지기(地氣)의 영향 때문이었다.

그래서 예전 땅에 묻은 강시들을 알아차리지 못한 적도 있지 않았던가.

보통은 금철휘도 그렇게까지 살피지 않지만 이번에는 수채의 사기가 너무 짙어 땅속까지 살펴볼 수 있도록 훨씬 더 집중했다. 천령신공이 거침없이 땅속까지 파고들었다.

사실 일곱 번째 단계에 오르지 않았다면 이렇게 쉽게 땅속을 확인할 수 없었을 것이다. 훨씬 더 집중해야 하고, 어렵게 확인해야만 했을 것이다.

하지만 지금은 수월하게 땅속을 헤집었다. 천령신공이 땅 깊은 곳까지 쭉쭉 파고들어 갔다.

"호오. 역시 이럴 줄 알았지."

인성을 완전히 말살당한 이곳 수적들의 상태를 보고 뭔가 있을 거라 짐작했는데, 역시나였다. 이곳 수적들은 강시의 재료가 될 예정이었던 것이다.

이미 완성된 강시는 땅속 깊은 곳에 묻혀 있었다. 보아하니 각각 관에 들어가 있는 듯했다. 관의 재질도 심상치 않았고, 관 안을 꽉 채운 약물도 심상치 않았다.

"아주 작정을 했군. 이 미친놈들."

관은 사기가 외부로 흘러나가지 않도록 막는 역할을 했고, 약물은 끊임없이 사기를 만들어냈다.

사기가 계속 안으로만 축적되니 자연스럽게 강시들이 그 사기를 흡수하게 된다. 강시들은 점점 더 강해지고 있었다. 아주 특별한 방법이면서 동시에 막대한 돈이 필요한 방법이기도 했다.

수채에 사기가 가득한 이유도 이곳에 있는 수적들의 영향이었다. 그들이 익힌 무공이 사기를 만들어냈고, 또 그들의 행위도 사기를 만들어냈다.

오늘 죽은 수많은 무사들 역시 사기를 만드는 재료가 되었다.

그렇게 만들어진 사기가 조금씩 땅속으로 스며들어 강시가 담긴 관으로 흘러들어 갔다.

"완성되면 아주 볼만하겠어."

금철휘는 그렇게 말하며 심각한 표정을 지었다. 이런 식으로 강시를 만드는 수채가 어찌 이곳 하나뿐이겠는가. 수적의 수는 끝없는 장강의 길이만큼이나 많다. 그중 대체 몇 개가 포천회의 손아귀에 있는지 알 수 없었다.

"이런 게 열 군데만 있어도 아주 그냥 천하가 발칵 뒤집히겠는데?"

지금 땅속에서 잠자는 강시의 수는 무려 백 구가 넘었다. 이런 곳이 열 군데 있으면 천 구의 강시가 만들어지고 있다는 뜻이다. 금철휘가 천령신공으로 대충 살펴보건대, 이 강시를 제대로 상대할 수 있는 사람은 최소한 상천검왕이나 단천도왕 정도는 되어야만 했다.

어쩌면 그들이 와도 이기지 못할 수도 있었다. 강시는 지치지도 않고, 부상이나 죽음을 두려워하지도 않는다. 그것은 막상 생사결을 할 때 생각보다 큰 차이로 나타난다.

어쩌면 무림맹주나 혈무련주가 나서야 이들을 제압할 수 있을지도 모른다.

그렇게 강력한 강시가 무려 천 구나 된다. 천하가 뒤집혀도 몇 번은 뒤집힐 숫자 아닌가.

"일단 끄집어내서 좀 더 세심히 살펴보기로 할까?"

금철휘는 그렇게 중얼거리며 발을 한 번 굴렀다.

쿠웅!

천령신공이 발을 타고 땅으로 스며들어 갔다. 그리고 지기(地氣)와 뒤엉키며 땅속을 완전히 뒤집어 놨다.

콰득! 콰득! 콰드드득!

돌 갈리는 소리와 함께 땅속에서 관들이 불쑥불쑥 튀어나왔다. 보기에도 불길한 검붉은 색의 관이었는데, 마치 피로 칠갑을 해 놓은 듯했다.

"어디, 한번 볼까?"

백여 개의 관이 나란히 늘어서 있었다. 금철휘는 그곳으로 걸어가 그중 하나에 손을 댔다.

쩌저적!

관 뚜껑이 쩍쩍 갈라지더니 이내 산산조각 나 버렸다.

쩡!

관 안에는 검붉은 약물이 가득 채워져 있었다. 뚜껑을 열자마자 약물에서 사기가 뭉클 흘러나왔다.

샤아아악!

금철휘의 손에서 뿜어져 나온 천령신공의 기운이 사기를 녹여 버렸다. 천령신공은 거기서 끝내지 않고 약물로 파고들어가 그것을 낱낱이 분석했다.

또한 약물에 잠긴 강시의 몸까지 샅샅이 살폈다.

이렇게 직접적으로 확인하니 제대로 알 수 있었다. 강시가 어떤 무공을 펼칠지 알 수 없지만 무공에 따라 혈무련주를 능가할 수도 있었다. 그 정도로 강하고 잘 만들어진 강시였다.

"아마 혈룡귀갑대의 무공을 익혔겠지? 어설프겠지만."

포천회가 아는 혈룡귀갑대의 무공은 대부분 어설프다. 그것은 금철휘가 직접 확인했기에 확신할 수 있었다. 하지만 그 어설픈 무공만으로도 충분히 천하를 놀라게 할 만했다.

이 강시들이 그런 무공을 몇 가지만 제대로 익혔어도 혈무련주 정도의 실력이 될 것이다. 강시에 내재된 힘과 기운이 너무나 강력했기 때문이다.

"일단 세상에 있을 필요가 없는 놈들이니 없애야겠지."

금철휘의 말이 떨어짐과 동시에 바닥에 늘어선 관들이 비틀리기 시작했다.

콰드득! 콰드득!

쩌저저적!

꽈앙!

화르륵!

비틀린 관이 부서졌고, 그 안에 있던 강시가 폭발했다. 그리고 그 잔해들이 일제히 불타올랐다.

그야말로 순식간에 벌어진 일이었다. 백여 개의 관이 활활 타올랐다. 그리고 새하얀 재로 변해 갔다.

금철휘의 시선이 수채 곳곳으로 향했다. 그 시선이 닿는 곳에서 불길이 확 일어났다.

화르륵.

탁탁탁탁.

수채 전체가 불타올랐다. 바닥에 늘어선 시체들도 몽땅 타고 있었고, 수채를 둘러싼 울타리에도 불이 붙어 타올랐다.

그리고 금철휘가 일으킨 강력한 불길은 수채에 가득한 사기도 태워 버렸다. 불길에 천령신공이 약하게 섞여 있었다. 그 천령신공이 불길과 함께 춤추며 모든 사기를 정화시켰다.

"미친놈들 때문에 땅속까지 오염됐군."

화르륵!

뜨거운 열기가 땅속으로 스며들어 갔다. 그 열기에는 불길보다 훨씬 많은 천령신공이 섞여 있었다. 열기가 땅에 묻은 사기를 차츰차츰 정화시켰다.

금철휘는 열기와 천령신공이 가득한 수채 한가운데에 서서 가만히 밤하늘을 바라봤다.

촘촘히 박힌 별들이 밤하늘을 가득 메우고 있었다. 금방이라도 별들이 뚝뚝 떨어질 것처럼 선명하게 빛났다.

무림맹주와 혈무련주는 해가 채 뜨기도 전에 잠자리를 박차고 일어났다. 마음이 불편하니 잠자리도 불편했다. 잠을 오래 잘 수가 없었다.

두 사람은 일어나서 일단 금철휘부터 찾았다. 금철휘는 코까지 가볍게 골면서 자고 있었다. 정말 너무나도 편안하고 평화로운 표정이었다. 마치 세상의 모든 시름을 다 잊은 듯했다.

"저걸 보고 있으니 내가 이렇게 서두르는 게 바보처럼 느껴지는군."

"나도 마찬가지야."

무림맹주와 혈무련주는 금철휘를 깨울까 하다가 고개를 저었다. 지금 깨워서 뭘 하겠는가. 싸울 땐 싸우더라도 제대로 휴식을 취해 줘야 잘 싸울 수 있는 법이다.

'물론 저 괴물 같은 놈에게 휴식이 필요할지는 모르겠지만.'

무림맹주와 혈무련주는 품에서 육포를 한 조각씩 꺼내 먹었다. 그렇게 대충 요기를 한 뒤 천천히 걸음을 옮겼다. 약속한 대로 동정호의 남은 수채를 정리하러 가는 것이다.

두 사람이 사라지자, 네 여인이 하나둘 자리에서 일어났다. 그녀들도 푹 쉬었기 때문에 피로가 말끔히 풀렸다.

"어머, 두 분께서는 벌써 가셨나 보네?"

가장 먼저 인기척이 사라졌음을 알아챈 백검화의 말에 금철휘가 부스스 몸을 일으키면서 말했다.

"좀 전에 갔다. 나머지 수채를 정리해야 우리 금룡장이 동정호의 물류를 장악하지."

"한데 고작 동정호를 장악한다고 해도 큰 효과가 있을까요? 그저 여기서 나는 생선이나 좀 얻고 말 것 같은데……."

"여기서 끝내면 그렇겠지."

"예? 하면……."

"지금 여기로 장강의 수적들이 우르르 몰려오고 있거든?"

화예지의 눈이 동그래졌다.

"설마 그들을 싹 정리하고 장강을 장악하실 생각이세요?"

"해야지. 여기도 포천회의 돈줄 중 하나가 분명하니까."

네 여인의 표정이 심각해졌다. 생각해 보니 가능성이 높았다. 포천회를 압박하니 대번에 장강의 수적들이 움직인다. 그 말인즉슨 장강의 수적들을 포천회가 장악하고 있다는 뜻이기도 했다.

그리고 암암리에 장강의 물류를 장악해 막대한 돈을 벌어들인 것이 분명했다.

수적들이니 힘으로 수로를 장악해도 이상하게 여길 사람이 아무도 없다. 수적들이 하는 짓이 바로 그것이니 말이다. 그렇게 천하의 눈을 속이고 장강의 물류를 장악하고 있었던 것이다.

"포천회, 정말 그 저력의 끝이 어디인지 모르겠네요."

"그래 봐야 걸리면 이렇게 되는 거지. 싹 망했잖아?"

다들 고개를 끄덕였다. 포천회와 관계된 것들은 금철휘에게 파악된 순간부터 몰락의 길을 걸었다. 사해방이 그랬고, 한월상단이 그랬다. 그 외에도 무수하다. 두천방같이 포천회가 비밀리에 만들어 놓은 방파들도 걸리는 족족 금철휘가 정리해 버렸다.

심지어는 그들과 선이 닿은 유가장마저도 무너졌다.

"이제 어쩌실 건가요?"

"어쩌긴. 여기로 모여드는 수적들을 수장시켜 줘야지."

"어떻게요?"

동정호로 흘러드는 장강의 지류는 무수히 많다. 지금 그 모든 지류를 통해 어마어마한 수의 수적들이 몰려오고 있었다.

한데 그 많은 수를 금철휘 혼자 어떻게 막는단 말인가. 바다처럼 넓은 동정호를 혼자서 다 막을 수는 없지 않은가.

네 여인이 딱 그 의문을 담아 금철휘를 바라봤다. 그러자 금철휘가 씨익 웃으며 말했다.

"한 군데로 유인해야지."

넷 모두가 어이없는 표정을 지었다. 그 모든 수적들을 대체 어떻게 유인한단 말인가. 그리고 설사 유인한다 하더라도 수백 척이나 되는 배가 올 텐데 그 많은 수적들을 어떻게 상대한단 말인가.

"어떻게요?"

네 여인이 한목소리로 물었다.

"돈으로."

금철휘의 대답에 네 여인이 멍한 표정을 지었다. 돈으로 유인한다니. 말이야 쉽지만 대체 어떻게 한단 말인가. 그 수많은 지류에서 각각 오는 그 수많은 수적을 말이다.

'게다가 그중에는 포천회에서 키운 수적들도 있을 텐데……'

네 여인이 걱정스런 눈으로 금철휘를 바라봤다. 만일 그들을 제대로 계산에 넣지 않고 움직인다면 큰 피해를 입을 수도 있었다.

"걱정 마라."

금철휘는 그렇게 말하며 팔찌를 쓰다듬었다. 어느새 백총관이 금철휘 앞에서 조용히 부복하고 있었다.

"배를 좀 사야겠다."

"어떤 배를 얼마나 사야 합니까?"

"배란 배는 싹 사 버려. 그리고 배를 제작할 수 있는 시설을 완전히 장악해. 기술자까지 싹."

백총관이 담담한 눈으로 금철휘를 바라봤다.

"할 수는 있습니다만, 너무 많은 자금이 소요됩니다. 사업에 실패했을 때, 파산할 수도 있습니다. 그래도 하시겠습니까?"

금철휘가 씨익 웃었다.

"해. 앞으로 장강은 우리 거다."

"장강의 수적들을 모두 정리하는 건 쉽지 않은 일입니다."

금철휘가 고개를 끄덕였다.

"알아. 그런데 그거 할 거야. 오늘."

백총관의 표정은 여전히 담담했다. 마치 감정이 없는 사람 같았다.

"파산하시면 더 이상 저희를 부리실 수 없습니다. 그래도 하시겠습니까?"

금철휘가 눈을 빛냈다.

"호오. 그런 제약이 있었군. 하지만 그 정도 모험도 하지 않고서 사업을 할 수는 없지. 하자."

"명을 따르겠습니다."

금철휘가 만족스러운 눈으로 고개를 끄덕였다.

"그리고 황금선을 준비해."

"황금선이라 하심은……."

"황금을 잔뜩 실은 것처럼 위장한 배를 만들어. 안은 가벼운 물건을 채우고 밖에만 황금을 쌓아. 다른 배에서 잘 보이게."

백총관은 여전히 담담한 표정으로 금철휘를 바라봤다. 오히려 그 말에 놀란 것은 네 여인이었다.

"설마! 공자님, 그 배로 수적들을 유인하시겠다는 뜻인가요?"

"맞아. 상대는 수적이니까 황금을 보면 안 쫓아오고 배기겠어?"

"하지만 포천회의 수적들은 안 그럴 것 같은데요?"

금철휘가 씨익 웃었다.

"그놈들만 따로 분류하면 돼. 설마 그런 놈들이 많겠어? 수적들부터 처리한 다음에 따로 차근차근 없애면 돼."

네 여인은 감탄했다. 실로 금철휘가 아니면 시도조차 할 수 없는 방법이었다. 황금으로 수적들을 유인해 한데 모으겠다니 말이다.

금철휘가 손뼉을 짝짝 쳤다.

"자, 그럼 시작해 보자고. 얼른얼른 움직여."

백총관이 고개를 숙인 뒤 그대로 사라져 버렸다.

금철휘는 다시 팔찌를 쓰다듬어 이번에는 흑총관을 불렀다. 흑총관도 어느새 금철휘 앞에 부복했다.

"수로를 장악해야겠다."

"수적을 만드실 생각이십니까?"

"아니, 수로 근처에 있는 문파들을 이용할 생각이야. 수적이랑은 개념이 많이 다르지."

흑총관의 눈이 번득였다.

"통행세를 받으실 생각이시군요."

금철휘가 고개를 저었다.

"그런 거 없다. 그저 배를 내가 싹 장악할 생각이야. 남들이 거기에 얼마나 뛰어들든 상관없어. 천하에 있는 대부분의 배는 내 차지가 될 테니까."

"하면……."

"일단 빈집부터 털자. 빈 수채를 싹 정리해."

"예. 그렇게 처리하겠습니다."

"그리고 나중이 되면 쓸데없는 잡음을 일으키는 놈들이 분명히 있을 거야. 알아서 처리해."

"명대로 하겠습니다."

흑총관이 사라지자, 네 여인이 금철휘에게 다가갔다. 그녀들은 하나같이 이해할 수 없다는 듯 고개를 갸웃거리고 있었다.

"공자님. 대체 그래서 어떤 이득이 있나요? 수적은 공자님이 다 처리해 주시고, 그렇다고 통행세를 받으시는 것도 아니고. 다른 사람들이 맘대로 수로를 이용하면 아무 이득이 없잖아요?"

"이득이 없긴 왜 없어. 천하의 모든 배가 내 것이 되는데."

"예? 하지만 다른 사람들도 배를 만들면 되잖아요?"

금철휘가 고개를 끄덕였다.

"그래. 만들겠지. 하지만 시간이 좀 걸리겠지."

"시간이요?"

"배가 하늘에서 뚝 떨어지는 건 아니잖아? 기술자도 필요하고 나무도 필요하고."

네 여인이 고개를 끄덕였다. 그거야 당연한 말이다. 한데 그게 뭐 어쨌단 말인가.

"그 시간 동안 내가 뭘 할 수 있을지 잘 생각해 봐."

금철휘는 그렇게 말한 뒤 고개를 좌우로 꺾었다.

"자, 그럼 슬슬 움직여 볼까?"

수적들이야 그렇다 치고 포천회의 배를 최대한 많이 찾아놔야 했다. 나중에 다시 정리하면 된다지만 그러면 시간이 많이 걸리게 된다. 또 지금 하는 일에 변수로 남게 된다.

그걸 최대한 막기 위해서라도 지금 바쁘게 움직이는 편이 좋다. 지금 바쁘지만 나중에 많이 편해질 테니까 말이다.

금철휘의 몸이 그대로 사라져 버렸다. 극성의 귀혼보가 펼쳐진 것이다.

네 여인은 금철휘가 사라진 자리를 한동안 아쉬운 눈으로 바라봤다. 하지만 이내 정신을 차리고 주위를 정리했다. 그리고 금철휘가 언제라도 돌아와 쉴 수 있도록 잠자리를 만들고 음식을 준비했다.

그렇게 새로운 하루가 시작되었다.

제7장
수로장악

　백총관의 일처리는 아주 확실했다. 금향각의 정보망과 연계해 순식간에 황금배를 만들었고, 또 그와 동시에 장강을 쭉 훑으며 모든 배를 인수하기 시작했다.

　장사 수완이야 타의 추종을 불허했고, 수많은 상단을 보유하고 있기에 그 힘을 이용해 적당한 가격에 배를 구입했다. 또한 배에 관계된 기술자도 고용했다.

　막대한 재화가 쏟아져 나갔다. 그로 인해 금철휘가 소유한 점포들을 담보로 막대한 자금이 융통되었다.

　어마어마한 돈이 장강을 중심으로 풀려나갔다.

　금철휘의 번뜩임이 여기서 또 발휘되었다. 금철휘는 그렇게 풀린 돈을 효과적으로 다시 흡수하는 다양한 방안을 마련했다. 그리고 백총관이 휘하 상단을 이용해 그것을 더욱 세련되게 다듬었다.

상당한 돈을 흡수해 그것으로 부채를 줄였다. 일단 잘못되더라도 바로 파산할 위기는 넘긴 것이다.

하지만 아무리 그래도 이번에 쓴 돈이 너무 많았다. 자칫하면 그대로 파산의 길을 걸을 수밖에 없었다.

그렇게 아슬아슬한 하루하루가 지나가고 있었다.

"다섯 번째 놈들을 찾았군."

그동안 포천회 무리를 네 개나 찾았다. 그들은 당연히 물고기 밥이 되었다.

"이번에는 다섯 척이나 되네. 제법 큰 규모야."

그동안은 고작 세 척 정도에 불과했다. 포천회는 소규모 수채를 장악해 그곳에 웅크리고 앉아 장강의 수적들을 통제해 왔다.

이 정도로 큰 규모라면 아마 그 소규모 수채들을 관리하는 수채일 확률이 컸다. 동정호에 있던 수채가 바로 그러한 경우였다.

"자, 그럼 가 볼까?"

금철휘는 하늘 높이 떠서 배의 움직임을 보다가 적당한 지형에 들어선 순간 아래로 뚝 떨어져 내렸다.

꽈앙!

단숨에 배 한 척이 산산조각 났다. 그리고 그와 동시에 주변을 천령신공이 장악해 버렸다.

쉬아아아아.

천령신공은 거침없이 물속으로 스며들었다.

"커억!"

"쿨럭!"

물에 빠진 수적들이 제대로 헤엄도 치지 못하고 허우적거렸다. 갑자기 내공을 쓸 수 없어서 당황한 것이다. 천령신공의 힘이었다.

금철휘는 배를 부수는 힘으로 다시 위로 튀어 올랐다. 그렇게 훌쩍 뛰어 바로 옆의 배로 떨어졌다.

배 위의 수적들이 나름대로 대항하려고 애썼지만 금철휘의 옷자락 하나 건드리지 못했다.

꽈앙!

또 한 척의 배가 산산조각 났다.

금철휘는 그렇게 연달아 뛰며 다섯 척의 배를 모두 박살냈다.

꽝! 꽝! 꽝!

수적들이 강에 빠져 허우적댔다. 처음에는 당황했지만 이내 내공만 쓰지 않으면 아무 문제없다는 것을 깨닫고 단전을 잠재웠다. 그리고 서둘러 헤엄쳐 뭍으로 나가려 했다.

물론 금철휘는 그걸 그냥 두고 보지 않았다. 이미 천령신공을 통해 모든 수적들이 포천회의 주구라는 사실을 알아낸 뒤였다.

금철휘의 몸이 황금빛으로 빛났다.

좌아아아악!

거대한 황금빛 귀갑이 물살을 가르고 사방을 휘저었다.

좌아아악!

물과 함께 피가 튀었다. 단 한 명의 수적도 황금빛 귀갑을 피하지 못했다. 장강이 순식간에 피로 물들었다.

금철휘는 훌쩍 뛰어올라 옷이 핏물에 젖는 것을 피했다.

쉬이이이이.

몸에서 순간적으로 뿜어져 나온 열기가 옷에 묻은 물기를 싹 날려 버렸다.

"자, 그럼 슬슬 동정호로 가 볼까?"

짧은 시간 동안 다섯 무리나 해치웠으니 충분히 할 만큼 했다. 이제 나머지는 금향각에 맡기면 된다. 아마 이상 행동을 하는 수적들을 알아서 착착 분류해 끝까지 추적할 것이다.

"이번 일이 끝나면 포천회도 애간장 좀 타겠군."

금철휘의 입가에 회심의 미소가 어렸다. 아마 장강의 수적들을 이용한 물류의 장악은 포천회의 가장 큰 돈줄 중 하나일 것이다. 한데 그것을 고스란히 빼앗길 테니 얼마나 타격이 크겠는가.

금철휘는 허공에 훌쩍 떠올라 동정호를 향해 빠르게 날아
갔다. 장강의 물결을 따라 수많은 배들이 빠르게 동정호를
향해 나아가고 있었다.

＊　　　＊　　　＊

"다른 놈들에게 빼앗기면 차라리 죽는 게 낫다는 생각이
들게 해 주마."

흑룡채의 채주인 동막금은 살기를 풀풀 날리며 소리쳤다.
그는 그렇게 외치면서도 시선은 저 멀리 나아가는 황금빛 배
에 고정되어 있었다.

잡힐 듯 잡힐 듯하면서도 잡히지가 않아 애가 타고 짜증이
났다.

"저 황금이면 수적질 따위 당장 때려치우고 만다."

저 커다란 배에 황금이 가득하니 그 양이 얼마나 되겠는가.
족히 수천 관은 될 것이다. 그 정도면 삼대가 놀고먹어도 남
는다. 아니, 흑룡채의 모든 수적들이 그렇게 놀고먹을 수 있
다.

하지만 배만 잡는다고 다 얻을 수 있는 게 아니다. 저 황금
배를 쫓는 무리만 해도 수십이 넘는다. 수십 개의 수채가 황
금배 하나를 쫓고 있는 것이다.

"어떻게 하면 딴 놈들을 따돌리고 내가 다 차지할 수 있을까?"

동막금은 흐르는 침을 소매로 닦으며 중얼거렸다. 아무리 고민해도 답은 싸우는 것밖에 없었다.

하지만 그건 불가능하다. 수십 군데의 수채를 몽땅 적으로 돌리면 어떻게 살아남을 수 있겠는가.

그렇게 고민에 고민을 거듭하는 동안 황금배가 동정호로 접어들었다. 그리고 황금배를 쫓는 수적들의 배도 함께 동정호로 들어섰다.

동막금은 전혀 알지 못했다. 지금 다른 지류에서도 황금배를 쫓아 각각 수백 척의 배가 물살을 쭉쭉 가르고 나아가고 있다는 것을.

동정호에는 수천 척의 배들이 이리저리 움직이고 있었다. 황금배는 수적들의 배를 교묘히 이끌어 동정호를 크게 돌며 배들을 한데 모았다.

뭔가 이상하다는 걸 가장 먼저 발견한 것은 동막금이었다. 흑룡채는 장강에 있는 수많은 수채들 중에서도 그 세력이 손꼽힐 정도로 큰 곳이었다.

당연히 채주인 동막금도 상당한 고수였다. 그렇기에 누구보다 먼 곳을 확인할 수 있었다.

"아무래도 저기에 황금배가 하나 또 있는 것 같은데?"

동막금이 고개를 갸웃거렸다. 설마 황금배가 한 척이 아니라는 말인가? 그는 일단 눈에 더 힘을 주었다. 단전에 있던 내공이 휘몰아치며 눈으로 쭉 타고 올라갔다. 시야가 확 넓어졌다.

"황금배 맞군. 그러니까 한 척 더 있었단 말이지?"

동막금의 입가에 회심의 미소가 어렸다. 이 상황이 함정이라든가 하는 생각은 아예 하지 않았다.

사실 수적들 중에서도 지금 상황이 이상하다고 여기는 사람들이 제법 많았다. 하지만 막상 눈앞에 황금이 왔다 갔다 하니 그 들끓는 욕망을 아무도 이겨내지 못했다.

"그러니까 난 슬쩍 빠져서 저걸 잡으면 되겠군."

흑룡채의 모든 배를 끌고 갈 필요도 없었다. 그저 자기가 탄 배 한 척이면 족했다. 고작 황금배 한 척 제압하는 데 뭐 그리 힘들겠는가.

동막금이 막 배를 돌리라고 명령하려는 찰나, 그의 눈에 황금배가 아닌 다른 것들이 들어왔다.

"어라?"

동막금의 표정이 딱딱하게 굳었다.

황금배 뒤를 수백 척의 배들이 우르르 따라가고 있었다. 동막금은 배들이 따라가는 모양을 보고 뒤를 쳐다봤다. 지금 자신들과 한데 뭉친 수적들의 배가 움직이는 모양새가 너무나 똑같았다.

"이거…… 뭔가 잘못된 거 같은데?"

동막금은 심상치 않은 느낌을 받고 손을 번쩍 들었다. 일단 배를 멈추라는 신호였다. 하지만 아무도 그 신호를 받아들이지 않았다.

"이 미친놈들이!"

동막금은 당황했다. 수하들이 아무도 자신의 명령을 듣지 않았다. 동막금은 멀리 떨어진 배를 조종하는 수하의 탐욕스런 눈을 보고는 인상을 찡그렸다.

"이러다가 싹 함정에 빠지면 곤란한데……."

하지만 다른 한편으로는 괜한 걱정이라는 생각도 들었다. 동정호 한가운데서 수백 척의 배를 모아 놓고 대체 어떤 함정을 판단 말인가.

무슨 제갈량과 방통처럼 연환계를 이용한 화공을 쓰는 것도 아니고 말이다.

"큭큭큭. 쇠사슬로 배를 싹 이으면 뭐, 가능할지도 모르지."

하지만 자유분방한 수적들이 그따위 뻘짓을 할 리가 없다. 동막금은 일단 한 가닥 불안감을 깨끗이 털어 버렸다. 그리고 다시 황금배를 향해 시선을 돌렸다.

거리가 점점 가까워지고 있었다.

"좋아. 드디어 저 황금이 내 손에 들어오는구나."

동막금의 눈에 더욱 짙은 탐욕이 어렸다.

"다들 제대로 도망칠 준비를 해 둬라! 황금을 탈취하면 바로 튄다! 무조건 북쪽으로 배를 몰아!"

동막금의 명령에 수하들이 일제히 대답을 했다. 다른 건 몰라도 탐욕에 관계된 명령을 어길 수적은 한 명도 없었다.

그렇게 차근차근 황금배와의 간격을 줄여 나갔다. 흑룡채의 배뿐 아니라 다른 수채의 배들도 점점 더 가까워졌다. 그리고 그들 역시 다른 황금배를 발견했다.

한데 상황이 조금 심각해졌다.

"어라? 황금배가 두 척이 아니네?"

곳곳에 황금배가 보였다. 적어도 열 척은 넘는 듯했다. 그리고 황금배가 끌고 온 수적들의 배도 어마어마했다.

"이거 몇천 척은 되는 것 같은데?"

동정호 한가운데가 배로 득실거렸다. 너무나 교묘하게 수적들을 끌고 와서 배들이 순식간에 뒤엉켰다. 제대로 움직일 수가 없었다. 그리고 당연히 황금배도 움직이지 못하고 제자리에 멈췄다.

탐욕에 찬 수적들이 황금배로 건너가려 했다. 한데 그 순간 황금배가 허공으로 쑥 올라갔다.

촤아악!

배와 함께 끌려간 물이 아래로 좌르륵 쏟아졌다. 황금배 근처에 있던 수적들이 물벼락을 맞았다.

하지만 누구도 그것을 가지고 뭐라 하지 않았다. 그들은 믿을 수 없는 광경에 턱이 빠져라 입을 벌리고 하늘을 바라봤다.

수십 척의 배가 허공에 둥둥 떠 있었다. 모두가 황금배였다. 황금배에서 황금이 툭툭 떨어져 나갔다. 그리고 그것들이 한데 뭉쳤다.

그야말로 기사(奇事) 중의 기사였다. 대체 이게 어떻게 가능하단 말인가.

황금들이 한데 뭉쳤다. 어마어마한 크기였다. 물론 가벼운 나뭇조각들을 쌓아 놓고 그 위만 황금으로 덮었기 때문에 예상보다는 적은 양이었다.

하지만 그래도 다 모으니 커다란 바위만 했다.

황금이 어딘가로 휙 날아가 버렸다. 수적들은 안타까운 눈으로 사라져 가는 황금을 바라봤다. 하지만 그것도 길지 않았다. 황금은 순식간에 사라졌고, 수적들은 그 뒤를 걱정해야만 했다.

"어라? 저 배들 왠지 떨어질 것 같은데?"

누군가의 말에 수적들이 허공에 둥둥 뜬 배를 바라봤다. 배가 위태롭게 흔들리고 있었다. 그리고 누가 뭐라고 말하기도 전에 그대로 툭 떨어졌다.

꽈아앙!

촤아악!

배가 호수에 떨어지며 그대로 박살 났다. 몇몇 배는 다른 배에 떨어져 함께 조각났다. 그리고 사방으로 물을 흔들었다. 커다란 파도가 쳤다. 그 파도가 주위의 배를 뒤집고 삼켰다.

순식간에 호수 위가 아수라장으로 변했다.

하지만 모든 배가 다 뒤집어지거나 부서진 건 아니었다. 그런 배는 극히 일부에 불과했다. 이곳에 모인 배의 수가 너무나 많았다.

한데 그 순간 호수가 크게 출렁이기 시작했다.

"뭐야!"

"확실히 잡아!"

"뒤집어진다!"

동정호가 미쳐 버렸다. 수면이 크게 요동치며 배들을 뒤흔들었다.

촤아아아악!

물길이 크게 솟구쳐 어마어마한 수의 배를 한꺼번에 삼켜버렸다. 그렇게 삼킨 걸로도 모자라 또 물길이 솟아올랐다.

쏴아아아아!

그 거대한 물길을 바라보는 수적들의 눈이 암담함으로 물들었다. 그들은 다들 흔들리는 배 위에서 균형을 잡으려 안간힘을 쓰고 있었다. 그렇기에 쏟아지는 물줄기에 속수무책으로 당할 수밖에 없었다.

촤아아아아악!

수백 척의 배가 한꺼번에 물에 들어갔다. 그러면서 물의 힘에 산산조각 났다.

수적들은 비명도 제대로 지르지 못하고 그대로 물에 수장
되었다.

그 일이 끊임없이 일어났다. 물길이 솟아오르고 거대한 파
도가 되어 배를 집어삼키는 일이 반복되었다.

도망갈 수도 없었다. 호수가 워낙 크게 요동쳤기 때문이다.
그날 하루 종일 계속된 호수의 출렁임과 파도가 동정호 한
가운데 모인 수천 척의 배를 몽땅 호수 밑바닥으로 가라앉혀
버렸다.

살아남은 수적은 단 한 명도 없었다.

*   *   *

금철휘는 수면 위에 선 채 창백하게 질린 얼굴로 피를 한
번 토했다.

"쿨럭!"

검붉은 피가 어느새 잔잔하게 가라앉은 호수 위에 쏟아졌
다.

"더럽게 힘드네."

호수의 물을 뒤흔들어 수천 척의 배를 박살내는 일은 어마
어마하게 힘들었다. 사실 시작하기 전에는 자신감에 넘쳤다.
그동안 깊어질 대로 깊어진 천령신공이라면 그 정도는 충분히

할 수 있다는 호기가 들끓었다.

당연히 예전 혈룡귀갑대주 시절이었다면 꿈도 못 꿀 일이었다. 그때라면 이런 방법이 아니라 당당하게 몸으로 밀고 들어가 귀갑륜으로 싹 쓸어버렸을 것이다.

물론 그것도 쉽지는 않았으리라. 아무리 귀갑륜이 대단한 무공이고, 내공이 끊임없이 샘솟는다 하지만 그래도 사람이었기에 한계라는 것이 있기 마련이다.

"천령신공이 대단하긴 대단하네."

금철휘는 입가에 묻은 피를 슥 문질러 닦았다. 그리고 자신의 양손을 쳐다봤다. 이 손으로 방금 전의 그 일을 일으켰다.

"생각해 보니 자신감이 너무 컸어. 내가 잠깐 미쳤지."

천령신공과 귀갑륜을 적당히 섞으면 훨씬 쉽게 처리할 수도 있었을 것이다. 비단 그뿐이 아니다. 금철휘가 알고 있는 무공은 수없이 많다. 또 이런 물에 펼칠 수 있는 진법도 있다.

황금배를 적당히 이용하면 제법 쓸 만한 진을 펼칠 수 있고, 그것을 이용하면 조금 전에 들인 힘의 채 절반도 안 되는 힘으로 배들을 몽땅 뒤집어 버릴 수도 있었다.

한데 그렇게 하지 않고 순수한 천령신공의 힘만으로 모든 일을 처리했다.

금철휘는 문득 두 손을 호수에 담갔다. 물에 잠긴 손을 중심으로 연달아 파문이 일어나 퍼져 나갔다.

쏴아아!

금철휘 주변의 물이 마치 벽처럼 일어났다. 별 힘도 들이지 않았는데 너무나 간단히 물이 마음먹은 대로 움직였다.

벽처럼 올라온 물이 더 높이 올라가더니 이내 용의 형상을 갖췄다. 수룡 한 마리가 허공과 물속을 드나들며 자유롭게 유영했다.

"쿨럭!"

금철휘가 다시 한 번 피를 토했다.

"내가 또 뭐 하는 짓이지?"

금철휘는 물에서 손을 뺐다. 허공을 유영하던 수룡이 호수 위로 쏟아졌다.

촤아아아아!

금철휘는 조용히 호수 위에 서서 눈을 감았다. 그리고 내부를 관조했다. 온몸 구석구석 잔털 하나하나까지 명확히 뇌리에 새겨졌다.

내상이 심각했다. 하지만 금철휘는 걱정하지 않았다. 치료하겠다고 마음먹은 순간 청량한 기분이 들며 순식간에 내상이 사라져 버렸다.

이미 자신의 몸은 자유자재로 갖고 놀다시피 할 수 있었다.

"가만있자, 황금은 제대로 전해졌나?"

금철휘는 천령신공을 펼쳐 동정호 밖의 상황을 살폈다. 백총관이 인부들을 부려 마차에 황금을 싣고 있는 것이 명확히 느껴졌다. 아마 저 정도라면 위험에서 한발 벗어날 수 있으리라.

"한꺼번에 몇 가지 일을 동시에 진행하니 아무리 나라도 쉽지 않네."

금철휘가 히죽 웃었다. 그리고 천천히 돌아서서 호수 위를 찰박찰박 걸었다. 수적에 대한 일이 마무리되었다. 이제 여기까지 따라오지 않은 놈들, 즉, 포천회 소속 수적들을 처리해야 할 시간이 되었다.

"몸은 하나고 할 일은 여럿이니 바쁘구나."

금철휘는 느긋이 콧노래를 흥얼거리며 계속해서 걸었다. 금철휘가 가는 방향은 명확했다. 그쪽으로 똑바로 걸어가면 여전히 노숙을 하며 금철휘를 기다리는 네 여인이 있었다.

금철휘의 표정이 더할 나위 없이 편안해졌다. 입가에 은은한 미소가 어렸다.

장강에 이어진 모든 수로를 장악하는 일은 일사천리로 이뤄졌다. 일단 흑총관이 텅텅 빈 수채를 몽땅 털었다. 그곳에 남은 최소한의 수적들을 싹 정리한 건 물론이고 그동안 수적들이 모아 뒀던 재물도 싹 정리했다.

그 재물을 이용한 덕분에 수로를 장악하기 위해 쓴 금철휘 소유의 상단들의 부채를 상당 부분 정리할 수 있었다.

수채 하나가 쌓은 재물의 양은 많지 않았지만 수채가 워낙 많아 그것을 몽땅 정리하니 제법 굉장한 액수가 되었다.

그렇게 수채가 대부분 정리되었지만, 소문은 거의 나지 않았다. 또한 정보 역시 차단되다시피 했다. 금향각이 그 일에 어마어마한 전력을 투입했기 때문이다.

그렇게 금향각이 쓴 돈도 막대했다.

하지만 그 덕분에 금철휘가 계획했던 대로 수로를 완전히 장악할 수 있었다. 그야말로 번갯불에 콩 구워 먹듯 이뤄진 일이었다.

금철휘는 백총관의 보고를 들으며 만족스런 표정으로 고개를 끄덕였다.

"좋아. 아주 제대로 일을 마무리했군. 그럼 이제 슬슬 그동안 썼던 돈을 싹싹 쓸어서 차곡차곡 담아 볼까?"

"이미 시작했습니다. 향후 보름이면 모든 부채가 정리될 듯합니다."

"당연히 그래야지. 일단 최대한 돈을 모으면서 다른 상단이나 표국이 어떤 반응을 보이는지, 또 무림맹이나 혈무련, 오대세가가 어떤 대응을 하는지 잘 살펴."

"알겠습니다. 이미 금향각도 그쪽으로 체재를 바꿨습니다."

금철휘가 고개를 끄덕였다. 금향각이 체재를 바꿨다는 얘기는 더 이상 수적들에 대한 소문을 막지 않는다는 뜻이다.

즉, 이제 슬슬 수적들이 사라져 장강의 물류가 편해졌다는 소문과 정보가 돈다는 뜻이다.

그렇게 되면 너도나도 수로의 물류 사업에 뛰어들 것이다. 그것은 그만큼 막대한 이윤이 보장된 사업이었다. 위험이 대폭 줄어들었으니 시작만 하면 돈을 갈퀴로 쓸어 담을 테니까 말이다.

금철휘 옆에서 함께 그 얘기를 듣고 있던 네 여인 역시 그런 생각을 했다. 특히 화예지는 금향각을 운영하고 있기에 그 일로 인해 올 파장을 누구보다 먼저 알아차렸다.

"공자님, 그럼 곤란해지는 거 아닌가요? 너도나도 다 뛰어들면 이익이 확 줄어들잖아요. 수적을 없앤 건 공자님이 다 하셨는데……"

화예지의 말에 나머지 여인들도 같은 표정으로 고개를 끄덕였다. 왠지 억울했다. 일은 금철휘가 다 했는데, 다른 승냥이 같은 놈들이 그 이득에 달려들 거라 생각하니 화도 좀 났다.

금철휘는 그녀들의 말에 씨익 웃었다. 누구나 같은 생각을 할 것이다. 하지만 금철휘는 전혀 걱정하지 않았다.

"내가 예전에 말했지? 내게는 시간이 있다고. 지금 장강 인근의 배를 내가 싹 샀어. 기술자도 다 고용했고."

"알아요. 그래서 망하실 뻔했잖아요."

"망할 뻔한 게 아니라, 약간의 위험을 감수하고 투자를 한 거지."

금철휘는 그렇게 말하고는 손가락 하나를 들어 올렸다.

"자, 그럼 다른 상단이나 조직이 장강을 이용하려면 어떻게
해야 할까?"

"그야…… 배를 새로 만들거나 사야겠죠?"

"그런데 과연 배를 누가 팔아야 할까?"

"그야 공자님께서…… 아, 배를 만들 때까지 상당한 시간이
필요하겠군요."

"그렇지. 그동안 장강에 흐르는 돈을 퍼서 담기만 하면
돼."

"하지만 그들이 배를 다 만들고 난 다음에는요?"

금철휘가 씨익 웃었다. 그 웃음이 어딘가 섬뜩해서 네 여인
은 한꺼번에 오한이라도 든 듯 몸을 부르르 떨었다.

"값을 낮춰야지."

"예?"

"아마 그놈들은 배를 만든 걸 후회하게 될 거야. 돈이 거의
안 될 거거든."

"그럼 공자님은요?"

"난 배가 많잖아. 내가 벌어 둔 시간 동안 충분히 투자한
돈을 다 뽑아낼 수 있어. 그 뒤로는 그저 푼돈만 벌어도 돼."

네 여인은 이해할 수 없다는 듯 고개를 갸웃거렸다. 그러면
굳이 이렇게 애써서 수적들을 몰아내고 수로를 장악할 이유

가 없지 않은가.

"차라리 배를 다시 파는 건 어때요?"

"그것도 괜찮은 방법이지. 일시적으로는 돈 좀 만지겠네."

네 여인이 금철휘를 바라봤다. 그녀들의 눈빛이 기대감으로 초롱초롱 빛났다.

"난 수로 전체를 장악하고 있어. 하나하나는 푼돈이지만 모이면 그 액수가 어마어마하거든?"

박리다매였다. 이는 금철휘만 가능한 방법이었다. 다른 상단에서는 시도조차 할 수 없다. 물류에 드는 비용이 커지면 상행의 이득이 현저히 줄어든다.

한데 다른 상단은 비용을 줄여 더 싼 값에 물건을 내놓을 테니 결국 상단이 어려워질 수밖에 없었다.

금철휘는 수로를 장악해 값을 낮추면서 그런 상황을 조장할 것이다. 상단이나 무림방파가 수로의 물류를 스스로 포기하게 만들어 모든 물류를 금철휘에게 온전히 맡기는 상황 말이다.

그 설명을 모두 들은 네 여인은 소름이 쫙 끼쳤다. 어떻게 이런 일을 벌일 수 있단 말인가. 천하의 모든 수로를 자신의 것으로 만들어 버리다니.

"어때? 썩 괜찮은 생각이지? 아마 물류에 뛰어들려고 준비한 다른 상단의 배를 헐값에 살 수도 있을 거야. 싼값에 배를 더 확보하는 거지."

거기까지 내다봤다니 정말 할 말이 없었다.

네 여인이 혀를 내두르며 금철휘를 바라봤다. 그 순간 금철휘는 무시무시한 눈빛을 쏟아내며 말을 꺼냈다.

"이제 남은 문제는 딱 하나야."

"포천회로군요."

"그래. 그놈들이 수적을 이용해 돈을 벌어 왔는데 그걸 몽땅 빼앗겼으니 앞으로 무슨 짓을 벌일지 알 수 없지."

금철휘의 표정이 살짝 굳어졌다. 그걸 막아야만 한다. 그리고 동정호 바닥에 있다던 포천회 본단도 찾아 박살을 내야만 한다.

'여전히 할 일이 많구나.'

금철휘는 문득 집 생각이 났다. 항주의 금룡장은 자신이 언제 돌아가도 변함없이 그 자리에 서서 반겨 줄 것이다. 몇몇 얼굴이 떠올랐다. 갑자기 그들이 보고 싶었다.

"나도 정말 많이 변했군."

금철휘는 잔잔한 호수를 바라보며 씨익 미소를 지었다. 저 멀리서 온몸에 먼지를 잔뜩 묻힌 채 뛰어오는 무림맹주와 혈무련주가 보였다.

이제 정말로 돌아갈 시간이 되었다.

*　　　*　　　*

장강의 수적이 몽땅 사라졌다는 소문이 서서히 돌기 시작했다. 그리고 그 소문이 돌기 전에 금향각에서 출발한 정보가 먼저 사방에 스며들었다.

금향각은 그 정보를 팔아 소문을 막고 정보를 차단할 때 썼던 돈의 두 배를 벌어들였다.

바야흐로 금철휘에게 돈이 쏟아지는 시기가 도래했다. 마치 천하의 모든 황금이 금철휘에게로 빨려 들어가는 듯했다.

흑백총관은 수로 장악 이후로 금철휘에게 훨씬 더 공손해졌다. 예전에도 금철휘의 명령은 무엇이든 들었지만 이제는 왠지 더 충성스러워진 듯했다.

물론 금철휘는 전혀 신경 쓰지 않았다. 금철휘가 신경 쓰는 건 흑백총관의 몸을 아직도 제대로 살필 수가 없다는 점뿐이었다. 아무래도 천령신공의 수준이 더 깊어지지 않으면 절대 알 수 없을 것 같았다.

어쨌든 수적이 사라졌다는 소문과 정보가 장강을 이용하는 상단과 문파들에게 새로운 활력을 안겨 주었다.

"배를 살 수가 없다고? 지금 그게 말이 되느냐?"

"저도 믿기 어렵지만, 지금 배가 아예 없습니다."

제홍상단의 주인인 광호무는 눈살을 찌푸리며 총관을 노려봤다. 지금이 어느 때인데 이따위 나태한 소리나 하고 있단 말인가.

"우리가 원래 가지고 있던 배는 팔았던가?"

"예. 워낙 값을 잘 쳐줘서 당시에는 차라리 파는 것이 이득이었습니다. 당분간 배 쓸 일도 없고 해서……."

광호무의 안색이 굳어졌다.

"하면 그때 우리 배를 샀던 놈이 다른 배도 다 산 것이냐?"

"알아보니 그렇습니다."

광호무가 이를 갈았다.

"그리고 그 배를 이용해 이 주변에서 돈을 쓸어 담는 중이고?"

총관은 대답도 못했다. 수적들이 사라졌다는 소문은 다른 상단이나 표국이 끼어들 준비를 하게 만들기도 했지만 물류의 흐름을 단번에 수로로 가져오는 효과도 함께 만들어냈다.

수로에서 좀 떨어진 곳에 있는 상단들도 너나 할 것 없이 장강으로 물건을 가져왔다. 수로를 이용하면 기간도 단축되고 물건이 부서질 확률도 낮출 수 있다.

장강 유역에 자리를 잡은 상단들은 배를 보유한 경우가 많았다. 심지어는 십여 척의 배를 보유한 곳도 있었다. 한데 그런 상단들까지 몽땅 배를 팔아 버렸다.

그걸 팔아서 더 좋은 배를 구입하는 게 낫다고 판단한 것이다.

"다른 상단들도 다 비슷한 처지입니다."

"그래?"

"예. 하니 어떻게든 선을 대서 배를 이용하시는 편이 낫지 않겠습니까?"

광호무는 총관의 말에 턱을 쓰다듬었다.

"하지만 그래도 우리 배가 있는 편이 낫지 않겠느냐? 어차피 지금 수로가 텅 빈 상황이니 언제든 배만 준비되면 상황이 훨씬 좋아질 것이 당연한데 말이다."

"그건 그렇습니다만……."

"그래. 무슨 말인지는 알겠다. 어쨌든 배를 구하기 전까지는 어떻게든 선을 대 봐야겠지. 하지만 그렇게 하면서 무슨 짓을 해서라도 배를 구해야 한다. 다른 상단들의 동향도 잘 살피고. 내 말 무슨 뜻인지 알겠느냐?"

"알겠습니다."

총관은 공손히 대답한 뒤 물러갔다. 오늘의 일이 향후 제홍상단의 앞날을 갈랐다. 제홍상단은 한편으로는 수로의 배를 장악한 금철휘 휘하의 상단에 선을 댔고, 다른 한편으로는 배를 구하기 위해 수소문했다.

하지만 아무리 수소문해도 제대로 된 배를 구할 수 없었다. 그렇다고 뗏목을 만들어 다닐 수는 없지 않은가.

상당히 많은 상단이 제홍상단과 비슷한 선택을 했다. 하지만 일부 상단들은 조금 다른 선택을 했다. 어차피 이렇게 된 거 그냥 물류를 금철휘 소속의 상단에 맡겨 버린 것이다.

사실 금철휘가 보유한 상단의 수가 워낙 많았고, 다른 사람들은 그 모든 상단의 주인이 금철휘라고는 아무도 생각하지 못했기에 가능한 선택이었다.

만일 한 사람에게 이렇게 거대한 힘이 생긴다는 걸 안다면 대부분의 사람들이 경각심을 가졌을 것이다.

아무튼 그렇게 수로 주변의 상단들은 각자의 판단에 따라 상황을 정리해 갔다. 그리고 그 어떤 식으로 결정해도 모두 금철휘의 계산 안에 있었다.

*　　　*　　　*

무림맹주와 혈무련주는 심각한 표정으로 금철휘를 살폈다. 금철휘는 두 사람이 다시 합류한 이후 백총관을 불러내지 않았다. 다만 영곤을 이용해 몇 번 지시를 내렸을 뿐이었다. 물론 어떤 지시를 내렸는지 다른 사람들이 아예 듣지 못하게 했다.

네 여인도 눈치가 있는지라 이번 일에 관한 그 어떤 이야기도 꺼내지 않았다.

하지만 주변에 흐르는 분위기라는 것이 있었다. 또한 무림맹주나 혈무련주도 각각 거대한 조직을 이끄는 수장이었다. 자리를 오래 비울 수 없는 상황이고, 또 이런 경우 자주 보고를 받고 지시를 내려야만 했다.

두 사람은 하나같이 황당한 보고를 들었다. 그리고 그 일에 금철휘가 깊이 개입되어 있을 거라 확신했다.

"혹시 자네가 벌인 일인가?"

무림맹주가 먼저 단도직입적으로 물었다.

"뭘 말입니까?"

"수로의 배를 누군가가 싹 사들였다고 하더군."

"누군가요?"

무림맹주가 심각한 표정으로 고개를 저었다.

"대충 짐작하고 있네. 부탁 하나만 하지. 그 배들 중 일부를 팔게. 값은 아주 후하게 쳐주겠네."

"내게도 좀 팔게."

무림맹과 혈무련도 이번 수로의 장악에 한 발을 걸치고 싶었다. 하지만 그들이 나서려 했을 때는 이미 모든 상황이 끝난 뒤였다.

두 집단에는 아주 머리가 뛰어난 자들이 많다. 그들이 대충 그림을 그려 보니, 어떻게든 지금 비집고 들어가지 않으면 향후 기회가 없다고 판단했다.

하지만 그들이 아무리 애를 써도 상황을 조금도 바꿀 수 없었다. 그리고 그런 일련의 사항을 고스란히 무림맹주와 혈무련주에게 보고한 것이다.

두 사람은 보고를 듣자마자 금철휘가 지극히 자연스럽게 떠올랐다. 금철휘가 아니라면 그런 일을 할 사람이 없다고 판단했다.

"그 말을 왜 제게 하십니까. 배 주인에게 가야죠."

"지금 배 주인에게 말하고 있지 않나."

물론 금철휘는 그 말에 절대 넘어가지 않았다. 여기서 조금이라도 인정하는 말을 하면 대번에 상황이 달라질 것이다. 물론 그런다 하더라도 금철휘가 눈 하나 깜짝할 일이야 없겠지만, 그래도 상당한 귀찮음을 감수해야만 할 것이다.

"어쨌든 모르는 일입니다. 그나저나 이제 슬슬 돌아가야 할 것 같은데, 두 분은 어쩌실 겁니까?"

금철휘가 말을 휙 돌려 버리자, 무림맹주와 혈무련주는 입맛만 다셨다. 분명히 느낌으로는 확신이 왔는데, 금철휘가 이렇게 계속 발을 빼니 더 압박할 수가 없었다.

"우리도 돌아가야지. 어쨌든 할 일이 있으니까."

앞으로 무림맹과 혈무련은 상당히 바빠질 것이다. 포천회라는 적을 상대하려면 엄청나게 많은 준비가 필요하다. 또한 두 조직이 손을 잡고 연계하려면 어마어마한 잡음과 반대를 각오해야만 한다.

하지만 무조건 할 수밖에 없는 일이었다. 아니면 다 죽을 테니까. 무림맹주와 혈무련주가 겪은 포천회는 분명히 그리할 수 있는 힘이 있는 곳이었다.

"그럼 살펴 가시죠. 시간을 끌어 봐야 의미가 없으니 먼저 떠나겠습니다."

금철휘는 그 말과 함께 냉정히 돌아섰다.

무림맹주와 혈무련주는 그 모습을 보며 입맛만 다셨다. 누가 보면 정말 믿지 않으려 할 것이다. 보통은 무림맹주나 혈무련주를 한 번이라도 보고 대화를 나누기 위해 갖은 애를 쓴다. 막대한 돈을 뿌리기도 하고 인맥을 이용하기도 한다.

한데 그런 무림맹주와 혈무련주가 오히려 금철휘에게 매달리지 못해 안달이니 누가 이런 상황을 믿을 수 있겠는가.

"나중에 꼭 무림맹에 다시 들러 주게. 어쨌든 우리 무림맹의 당주 아닌가."

무림맹주의 말에 혈무련주의 눈이 커다래졌다.

"당주? 무슨 당주? 설마 무림맹에서 벌써 채 간 거야?"

혈무련주의 말에 백검화가 금철휘를 따라가다가 멈추고 돌아서서 말했다. 일단 오해는 풀어 줘야 할 테니까 말이다.

"그게 아니라 무림맹에서 형식적인 지위를 하나 준 거예요. 책임은 없고 권리만 있는 자리라고 하더군요."

그제야 혈무련주의 표정이 풀어졌다.

"아, 그렇군. 하면 이거 받게."

혈무련주가 품에서 뭔가를 하나 꺼내 휙 던졌다.

백검화는 반사적으로 그것을 받아 확인했다. 옥으로 만든 패였다. 정교한 문양과 글자가 한쪽은 음각으로 다른 한쪽은 양각으로 새겨져 있었는데, 각각 구름을 노니는 용의 그림과 혈무(血武)라는 글자였다.

"이게 뭐죠?"

"내 친구임을 증명하는 패일세. 저 친구에게 주고 싶지만 보아하니 안 받을 것 같고, 자네에게 주지. 날 이겼으니 그 정도 자격은 충분하지 않겠나."

백검화의 눈이 휘둥그레졌다. 친구임을 증명하는 패를 혈무련주가 가지고 다닐 이유가 없었다.

"설마 이거……."

"나야 또 만들면 되니 걱정 말게. 아마 우리 애들이 그걸 보면 다들 날 보듯 할 걸세. 그건 내 장담하지. 언제든 마음껏 부려 먹게."

혈무련주는 그렇게 말하며 손을 흔들어 주었다.

백검화는 잠시 멍한 표정으로 혈무련주를 바라보다가 난감한 표정으로 붉은색 옥패와 혈무련주를 번갈아 바라봤다. 너무나 부담이 되었다. 이 옥패는 혈무련주를 상징하는 패였다. 물론 이걸 가지고 있다고 혈무련주가 되는 건 아니지만 말이다.

"부담 갖지 말래도. 자, 우리도 이만 가지."

혈무련주가 무림맹주의 팔을 잡아끌었다. 무림맹주가 다른 수작을 부리지 못하도록 하기 위함이었다. 하지만 무림맹주의 손이 조금 더 빨랐다.

쉬익!

뭔가가 빠르게 날아갔다. 백검화는 그것도 반사적으로 잡았다. 그리고 더 난감한 표정을 지었다. 이것 역시 옥패였다.

다만 푸른색이고, 혈무라는 글 대신 맹(盟)이라는 글자가 새겨져 있었다.

"내 친구라는 뜻일세. 나도 이만 가지."

무림맹주와 혈무련주가 순식간에 멀어져 갔다.

백검화는 잠시 멍하니 두 사람이 사라지는 광경을 바라보다가 이내 쓴웃음을 지었다.

"잘 챙겨 둬. 나중에 포천회 상대할 때 아주 유용하게 쓸 수 있을지도 모르니까."

"무림맹과 혈무련을 이용하시게요?"

"이용해야지. 대외적으로 포천회를 무너뜨린 건 무림맹과 혈무련이 되어야 해."

"공자님이 아니라요?"

금철휘가 씨익 웃으며 네 여인을 둘러봤다.

"난 장사꾼으로 남아야지."

네 여인은 금철휘의 말에 고개를 절레절레 저었다. 역시 금철휘다운 말이었다.

"어쨌든 이번 장사행으로 많은 걸 얻었군."

금철휘는 그렇게 말하며 의미심장한 미소를 지었다.

장강을 장악했다. 그것도 수적들처럼 힘으로 장악한 게 아니라 돈으로 말이다. 장강을 중심으로 하는 수로는 천하의 핏줄이나 다름없었다.

이번 장사행으로 금철휘는 천하의 핏줄을 손아귀에 넣었

다. 그리고 그 핏줄은 앞으로 금철휘에게 주체하지 못할 정도로 막대한 돈을 끊임없이 안겨 줄 것이다.

'이대로 조금만 더 하면, 천하가 내 손에 들어올 수도 있겠는데?'

금철휘의 입가에 어린 미소가 점점 더 짙어졌다.

"자, 그럼 돌아갈까? 집으로."

"예."

금철휘와 네 여인은 살짝 설레는 표정으로 걸음을 옮겼다.

제8장
패운악

핏빛 장포를 걸친 다섯 명의 사내가 조용히 앉아 앞을 바라봤다. 그들의 앞에는 단단한 체구의 사내 한 명이 서 있었는데, 눈을 감고 있었다. 사내에게서는 전혀 생기가 느껴지지 않았다. 강시였다.

"회주께서는 대체 왜 이러시는지 모르겠군. 고작 강시 아닌가."

"이해하게. 회주가 저자를 얼마나 좋아했는지 알지 않나."

"그래도 정도라는 게 있지 않나."

"내 생각에는 우리가 모르는 뭔가가 있음이 분명하네."

"나도 그렇게 생각하네. 그게 아니고서야 고작 강시를 그렇게 애지중지할 리가 없지 않나."

그들이 이런 말을 하는 것도 다 이유가 있었다. 이 강시 하나에 들어간 목숨이 무려 수만에 달했다. 그렇게 많은 피와 영혼이 강시의 몸에 스며들어 있으니 이렇게 가만히 눈을 감고 서 있는데도 귀기가 흘러나오는 것 아니겠는가.

"그나저나 회주는 왜 우리를 불렀을까?"

그 말에 다들 심각해졌다. 이유를 충분히 짐작할 수 있었기 때문이다.

"일이 많이 비틀렸으니 화가 날 법도 하지."

"수적들이 완전히 당한 것도 모자라 정보망까지 흔들리고 있으니……."

"아무래도 금향각을 너무 우습게본 모양일세. 자객조직과 연결된 작은 정보조직까지 싹 훑을 줄이야."

한 명이 질렸다는 듯 고개를 저었다. 사실 이대로 금향각이 클 때까지 기다렸다가 그대로 삼켜 버리는 것도 한 가지 방법이긴 했다.

"금향각과 금룡장과의 관계는 좀 밝혔나?"

"금향각주가 아무래도 금룡장의 소장주를 쫓아다니는 모양일세. 하지만 아무리 반했다 하더라도 명색이 금향각주인데 조직을 싹 들어 바칠 리는 없지 않겠나?"

"그야 당연하지. 금룡장의 뒤를 지나치게 봐준다 싶더니, 그래서였군."

그들은 하나하나 일을 짚어 나갔다. 하지만 어느 하나 제대로 이뤄진 일이 없었다. 그 모든 실패가 금년에 벌어진 일이었으니 얼마나 답답하겠는가.

"그나저나 회주는 왜 안 오는 거지? 이거 왠지 불안하군."

이곳에 모인 이들은 포천회의 핵심에 있는 자들이었다. 부회주가 사라진 지금, 이들이 포천회를 실질적으로 이끌고 있었다.

부회주가 또 죽었다는 소식에 이들도 요즘 불안에 떨고 있었다. 벌써 일 년 사이에 부회주가 둘이나 죽었다. 게다가 부회주 자리에 앉았던 두 사람은 불사의 몸을 가진 거나 다름없었다. 그런 그들의 생사여탈 권한을 가진 건 포천회주뿐이었다.

그런데도 죽었으니 포천회의 수뇌부가 불안에 떠는 게 당연했다. 언제 자신도 그런 꼴이 될지 알 수 없으니 말이다.

"어쩌면 새로운 부회주를 데리고 올지도 모르지. 부회주를 할 만한 사람이 몇이나 남았지?"

"원래는 둘인데 이제는 하나만 남은 모양이더군."

"하나? 심정근은 아닐 거고, 하면 패운악인가?"

"맞네. 하지만 사실 부회주 자리에 어울리는 사람은 아니지."

"어쩌면 더 나을 수도 있네. 그는 아예 그 어떠한 것도 신경을 안 쓸 테니까."

"그도 그렇군."

"한데 무작정 회의 무사들을 우르르 끌고 나가 다짜고짜

전쟁을 벌일까 봐 걱정이 좀 되긴 하는군."

"설마 아무리 패운악이라지만 그렇게까지야 하겠는가?"

"패운악을 딱 세 번만 겪어 보면 내 말에 동의할 걸세."

"허어. 그 정도였나?"

"자네가 뭘 생각하든 그보다 훨씬 심하다네."

"뭐, 한 번 나가서 분탕질을 치는 것도 나쁘지는 않지."

그 말에 나머지 사내들이 눈살을 찌푸렸다.

"그럴 거면 지금까지 뭐하러 이렇게 오랜 시간을 들여 은밀하게 일을 진행했겠나?"

"그때와 지금은 상황이 다르지 않나. 지금은 한 번쯤 뒤집는 것도 나쁘지 않을 것 같은데."

"글쎄. 난 좀 회의적이군."

그런 식의 대화가 좀 더 이어졌다. 그러다가 한 명이 문득 떠올랐다는 듯 말을 꺼냈다.

"한데 패운악이 지금 어디 있는지 혹시 아나?"

"글쎄. 난 모르겠는데?"

다들 서로를 바라보며 의문을 표했다. 다행히 한 명이 답을 알고 있었다.

"혈룡귀갑대들과 함께 있네."

"혈룡귀갑대?"

혈룡귀갑대라는 말에 모두의 마음에 한 줄기 불안감이 스며들었다.

"설마⋯⋯."

"설마 그놈들을 싹 끌고 나가는 건 아니겠지?"

"그놈이라면⋯⋯."

다들 얼굴이 일그러질 대로 일그러졌다. 패운악이라면 그들을 몽땅 끌고 나갈 만하다.

"혈룡귀갑대가 지금 얼마나 남아 있지?"

"얼마 전에 다시 열 개를 채웠네."

"하면 천 명이나 된단 말인가?"

다들 눈이 휘둥그레졌다. 언제 그렇게 많이 만들었단 말인가.

"그래서 그토록 돈이 많이 들어갔군."

혈룡귀갑대 한 명을 키우는 데 황금 삼백 냥이 필요하다. 또한 삼 년이라는 시간이 필요하다. 다만 시간은 줄일 수 있다. 하지만 시간을 줄이려면 돈이 몇 배나 더 들어간다.

이번에 혈룡귀갑대를 새로 만드는 데 들인 시간이 고작 몇 개월임을 감안하면 거기에 들어간 돈이 황금 수십만 냥에 달할 것이다.

아무리 포천회에 돈이 많아도 그런 식이면 버틸 수가 없다. 더구나 지금은 가장 중요한 돈줄이 사라진 상황 아닌가.

"앞으로는 좀 자중하게. 게다가 그렇게 막대한 돈을 들여 만든 혈룡귀갑대를 패운악에게 던져 주다니. 그냥 돈을 갖다 버린 꼴 아닌가."

"그건 좀 미안하게 되었네. 하지만 아까도 얘기했듯이 한 번쯤 휘저어 주는 것도 나쁘지 않은 상황이네. 어차피 혈룡귀 갑대는 지난번에도 한 번 쓰지 않았나."

그 말에 모두의 표정이 어두워졌다. 그때도 계획이 실패했다. 아니, 절반의 성공이었다. 확보하고자 하던 인원을 모두 확보하지는 못했지만 그래도 절반은 구했다.

그때 구한 고수들은 지금 동정호 바닥에서 수기(水氣)를 채우며 차근차근 강시로 변해 가고 있었다.

"그러고 보니 우리 용케 살아 있군."

다들 침중한 표정을 지었다. 하지만 이내 조금 표정을 풀며 다시 대화를 시작했다.

회주가 오지 않으니 그들끼리 회의를 이어 갈 수밖에 없었다. 향후 계획을 세우고 점검하며 정보를 교환하는 시간이 계속 이어졌다.

그렇게 회의가 대충 마무리되었을 때, 방 안으로 무사 하나가 들어왔다. 그들도 익히 아는 무사였다. 그는 회주의 비밀 호위 중 한 명이었다.

"회주님께서 그만 돌아가셔도 좋다고 하셨습니다."

다섯 사내의 얼굴이 사정없이 일그러졌다. 부른 게 누군데 아예 나타나지도 않는단 말인가.

"다른 말씀은 없으셨나?"

"앞으로 잘하라고 하셨습니다."

"앞으로 잘하라고?"

"실패가 쌓이면 죽음이 된다고 말씀하셨습니다."

그 말이 오늘 들은 말 중 가장 가슴에 와 닿았다. 그리고 가장 무거웠다.

"잘 알았네. 명심하겠다고 전해 드리게."

무사가 포권을 취한 뒤 물러갔다. 그러자 다섯 사내의 입에서 긴 한숨이 흘러나왔다.

"후우. 가세. 실패하지 않으려면 머리를 굴리고 발바닥에 땀이 나도록 뛰어야지."

다섯 사내가 서둘러 자리를 떴다. 살아남으려면 이러고 있을 시간이 없었다.

모두가 사라진 방 안, 강시 한 구만 눈을 감고 있었다. 포천회주가 그렇게 아끼는 혈룡귀갑대주의 강시였다.

적막이 감돌았다. 그리고 어느 순간 혈룡귀갑대주가 눈을 번쩍 떴다.

"좋아. 이 정도면 그럭저럭 쓸 만하군."

혈룡귀갑대주가 혈광이 번득이는 눈으로 주위를 둘러보며 중얼거렸다. 그의 몸에서 섬뜩한 사기(邪氣)가 뿜어져 나왔다.

혈룡귀갑대주는 몸을 이리저리 움직여 봤다. 마치 강시가 아닌 것처럼 자연스러웠다. 누가 보면 그냥 사람이라고 여겼을 것이다.

"크윽!"

한동안 자연스럽게 움직이던 혈룡귀갑대주가 몸을 웅크리며 신음을 흘렸다. 통증이 상당한지 인상을 크게 찡그렸다.

"젠장. 아직 영육이 비틀리는군."

혈룡귀갑대주가 고개를 흔들었다. 정신을 차리기 위함이 아니라 영육을 흔들어 다시 꿰맞추기 위함이었다.

하지만 쉽게 되지 않았다.

"컥!"

마치 피라도 토하는 것처럼 헛구역질을 했다. 그러더니 스르르 눈을 감았다.

허리를 굽힌 채 배를 부여잡고 인상을 찡그린 혈룡귀갑대주는 그 자세 그대로 멈춘 채 눈을 감았다.

혈룡귀갑대주는 다시 움직이지 않았다.

"공자님, 언제 출발하실 건가요?"

화영의 물음에 금철휘는 말없이 창밖을 내다봤다. 지금 금철휘 일행은 장사의 황금루에서 머물고 있었다.

문제는 머물기 시작한 지 벌써 닷새가 지났다는 점이었다. 항주로 가겠다고 말한 지 닷새가 지났다는 말과도 같았다.

금철휘가 대답을 하지 않자, 다들 답답했다. 이유라도 알면 덜 답답할 텐데, 그저 입을 꾹 다물고 있으니 속이 터질 것 같았다. 물론 그렇다고 금철휘가 밉다거나 싫다거나 하는 건 아니었다.

"공자님, 걱정이 있으시면 저희들에게 말씀해 보세요. 혹시
알아요? 저희들이 예상외의 도움을 줄 수 있을지?"

금철휘가 그제야 네 여인을 돌아봤다. 다들 안절부절못하
고 있었다.

"감이 좀 안 좋아서 지켜본 것뿐이야."

"감이라뇨?"

"포천회가 이대로 손 놓고 있을 리 없거든."

네 여인은 고개를 끄덕였다. 확실히 포천회라면 그럴 것이
다. 하지만 아무리 그래도 최근 금철휘의 반응은 조금 과한
감이 있었다. 진작 이렇게 말해 줬으면 되는 일 아닌가.

하지만 금철휘는 그 말을 끝으로 다시 시선을 돌렸다. 말
없이 창밖을 내다보는 모습에 네 여인의 입이 살짝 벌어졌다.
사실 너무나 어이가 없었다. 하지만 그래도 다들 화를 내지는
않았다.

금철휘는 이유 없이 이럴 사람이 절대 아니었다. 그 믿음이
그녀들로 하여금 경거망동하지 못하게 했다.

백검화가 나머지 세 여인들에게 눈짓을 했다. 그녀들은 슬
그머니 방을 빠져나갔다.

"술이나 마시러 가자."

백검화의 말에 세 여인이 고개를 끄덕였다.

"왠지 공자님을 만난 뒤로 술이 느는 것 같아요."

한서연의 말에 다들 고개를 끄덕였다. 확실히 맞는 말이다.

금철휘가 워낙 술을 좋아하기도 하고, 자신들을 가만히 보고 만 있는 것이 너무나 답답해 술을 찾기도 했다.

"대체 무슨 고민인지 알았으면 좋겠는데."

"감이라시잖아."

"하긴, 우리 공자님 감이 좀 뛰어나시긴 하죠."

네 여인은 저마다 한마디씩 하며 조잘조잘 대화를 이어 갔다. 그녀들은 곧장 아래층으로 가서 술판을 벌였다.

사실 그곳도 손님을 받는 곳이었지만 그녀들은 상관하지 않았다. 물론 황금루의 지부장 역시 그녀들에게 최대한의 편의를 봐 주었다. 천하 모든 황금루의 주인인 금철휘의 여자들 아닌가.

그렇게 네 여인이 술을 마시고 있을 때, 바로 위층에 있는 금철휘는 여전히 휘몰아치는 상념에 잠겨 있었다.

금철휘가 이곳에 계속 머무는 이유는 좋지 않은 감 때문이기도 했지만 천령신공에 대한 또 다른 깨달음 때문이기도 했다.

이번에 몸에 무리가 갈 정도로 천령신공을 운용하며 작은 깨달음의 단초 하나를 얻었다. 그것을 씨앗으로 상념의 싹을 틔워 점차 키워 가는 중이었다.

상념의 싹은 쭉쭉 자라났다. 커다란 나무가 되어 뿌리를 굳게 내리고 가지를 뻗어 나갔다. 잎이 자라났고, 꽃이 피어났다. 씨앗이 나무가 된 것이다.

금철휘의 눈에서 황금빛이 번득였다. 그 빛이 쭉 튀어나와 금철휘의 몸을 칭칭 감았다. 금철휘가 순식간에 금빛 실에 의해 누에고치처럼 되었다.

황금의 누에고치는 마치 심장이 뛰는 것처럼 두근거렸다. 그리고 어느 순간 고치에 금이 쩍쩍 갔다.

쩌저정!

고치가 산산조각 났다. 황금빛 가루가 사방에 흩날렸다. 그렇게 휘날리던 황금 가루가 허공을 크게 맴돌더니 이내 회오리치며 금철휘의 콧속으로 쭉 빨려 들어갔다.

황금 가루가 완전히 사라지자 금철휘가 다시 눈을 떴다.

번쩍!

찬란한 금빛이 방 안을 가득 채웠다가 사라졌다. 금철휘의 눈빛은 어느새 다시 담담해졌다.

"아는 건지 모르는 건지······."

금철휘는 애매한 표정으로 고개를 갸웃거렸다. 뭔가 깨달음을 얻은 건 확실했다. 그로 인해 천령신공의 일곱 번째 단계가 지극히 완숙해졌다.

한데 뭘 어떻게 깨달았는지, 또 그 깨달음의 정체가 정확히 무엇인지 설명할 수가 없었다. 이해하기도 어려웠다. 그저 뭔가 깨달았다는 것만 확실했다.

"애매하네. 이래서야 누군가에게 전수하고 이딴 건 불가능하겠군."

나중에 아들이라도 낳으면 당연히 천령신공을 전수할 생

각이었다. 하지만 이런 식이라면 천령신공을 전수하는 것이 거의 불가능하다. 깨달음을 효과적으로 전달할 방법이 없지 않은가.

"그냥 몸으로 때우면서 깨닫게 하는 수밖에."

금철휘는 쉽게 생각했다. 사실 지금 굳이 생각할 필요도 없는 일이었다. 언제 태어날지도 모를 아들 걱정을 지금 왜 한단 말인가.

어쨌든 일단 그렇게 깨달음 문제가 해결되고 나니, 슬슬 불길한 감이 더 크게 고개를 들었다.

"이놈들이 대체 무슨 일을 꾸미고 있는 거지?"

아직 정보망을 완전히 끊어 놓지 못했다. 또한 돈줄도 완전히 틀어막지 못했다. 수로를 장악해 가장 큰 돈줄을 잘랐지만, 그래도 아직 남은 돈줄이 있을 것이다.

천하에 상단이 몇 개이고 표국이 몇 개인가. 또 전장은 얼마나 많은가. 그들 중 상당수가 포천회와 선이 닿아 있을 것이다. 또한 포천회의 하부조직으로 키워지는 방파 역시 상당히 많다.

"그런 것들을 싹 파악하려면 결국 금향각의 힘이 더 커지는 수밖에 없군."

사실 포천회의 정보망을 끊으면서 그것을 금향각으로 흡수하는 방안도 고려해 봤지만 비용에 비해 효율이 너무 낮았다.

포천회가 그들을 이용할 수 있었던 것은 자객조직과 연결이 되어 있기 때문이었다. 자객조직에 정보를 팔면서 운영비를 모을 수 있으니 말이다.

하지만 금향각이 그들을 흡수하면 자객조직과의 연결을 완전히 끊어야만 한다. 돈으로 사람 목숨을 아무렇지도 않게 사고파는 조직의 뒤를 봐줄 수는 없지 않은가.

어쨌든 그들을 정리하는 건 생각보다 쉽지 않았다. 상당히 은밀한 조직이었고, 그 수가 너무 많았다. 기본적인 인원도 적었기에 하나하나 파악하기가 정말 쉽지 않았다.

'그런 놈들이 이렇게 쉽게 꼬리를 말 리 없단 말이지.'

포천회는 이번 일로 상당한 피해를 입었을 것이다. 수로를 빼앗긴 것뿐 아니라, 수적질을 하던 소속 무사들도 잔뜩 잃었다. 또한 수채에서 만들던 강시들도 몽땅 잃었다.

그런 큰 피해를 받았는데, 그냥 그런가 보다 하고 넘어갈 수 있을 리 없었다.

금철휘가 장사를 떠나지 않은 이유는 그들이 이곳에 나타난다는 확신이 있어서가 아니었다. 장사에 드리워진 어둠을 느꼈기 때문이다.

'여기서 분명히 뭔가 큰일이 벌어져.'

큰일이 뭐가 있겠는가. 포천회의 준동 아니겠는가. 만일 금철휘가 없는 상황에서 포천회가 이곳에 나타난다면 장사라는 커다란 도시가 그냥 끝장날 수도 있었다.

그런 느낌이 계속 드는데 그냥 떠날 수는 없었다.

"여기에는 황금루도 있고 말이지."

황금루뿐인가. 추일객잔도 있다. 또한 전장과 상단도 있다. 전각이 무너지거나 돈을 털리는 거야 괜찮다. 하지만 그곳에서 일하는 일꾼들은 중요했다.

"젠장. 빨리 뭔가 벌어지면 얼른⋯⋯!"

금철휘는 투덜거리다가 입을 다물었다. 사방에 깔아 둔 천령신공의 기운이 그에게 경고를 보냈다. 온몸이 짜릿짜릿해졌다.

"이거 장난이 아닌데?"

깔아 둔 천령신공을 누군가 거칠게 가르며 다가오고 있었다. 물론 황금루를 향해 오는 것이 아니었다. 장사 밖에서 장사로 들어오고 있었다.

한두 명이 아니었다. 그 수가 너무나 많아서 금철휘에게 위기감을 줄 정도였다.

"이게 대체 몇 명이야?"

금철휘는 잠깐 그들의 수를 헤아려 봤다. 대충 셌는데도 거의 천 명은 되는 듯했다. 그들이 막 장사로 들어서려 하고 있었다.

딱 분위기를 보건대, 그들이 장사에 들어오면 이곳은 아수라장이 되고 말 것이다. 아마 대부분의 사람들이 죽을 것이고, 대부분의 건물이 무너질 것이다.

저들은 인간이라기보다는 재해에 더 가까웠다.

"가 봐야겠군."

저들은 천령신공을 가르면서 오고 있기에 속도가 제법 느려진 상태였다. 그들을 이끄는 자가 당황하는 것이 천령신공을 통해 전해졌다.

"일단 나머지를 다 모아 저쪽에 집중해 둬야겠군."

모든 천령신공을 싹 걷은 건 아니었다. 다만 깔아 둔 천령신공의 다른 부분은 상당히 엷게 하고 장사를 향해 들어오는 악귀 같은 놈들에게 대부분을 보냈다.

금철휘는 조금 여유를 가지고 아래층으로 내려갔다. 그냥 훌쩍 가 버리기가 좀 미안했다.

"술판 한번 대차게 벌이고 있군."

씨익 웃으며 네 여인에게 다가간 금철휘가 그녀들 사이에 자리를 잡고 앉았다.

네 여인이 깜짝 놀라 금철휘를 바라봤다.

"공자님!"

"깜짝 놀랐잖아요!"

"여긴 어쩐 일이세요?"

"이제 다 끝나신 거예요?"

네 여인의 폭풍 같은 말에 금철휘가 다시 한 번 웃고는 말을 이었다.

"잠깐 어디 좀 다녀올게."

네 여인이 눈을 동그랗게 떴다. 다들 같은 표정을 짓고 있지만 각자의 개성이 보여서 참으로 귀여웠다.

"어딜요?"

"또 저희만 두고 가셨다가 한참 만에 오시려고요?"

"저도 따라갈게요."

네 여인이 서둘러 자리에서 일어났다. 그러자 금철휘가 단호히 말했다.

"나 혼자 간다."

"하지만 공자님……."

금철휘가 자리에서 일어났다. 그러자 네 여인이 동시에 앉았다. 그녀들은 깜짝 놀라 금철휘를 바라봤다. 앉을 생각이 전혀 없었는데 앉은 것이다.

"같이 가면 내가 위험해질 수도 있어."

금철휘의 말에 네 여인은 안타까운 표정을 지었다. 어떻게든 도움이 되고 싶었다. 하지만 자신들 때문에 금철휘가 위험해지는 상황이 온다는데 어찌 따라갈 수 있겠는가.

마음 같아서는 자신들이 죽든 말든 신경 쓰지 말라고 하고 싶었다. 하지만 그럴 수 없었다. 그렇게 말한다고 해서 달라지는 건 없었다. 그저 마음에 생채기만 날 뿐이다.

"금방 올 테니 술 마시고 있어."

금철휘는 그 말을 남기고 사라졌다. 그리고 어느새 창밖에 나타났다. 현재 그들이 있는 층수를 생각하면 허공에 떠 있다는 뜻이다. 물론 아무도 놀라지 않았다. 금철휘가 그 정도 능력이 있다는 건 다들 알고 있었으니까.

네 여인이 금철휘를 바라봤다. 그녀들의 시선에는 안타까움과 미안함, 그리고 안쓰러움과 좋아하는 감정이 뒤섞여 있었다.

금철휘는 그런 복잡한 시선을 뒤로하고 훌쩍 날아서 멀어져 갔다.

패운악은 짜증 어린 눈으로 거대한 도를 휘둘렀다.

쩌어엉!

온몸을 갉아 먹는 것 같은 기분 나쁜 기운이 그대로 뭉개졌다. 하지만 고작 도격 한 번으로는 뭉갤 수 있는 기운의 양이 그리 많지 않았다. 결국 또 한 번 짜증이 폭발했다.

"뭐하는 거냐! 다들 놀기만 할 거야?"

패운악의 외침에 그를 따라온 혈룡귀갑대들이 일제히 움직였다. 그들은 일사불란하게 이동하며 핏빛 기운을 가득 머금은 검을 휘둘렀다.

쩌저저저저저정!

사방을 메우고 있던 기운이 뭉개지고 갈라졌다.

"좋아! 그런 식으로 계속해!"

패운악은 크게 외치며 다시 한 번 도를 휘둘렀다.

슈각!

이번에는 기운을 완전히 갈라 버렸다. 패운악에 의해 갈라진 기운은 그대로 소멸되어 버렸다. 물론 극히 일부에 불과했지만 말이다.

패운악은 그것을 보며 한껏 고무되었다. 천 명이나 되는 혈룡귀갑대가 기운을 담아 검을 휘두르니 자신의 힘과 상승작용을 일으키는 듯했다.

"으하하하! 좋아! 내가 싹 날려 버려 주마!"

패운악이 크게 웃으며 연달아 도격을 날렸다. 마치 칼춤을 추는 것처럼 흥겹게 움직이며 도를 휘둘렀다. 사방이 도영(刀影)으로 가득 찼다.

쉬쉬쉬쉬쉬쉬쉭!

이들을 감싼 기운의 정체는 바로 천령신공이었다. 천령신공 자체가 패운악은 물론이고 가짜 혈룡귀갑대의 천적이나 다름없었기에 이들이 불편함을 느끼고 기분을 나쁘게 한 것이다.

그런 천령신공이 패운악의 도격에 이리저리 갈라져 사라져 갔다.

패운악이 그렇게 천령신공을 갈라 버리기 시작하자, 혈룡귀갑대의 검도 천령신공을 부수고 뭉개기보다는 가르기 시작했다. 당연히 갈라진 천령신공의 기운은 그대로 소멸했다.

그렇게 빠른 속도로 천령신공이 정리되어 갔다. 패운악은 곧 장사에 들어갈 수 있다고 확신했다.

"대체 이 기분 나쁜 기운은 어디서 온 거야?"

생각해 보면 이상했다. 이런 묘한 기운이 자연적으로 생겨났을 리 없다. 이건 분명히 인위적이다. 하면 어떻게 이런 현상이 가능하겠는가.

"누군가 진이라도 깔아 뒀나 보군. 정말 기분 더러운 진법이야."

패운악은 그렇게 뇌까리며 크게 도를 휘둘렀다.

서걱!

천령신공의 기운이 깊게 갈라졌다.

샤아아아!

결국 근방에 깔린 모든 천령신공이 흩어졌다. 패운악은 갑자기 기분이 상쾌해졌다.

"좋아. 이제야 좀 살 만하군."

패운악의 눈에서 광기가 맴돌았다. 이대로 장사로 난입해 닥치는 대로 살육을 일삼을 생각이었다.

"생각해 보면 그동안 내가 너무 참았지."

그동안은 포천회주에게 계속 눌려 지냈다. 패운악은 광기넘치는 성격인데, 그걸 억지로 누르고 있었으니 얼마나 답답하고 짜증 났겠는가.

이번 기회에 마음껏 그 광기를 터트릴 생각이었다. 사실 누구도 그에게 이런 일을 허락해 준 적 없었다. 포천회주는 최근만난 적도 없었다.

하지만 패운악은 너무나 자연스럽게 장사로 나왔다. 천 명이나 되는 혈룡귀갑대를 이끌고 말이다.

누구도 그의 앞길을 막지 않았다. 아무도 저지하지 않았기에 그냥 나왔다. 장사를 시작으로 천하를 완전히 뒤집어 버릴 작정을 했다.

"자, 가서 마음껏 날뛰어 볼까?"

패운악이 이를 드러내며 사납게 웃었다. 그리고 그대로 몸을 날리려 했다. 갑자기 들려온 목소리만 아니었다면 말이다.

"누구 맘대로?"

패운악은 달려 나가려다 멈칫하고는 자세를 바로 했다. 그리고 천천히 고개를 돌려 목소리가 들려온 쪽을 노려봤다.

"어떤 놈이냐?"

패운악의 몸에서 진득한 살기와 패기, 그리고 광기가 넘실거렸다. 그는 십여 장 떨어진 곳에 가만히 서 있는 금철휘를 발견하고는 그쪽으로 성큼성큼 걸어갔다.

그러자 혈룡귀갑대가 빠르게 움직이며 금철휘를 넓게 포위했다.

금철휘는 그 모습을 그냥 지켜보기만 했다. 그러면서 한편으로는 천령신공을 이용해 혈룡귀갑대의 상태를 확인했다.

'상당한 기운을 쌓았군. 사이한 걸 보니 분명 정상적인 방법으로 얻은 건 아니야.'

지금 눈앞의 혈룡귀갑대는 예전 금철휘가 박살냈던 놈들보다 훨씬 더 강했다. 그 사이에 뭔가 특별한 조치가 더해진 듯했다.

그런 놈들이 무려 천 명이나 있었다. 물론 금철휘는 전혀 걱정하지 않았다. 이들을 모두 상대하는 것이 어려울 수도 있다. 하지만 언제든 마음만 먹으면 몸을 뺄 수 있다.

'그렇게 슬슬 도망치면서 놈들을 유인하면 훨씬 간단히 처리가 가능하지.'

예전 혈룡귀갑대주였을 때, 자주 써먹던 수법이기도 했다. 그때는 이런 방법으로 수천의 적을 상대한 적도 있었다. 물론 싸움이 끝난 뒤에는 다치고 지쳐 제대로 움직이기도 힘들었지만 말이다.

금철휘는 자신을 향해 다가오는 패운악을 보며 피식 웃었다.

"설마 저놈까지 살아남았을 줄이야."

금철휘는 패운악을 잘 알고 있었다. 그러고 보니 다시 살아났다는 놈들을 이제 몽땅 본 셈이다. 총 다섯이 있다고 했으니 말이다.

패운악은 금철휘 바로 앞까지 걸어가서 섰다. 그리고 금철휘의 눈을 똑바로 노려보며 이를 드러내고 웃었다. 그 웃음에 담긴 살기가 섬뜩했다.

"방금 그거, 나한테 한 소리냐?"

패운악의 말에 금철휘가 피식 웃었다.

"너밖에 더 있어?"

금철휘는 그렇게 말하고는 주위를 스윽 둘러봤다. 혈룡귀갑대의 몸에서 진득한 기운이 흘러나오고 있었다. 그 기운은 마치 그물처럼 얼기설기 얽혀 금철휘의 몸을 서서히 압박했다.

금철휘는 가볍게 천령신공을 일으켜 그 기운에 대항했다. 일단 잡혀 봐야 좋은 꼴 보기 힘드니 미리 방어하는 게 나았다.

"패운악이었나? 네 이름이?"

그 말에 패운악의 눈이 화등잔만 해졌다.

"너, 나 아냐?"

금철휘는 대답하지 않고 주위를 다시 둘러봤다. 천령신공이 확 퍼져 나갔다. 혈룡귀갑대가 휘감은 기운들이 가닥가닥 끊어졌다.

천령신공은 순식간에 혈룡귀갑대 사이를 누볐다. 그리고 그들 중 이질적인 기운을 가진 열 명을 정확히 찾아냈다. 금철휘는 그놈들이 실질적으로 혈룡귀갑대를 이끈다는 걸 알았다. 또, 그들만이 유일하게 이지를 가졌다는 사실도 알고 있었다.

금철휘의 열 손가락이 황금빛으로 물들었다. 금철휘는 양옆으로 손을 촤악 떨쳤다.

피피피피피핑!

황금빛 지력(指力)이 사방으로 쏘아져 나갔다. 어찌나 빠른지 누구도 피할 엄두를 내지 못했다. 또한 바로 앞에 서 있던 패운악도 아무런 대응을 할 수 없었다.

퍽! 퍽! 퍽! 퍽!

열 명의 혈룡귀갑대원이 일제히 쓰러졌다. 미간에 커다란 구멍이 뚫린 채였다. 금철휘는 실패하지 않기 위해 조금 과도할 정도로 힘을 썼다. 그들만은 무조건 지금 죽여야만 했다.

열 구의 시체에서 새까만 기운이 불쑥 솟아났다. 금철휘는 아주 능숙하게 천령신공을 움직여 그 기운들을 쏙쏙 잡아챘다.

화르륵!

천령신공에 갇힌 검은 기운이 새파란 불꽃이 되어 사라져 버렸다. 금철휘는 대충 그것이 무엇인지 추측했기에 항상 신경을 썼다.

'일단 내 존재가 포천회주에게 알려져서 좋을 게 없으니까.'

금철휘는 정보를 장악하고 있다. 자신의 행적을 조금 비트는 것쯤 아무것도 아니었다. 그걸 이용해 최대한 자신이 포천회와 충돌한 흔적을 지워 왔다.

지금 벌인 일도 그 일환 중 하나였다. 저 검은 기운은 포천회주에게 돌아가 이곳에서 벌어진 일을 고스란히 보여 줄 것이 분명했다.

'정말 대단한 주술사인 모양이야.'

웬만한 주술로는 이런 일이 불가능하다. 아니, 사실 정말 주술로 이런 게 가능한지 아직도 긴가민가했다. 어쩌면 주술이 아닌 전혀 새로운 힘일 수도 있었다.

"날 앞에 두고 뭐 하는 짓이냐?"

패운악이 그대로 도를 내리그었다.

쉬익!

도가 허공을 갈랐다. 패운악은 놀란 눈으로 고개를 돌려 금철휘를 찾았다. 금철휘가 움직이는 걸 아예 보지도 못했는데 사라져 버린 것이다.

"진짜 한가락 하는 놈일세?"

패운악은 금철휘의 실력을 봤음에도 전혀 두려워하지 않았다. 그는 혼자가 아니었다. 그의 뒤를 받쳐 줄 천 명의 수하들이 있었다.

패운악이 한 손을 번쩍 들었다. 그러자 혈룡귀갑대가 우르르 움직였다.

혈룡귀갑대의 움직임은 일사불란했다. 그들을 지휘하는 대주가 죽었지만 전혀 상관없었다. 현재 그들의 대주는 패운악이었다.

"호오. 검진인가?"

혈룡귀갑대가 일제히 검을 뽑았다. 금철휘는 그들이 채 진형을 완성하기도 전에, 또한 검을 뽑기도 전에 진의 정체를 알아차렸다.

"파룡진(破龍陣)?"

파룡진 역시 금철휘가 혈룡귀갑대 시절에 동료들과 함께 만든 검진이었다. 사실 혈룡귀갑대가 모두 힘을 모아 한 명의 강대한 적을 잡기 위해 만든 검진이었는데, 결국 단 한 번도 쓸 일이 없었다.

천하에는 혈룡귀갑대를 긴장하게 할 만한 고수가 없었다.

대신 혈룡귀갑대는 언제나 그들보다 수십 배 많은 적을 상대해야만 했다. 당연히 파룡진을 쓸 일이 없었다.

한데 그런 검진을 이들이 들고나온 것이다.

"정말 영문을 모르겠군."

금철휘는 유심히 파룡진을 살폈다. 그동안 겪은 포천회의 무공이나 진법이 떠올랐다. 항상 뭔가 하자가 있었다. 그리고 그것은 이번에도 마찬가지였다.

"어설퍼."

어설픈 파룡진이었다. 물론 이대로도 충분한 위력을 발휘할 수 있었다. 하지만 진짜 파룡진이 발동한다면 아무리 금철휘라도 간단히 그것을 부술 수 없을 것이다.

곳곳에 빈틈이 보였다. 물론 이들은 모를 것이다. 이것은 이 검진을 만든 사람만 볼 수 있는 빈틈이었다. 또한 천령신공을 가진 사람에게 훨씬 더 선명하게 보이는 틈이었다.

"파룡진 안에서 과연 날 상대할 수 있을까?"

검붉은 기의 실이 금철휘에게 스멀스멀 다가가고 있었다. 벌써 몇 가닥은 금철휘의 팔다리를 휘감았다.

쉬리리리릭!

순식간에 천 개의 실이 금철휘의 팔다리를 붙잡았다. 금철휘는 가만히 선 채 아무런 대응을 하지 않았다. 그저 패운악만 쳐다봤다. 이놈을 어떻게 처리할지 고민 중이었다.

'이놈에게서도 뭔가 얻을 게 있긴 할까?'

패운악은 예전 천혈문 시절에도 단순 무식하기로 유명했다. 그러던 놈이 죽었다 살아났으니 아마 그 성격이 더 짙어졌을 것이다. 보아하니 지금은 더 미친 것 같았다.

"어때? 움직이기 힘들지? 이제 슬슬 내가 두려워지나? 응? 개처럼 기어서 내 발바닥을 핥으면 한 번쯤 살려 줄 용의도 있는데 말이야. 응?"

패운악이 그렇게 말하며 히죽 웃었다.

"왜? 너무 무서워서 말도 안 나와? 오줌이라도 싸게? 크큭큭큭."

금철휘가 한심한 눈으로 패운악을 쳐다봤다.

"널 그냥 죽일지, 아니면 살려 둔 다음에 심문이라도 할지 고민했다."

"뭐? 크하하하하하핫!"

패운악이 배를 잡고 웃었다. 그렇게 한참을 웃다가 언제 웃었냐는 듯 표정을 싹 바꾸고는 금철휘를 노려봤다. 그의 눈빛에 살기와 광기가 자르르 흘렀다.

"일단 팔다리부터 하나씩 자르고 시작하자."

패운악이 금철휘에게 달려들었다. 그리고 거대한 도를 내리쳤다. 그의 도가 금철휘의 어깨에 정확히 떨어졌다.

콰창!

패운악의 눈이 화등잔만 해졌다. 그의 눈빛에 담긴 경악과 당황이 살기와 광기를 확 밀어냈다. 도가 산산조각 난 것이다.

어떻게 사람의 어깨를 때린 자신의 도가 부서질 수가 있단 말인가. 더구나 그의 도는 강기에 휩싸여 있었다. 한데 강기까지 부서져 버렸다.

"뭐, 뭐야! 너 뭐야!"

금철휘가 무심한 눈으로 패운악에게 한 발 다가갔다. 패운악은 정신없이 뒤로 물러났다.

금철휘는 무심한 눈으로 손을 휘둘렀다. 그의 손이 황금빛으로 빛났다.

서걱!

패운악의 팔이 깔끔하게 떨어져 나갔다.

"으아아아악!"

패운악은 아파서 비명을 지르는 게 아니라 놀랍고 두려워서 비명을 질렀다. 대체 인간이 파룡진에 갇힌 채로 이런 신위를 보일 수 있다는 게 말이 되는가.

촤아아악!

패운악의 어깨에서 피가 쭉 뿜어져 나왔다. 그는 지혈을 할 생각도 못하고 두려운 눈으로 금철휘를 바라봤다. 그러면서 한편으로는 대체 왜 자신이 이렇게 두려워하는지 이해하지 못했다.

그러는 사이 금철휘가 다가와 또 한 번 황금빛 손을 휘둘렀다.

서걱!

"크아악!"

패운악이 바닥을 데굴데굴 굴렀다. 다리 하나가 잘린 것이다.

"원하는 대로 팔다리 하나씩 잘랐다. 자, 이제 슬슬 시작해 볼까?"

금철휘는 그렇게 말하며 주위를 둘러봤다. 혈룡귀갑대는 여전히 움직이지 않고 있었다. 그저 파룡진을 펼친 채로 금철휘에게 끊임없이 검붉은 기의 실을 보내는 게 전부였다.

기의 실이 금철휘를 칭칭 감고 있었지만 금철휘는 전혀 아랑곳하지 않았다.

어차피 검진의 빈틈을 파고들었으니 파룡진의 압박은 금철휘에게 그 어떤 영향도 미치지 못했다.

혈룡귀갑대에 패운악이 뭔가 새로운 명령을 내려야 하는데, 그가 혼란에 빠져 그럴 생각조차 못하고 있으니 혈룡귀갑대는 끝까지 파룡진만 붙들고 늘어졌다.

금철휘는 바닥을 뒹구는 패운악에게 다가가 그의 나머지 팔을 꾹 밟았다.

"크윽!"

지독한 통증이 팔을 타고 흘렀다. 얼마나 아팠는지 잘린 팔다리에서 오는 고통이 아예 느껴지지도 않았다.

패운악이 두려운 눈으로 금철휘를 바라봤다.

"아직도 날 몰라?"

금철휘의 말에 패운악이 고통 어린 신음을 억지로 참으며 말했다.

"크으으. 내, 내가 널 어떻게 안단 말이냐. 너 누구냐. 감히 날 건드리고도 무사할 거라 생각하느냐?"

패운악이 마지막 남은 용기를 쥐어짜서 그렇게 말했다. 하지만 이미 말을 뱉는 순간 후회했다. 엄청난 공포가 밀려왔다. 온몸을 덜덜 떨었다.

"자, 내 얼굴을 잘 봐. 이래도 기억이 안 나면 넌 멍청이야."

금철휘의 얼굴이 밀가루 반죽처럼 이리저리 움직였다. 그렇게 꿀렁꿀렁 모양이 일그러지던 얼굴이 순식간에 자리를 잡고 형태를 만들었다.

그렇게 나온 얼굴을 확인한 패운악이 입을 떡 벌렸다.

"혀, 혀, 혀, 혀, 혈룡귀갑대주!"

패운악은 경악에 찬 눈으로 금철휘를 바라보며 온몸을 덜덜 떨었다. 혈룡귀갑대주라니. 대체 죽어 없어진 그 사람이 여기 왜 나타난단 말인가.

'아니, 그 사람은 이미 강시가……'

패운악의 얼굴이 창백하게 질렸다.

혈룡귀갑대주의 몸은 이미 포천회주에 의해 강시로 변했다. 하면 지금 눈앞에 있는 이 사람은 누구란 말인가.

"감히 사, 사, 사술을 부리다니! 내가 그따위 사술에 넘어갈 것 같으냐!"

패운악의 반응에 금철휘가 씨익 웃었다. 그리고 주위를 둘러봤다. 혈룡귀갑대가 여전히 사이한 기운을 뿜어내고 있었다.

"일단 이놈들부터 정리한 다음에 보자."

금철휘의 몸이 순식간에 혈룡귀갑대 사이를 파고들었다. 극성의 귀혼보를 썼기에 아무도 그 움직임을 잡아내지 못했고, 또 반응하지 못했다.

슈가가가가각!

십여 명의 혈룡귀갑대원들이 그대로 두 동강 나서 쓰러졌다. 피조차 흐르지 않았다. 그들의 몸은 인간이라기보다는 강시에 더 가까웠다.

금철휘가 빛살처럼 움직였다. 여기저기 번쩍번쩍 나타나서 황금빛 손을 휘둘렀다. 그럴 때마다 우수수 목이 떨어졌다.

패운악은 멍하니 그 광경을 지켜보다가 퍼뜩 정신을 차렸다. 이러다가는 손도 못 써 보고 모든 혈룡귀갑대가 당할 수도 있었다. 무려 천 명이나 된다. 그들을 몽땅 잃으면 그때는 그냥 죽는 게 문제가 아니었다.

"젠장!"

포천회주를 떠올린 패운악이 몸을 부르르 떨었다. 그리고 즉시 명령을 내렸다.

"그놈을 죽여! 파룡진이 안 통하는 것 같으니 파검진을 펼쳐!"

패운악의 외침에 혈룡귀갑대의 움직임이 즉시 변했다. 파룡진이 진기를 이용해 상대를 압박하는 검진이라면 파검진은 주변 사물이나 검을 이용하는 검진이었다.

"호오. 파검진까지 알고 있어?"

금철휘가 재미있다는 듯 씨익 웃었다. 하지만 속은 그렇지 않았다. 파검진은 혈룡귀갑대의 누구도 모르는 검진이다. 그것은 금철휘가 오로지 혼자서 만들어낸 것이었다.

그것을 그냥 사장시킨 이유는 딱 하나였다. 파검진은 그 위력이 상당하지만 동료를 상하게 할 수 있는 검진이었다. 그래서 그것은 금철휘의 머릿속에서 밖으로 나오지 않았다.

한데 그 검진이 지금 버젓이 나타난 것이다. 마치 자신이 알려 준 것처럼 말이다.

쩌저저정!

혈룡귀갑대원 열 명의 검이 동시에 폭발했다.

쉭쉭쉭쉭쉭쉭!

수천 개의 검편이 금철휘를 향해 쏟아졌다. 워낙 넓은 범위를 점하고 날아갔기에 피하는 건 여의치 않았다. 물론 금철휘가 아닌 다른 사람이었을 경우에 말이다.

금철휘의 몸이 옆으로 쭉 밀려갔다.

퍼버버버버벅!

조금 전까지 금철휘가 있던 바닥에 수백 개의 검편이 박혔다. 그리고 금철휘 주변에 있던 혈룡귀갑대원의 몸에 나머지가 박혀 들어갔다.

기를 가득 머금은 것도 모자라 강기까지 덧씌워져 있기에 그 하나하나의 위력이 어마어마했다.

금철휘의 손이 황금빛으로 물들었다. 그 빛은 이내 금색 귀갑으로 변했다. 작은 귀갑륜이었다.

쌔애애애액!

귀갑륜 두 개가 날아갔다. 그리고 사방으로 휘저으며 혈룡귀갑대의 목을 땄다.

서걱! 서걱! 서걱!

쩌저저정!

수십의 목을 자른 귀갑륜이 결국 근방에 있던 다른 혈룡귀갑대의 검에 막혔다. 세 개의 검을 부쉈지만 결국 수십이 힘을 모으니 아무리 귀갑륜이라 해도 부서질 수밖에 없었다.

쩌저저저정!

이번에는 사방에서 각각 수십씩 모두 수백 명의 검이 동시에 폭발했다. 아예 피할 곳이 없었다.

금철휘의 온몸에서 찬란한 황금빛이 뿜어져 나왔다.

콰과과과과과광!

수천의 검편이 모조리 금철휘의 황금빛과 충돌해 터져 나갔다. 금철휘의 신형이 위태롭게 흔들렸다.

파검진을 막는 방법은 그저 도망치며 동료들끼리 상잔하게 하거나 아니면 이렇게 몸으로 때우는 수밖에 없었다. 물론 이 자리를 피하는 방법도 있다. 그것은 금철휘 정도 되는 고수가 아니라면 엄두조차 못 낼 방법이었다.

하지만 금철휘는 도망가지 않았다. 혈룡귀갑대라는 이름을 단 놈들이 활개 치는 꼴을 용납할 수 없었다. 이들은 오늘 몽땅 죽는다. 바로 이 자리에서.

금철휘의 몸을 휘감은 황금빛이 서서히 형태를 갖춰 갔다. 거대한 귀갑이었다. 금빛 귀갑륜 네 개가 금철휘를 막으며 회전하기 시작했다.

키이이이이이잉!

남은 검편들이 모조리 가루가 되어 흩어졌다. 그리고 귀갑 륜 하나가 휙 날아갔다. 그리고 나머지 귀갑륜들이 새로 터진 검에서 날아오는 검편들을 막으며 날아갔다.

조금 전 작은 귀갑륜과는 차원이 다른 힘을 품고 있었다.

쉬가가가가가각!

네 개의 귀갑륜이 만들어낸 참상은 지독했다. 아무리 검을 휘둘러도 그것을 막거나 부술 수 없었다. 네 개의 귀갑륜은 무려 반 각 동안이나 전장을 휘젓다가 자연스럽게 사라졌다.

그 반 각 동안 혈룡귀갑대의 대부분이 궤멸해 버렸다.

금철휘는 자신이 만든 참상을 보며 잠시 멍한 표정을 지었다. 설마 이 정도로 대단한 위력을 보여 주리라고는 생각도 못했다. 귀갑륜의 위력도 그렇고, 지속 시간도 그랬다. 또한 단단함도 상상을 초월했다.

이런 위력은 혈룡귀갑대주 시절에도 보여 주지 못했다. 아니, 그때는 지금의 절반도 안 되는 위력으로 싸워 왔다. 하지만 그것만으로도 충분했다.

금철휘의 표정이 다시 담담해졌다. 위력이 달라진 이유는 딱 하나다.

'천령신공.'

금철휘는 새삼 천령신공의 힘에 감탄했다. 또한 그다음 단계에 대한 욕망이 더욱 커졌다. 이제 일곱 번째 단계도 상당한 수준이 되었다. 슬슬 여덟 번째 단계에 오를 때가 되었다.

'타인의 몸이라……'

천령신공의 여덟 번째 단계는 타인의 몸을 마음대로 다루는 것이다. 첫 번째, 두 번째 단계와 연결되는 능력이었다.

'그리고 마지막 아홉 번째는……'

그저 막연히 예상할 뿐이지만, 아홉 번째 단계에 오르면 세상을 관통할 수 있을 것이다. 그렇게 되면 그것이 곧 신 아니겠는가.

금철휘는 손 하나를 들어 올렸다.

키이이이잉!

작은 귀갑륜 하나가 쑥 튀어나왔다. 그것은 남은 혈룡귀갑대원들을 향해 빠르게 쏘아져 나갔다.

서걱! 서걱! 서걱!

연달아 절삭음이 들렸다. 그것을 확인할 필요도 없었다. 이미 귀갑륜을 다루는 것은 경지에 들었다. 보지 않아도 그것을 마음껏 조종할 수 있었다.

금철휘의 손바닥 위로 연달아 귀갑륜이 튀어나왔다.

키이이이잉!

쉬각! 쉬각!

수십의 귀갑륜이 사방을 휘저었다. 예전이라면 꿈도 못 꿀 일이었다. 하지만 이제는 너무나 자연스럽게 이뤄진다. 이 모든 것이 바로 천령신공으로 인해 얻은 힘이었다.

어느새 금철휘 혼자 서 있었다. 혈룡귀갑대는 모조리 두 동강이 나거나 목이 잘려 죽었다.

그리고 그 광경을 부들부들 떨며 지켜보고 있는 패운악이 있었다. 패운악은 팔다리가 하나씩 잘려 제대로 설 수도 없었다. 그의 눈에 짙은 죽음의 그림자가 드리워졌다.

"저, 정말로 혈룡귀갑대주요?"

"보면서도 모르겠나?"

패운악이 입을 꾹 다물었다. 다른 건 몰라도 귀갑륜 하나만 보면 확실히 알 수 있었다. 그것은 혈룡귀갑대주가 아니면 결코 쓸 수 없는 무공이었다.

"대체, 대체 어떻게 다시 살아난 거요? 그리고 그 몸은……."

"그게 중요해?"

금철휘가 씨익 웃으며 패운악을 쳐다봤다. 패운악은 그 섬뜩한 시선에 움찔 놀랐다.

"지금 내가 여기 있다는 게 중요하지. 바로 네 앞에."

패운악은 침을 꿀꺽 삼켰다. 그리고 몸을 덜덜 떨었다. 너무 오래되어서 잊고 있었다. 또한 강시로 변한 몸을 수시로 보다 보니 잊어버렸다. 혈룡귀갑대주가 얼마나 무서운 사람인지를.

"워, 원하는 게 뭐요?"

"포천회주의 정체."

"그건 말할 수 없소."

"알아."

"안단 말이오?"

"말하면 죽잖아."

패운악이 입을 다물고 의아한 표정을 지었다. 죽이려면 그냥 목을 자르면 된다. 한데 굳이 이런 복잡한 방법을 쓰려는 이유가 뭐란 말인가.

"되나 안 되나 해 보려고."

"뭘 해 본단 말이오?"

"포천회주의 정체, 말할 수 있나 없나 보려고."

패운악이 눈살을 찌푸렸다.

"안다더니 전혀 모르고 있잖소."

"괜찮아. 금방 끝나."

패운악이 어이없는 눈으로 금철휘를 바라봤다. 이 무슨 엉뚱하고 얼토당토않은 대답이란 말인가.

금철휘는 패운악의 반응에 전혀 신경 쓰지 않고 그를 억지로 앉혔다. 그리고 정수리에 손을 얹으며 지그시 눈을 감았다.

패운악은 순간적으로 갈등이 일었다. 완전히 무방비 상태인 금철휘의 몸이 보였다. 아무리 팔다리가 하나밖에 없어도 지금이라면 충분히 죽일 수 있을 것 같았다.

잘린 팔다리는 걱정되지 않았다. 금철휘만 죽인다면 그쯤이야 포천회주가 얼마든지 붙여 줄 것이다. 잘린 목도 붙여서 살려 났는데, 고작 팔다리 하나 못 붙이겠는가.

고민은 짧았다. 사실 고민할 거리도 없었다. 상대가 정수리에 손을 얹고 있긴 하지만 해를 끼칠 것 같지는 않다. 그저 가볍게 손만 휘두르면 된다. 내공도 필요 없었다. 소매에 숨긴 비수를 꺼내 그저 찌르기만 하면 끝이다.

패운악의 소매에서 비수가 툭 떨어져 손아귀로 빨려 들어갔다. 비수의 날에는 시퍼런 독이 잔뜩 묻어 있었다. 찔리면 상대가 누구든 끝이었다.

아무 생각 없이 그대로 찔렀다. 위치는 정확히 금철휘의 단전이었다.

푹!

비수가 몸을 파고들었다. 손맛이 확실히 왔다. 패운악의 눈이 희열로 물들었다.

"됐다!"

자신도 모르게 소리쳤다. 그 혈룡귀갑대주를 자신이 죽인 것이다.

"되긴 뭐가 돼?"

머리 위에서 들려오는 목소리에 패운악은 찬물을 뒤집어쓴 것처럼 정신이 번쩍 들었다. 그러고 보니 여전히 정수리에 손바닥이 놓여 있었다.

패운악은 덜덜 떨며 억지로 고개를 들려 애썼다. 하지만 다른 건 다 움직이는데 고개를 꼼짝도 할 수 없었다. 팔다리를 허우적거려 봤지만 그래도 소용없었다.

패운악의 눈에 금철휘의 단전 부분이 보였다. 손잡이만 남기고 깊이 박힌 비수가 보였다.

툭!

그 비수가 바닥에 떨어졌다. 날은 없고 손잡이만 남아 있었다. 패운악은 바닥에 놓인 손잡이와 비수가 박혔던 금철휘의 단전을 번갈아 쳐다봤다.

'대체 이게……'

뭐가 어떻게 된 건지 알 수 없었다. 그렇게 패운악이 고개를 갸웃거리고 있을 때, 믿을 수 없는 광경이 펼쳐졌다.

금철휘의 단전에서 뭔가가 불쑥 튀어나왔다. 패운악의 눈이 화등잔만 해졌다. 그것은 비수였다. 그것도 독이 잔뜩 묻은 그대로였다.

탱강.

비수가 바닥에 떨어졌다. 패운악은 방금 비수가 빠져나온 금철휘의 배를 유심히 살폈다. 옷은 비수에 의해 구멍이 뚫렸다. 하지만 그뿐이었다. 그 뒤로 보이는 건 생채기 하나 나지 않은 살이었다.

'어떻게 이럴 수가 있지?'

패운악은 덜덜 떨었다. 어쩌면 사람이 아닐 수도 있다는 불안감이 들었다. 생각해 보면 그게 맞다. 혈룡귀갑대주는 이미 죽었다. 그리고 다시 살아날 몸도 강시가 되어 버렸다.

'그럼 남은 건 귀신뿐이잖아.'

자신이 귀신을 상대하고 있으며, 그 귀신이 천 명이나 되는 혈룡귀갑대를 몽땅 죽였다고 생각하니 온몸에 오한이 들었다. 패운악은 덜덜 떨며 금철휘가 빨리 자신의 몸에서 손을 떼고 사라져 주기만을 간절히 빌었다.

금철휘는 패운악의 정수리에 손을 얹고 정신을 집중했다. 조금 전 단전을 파고든 비수를 처리하는 건 너무나 간단했다. 천령신공을 익힌 금철휘에게 그런 건 애들 장난이나 다름없었다.

하지만 그로 인해 집중력이 살짝 흐트러졌다. 처음부터 다시 시작할 수밖에 없었다.

금철휘는 지그시 눈을 감고 천령신공을 이용해 패운악의 머리 속을 헤집었다.

확실히 일곱 번째 단계에 오른 보람이 있었다. 훨씬 자세히 확인할 수 있었다. 덕분에 검은 기운이 어떤 식으로 뇌와 연결되어 있는지도 확인이 가능했다.

'굉장하군.'

뇌와 기운이 연결된 방식이 너무나 복잡했다. 그래서 쉽게 파악이 불가능했다. 금철휘는 조급함을 버리고 차근차근 기운의 가닥을 하나씩 살폈다.

처음에는 알 수 없었다. 그저 전체적인 그림만 그렸다. 한데 어느 순간부터 그 안에서 묘한 규칙들을 찾아낼 수 있었다.

'호오. 이거 진법의 원리가 포함되어 있군?'

진법도 기운을 다루는 비법 중 하나다. 그 방식이 검은 기운과 뇌 사이에 있었다. 검은 기운을 이용해 두뇌로 진을 만든 것이다.

진법을 이용해 봉인과 제약을 걸었다. 금철휘는 그것을 역으로 풀기 위해 머리를 굴렸다. 진법 역시 금철휘의 특기 중 하나다. 시간은 좀 걸리겠지만 이것이 진법인 이상, 결국은 풀리게 되어 있었다.

그렇게 하염없이 시간이 흘러갔다. 금철휘는 무려 세 시진을 그렇게 서 있었다. 금철회도 금철휘지만 금철휘에게 머리를 맡기고 있는 패운악은 그야말로 죽을 지경이었다.

'젠장. 내가 이게 무슨 꼴인지.'

꼴이 말이 아니다. 하지만 어쩔 수 있는가. 상대는 혈룡귀 갑대주인데.

"후우. 쉽지 않군."

금철휘의 표정과 말투가 밝았다. 성공한 것이다.

패운악은 얼떨떨한 표정을 지었다. 대체 뭐가 성공했다는 건지 알 수 없었다. 그저 세 시진 동안 가만히 앉아 있기만 했다. 또 금철휘는 그저 머리에 손을 얹은 게 다였다.

'내게 뭔 짓을 한 거지?'

패운악이 의심스러운 눈으로 금철휘를 살폈다. 하지만 금철휘와 눈이 마주치자 화들짝 놀라며 시선을 돌렸다.

"이제 말해 봐."

"뭐, 뭘 말이오?"

"포천회주의 정체."

패운악이 눈살을 찌푸렸다.

"안 된다고 말하지 않았소. 그 말을 하면 그냥 죽는 걸로 끝나지 않소. 억겁의 고통을 받아야 한단 말이오."

"괜찮아."

"당사자가 아니니 괜찮다고 할 수 있겠지. 하지만 난 아니오. 차라리 날 그냥 죽이시오."

"그냥 죽일 거면 벌써 죽였지."

금철휘가 회심의 미소를 지었다.

사실 주술을 끊어 버리는 건 너무나 쉽다. 천령신공이 바로 주술의 근간을 이루는 검은 기운의 천적이었기 때문이다. 지금 금철휘의 실력이라면 검은 기운을 단번에 소멸시킬 수도 있었다.

하지만 주술을 소멸시켜 버리면, 패운악의 목숨을 살리고 있는 주술마저도 함께 사라져 버린다.

목이 잘린 사람을 살려 두는 주술이다. 그것이 교묘하게 금제와 얽혀 있었다. 어느 하나를 건드리면 다른 하나가 발동하는 방식이었다.

그래서 금철휘는 금제만 따로 떼어내 소멸시켜야 했다. 당연히 어려웠다. 둘은 서로 너무 심하게 얽혀 있어서 어느 하나만 따로 소멸시키는 건 불가능했다. 금제의 주술 일부가 목숨 유지의 주술에 사용되기도 했다.

그래서 금철휘는 좀 다른 방법을 썼다. 주술을 소멸시키는 게 아니라 풀어 버린 것이다.

머리 속에 위치한 금제의 주술을 조심스럽게 머리 밖으로 끄집어내는 데 성공했다.

그 뒤로는 일사천리였다. 적당히 천령신공을 이용해 그곳이 머리 속이라고 착각하게 만들었다. 이제 패운악은 더 이상 금제를 염려할 필요가 없었다. 두뇌의 흐름을 주술이 읽어낼 수 없으니 말이다.

금철휘는 그런 자세한 설명을 할 생각이 없었다. 그래서 다른 사람의 예를 들어 주었다.

"혁련진이나 천혈문주가 누구에게 죽었는지 알아?"

패운악의 눈이 화등잔만 해졌다. 생각해 보니 혈룡귀갑대주가 아니라면 그들을 죽일 사람이 없었다.

"내가 죽였는데, 넌 왜 모르고 있을까?"

"그, 그게 무슨 말이오."

"네 머리 속에 있는 금제가 어떤 역할을 하는지 몰라? 죽으면 포천회주에게 날아가게 되어 있어."

"나, 날아간다니. 뭐가 말이오?"

"혼백."

금철휘의 말은 너무나 담담했지만 패운악에게는 천둥보다 더 크게 들렸다. 포천회주가 혼백을 가져간다는 건 그들을 자신만의 지옥에 빠뜨리겠다는 뜻이었다.

"서, 설마 그들이 금제를 어겼단 말이오?"

금철휘가 고개를 저었다.

"포천회주도 누가 그들을 죽였는지 몰라. 자, 왜 그런 일이 일어났을까?"

왜 그랬는지 모르지만 패운악은 갑자기 처음 이곳에 도착했을 때가 떠올랐다. 그 기분 나쁜 기운을 가르던 기억이 선명하게 떠올랐다.

'어쩌면⋯⋯.'

그 기운은 분명 주술과 상극이다. 그 기운이라면 포천회주에게 자신의 혼백을 빼앗기는 걸 막을 수도 있을 것 같았다.

"대충 감 잡은 모양이네. 맞아. 내가 그걸 막을 수 있어. 혁련진도 천혈문주도 다 그렇게 했지. 그리고 찌질이도 마찬가지고 말이야."

패운악이 흠칫 놀랐다.

"설마 혈뇌마검도 죽었소?"

"당연한 걸 뭘 물어. 이제 천혈문의 망령은 너만 남았어."

패운악이 입을 꾹 다물었다. 그의 눈빛이 혼란으로 흔들렸다.

"자, 이제 말해 봐. 포천회주의 정체에 대해서. 그놈이 무슨 일을 꾸미고 있으며, 어디에 있는지."

"말할 수 없소."

"괜찮다니까? 뭐, 적당한 걸로 시험해 볼 거 없어? 평소와 반응이 다르면 내 말을 믿어도 되잖아?"

패운악의 눈에 의심이 어렸다. 하지만 이미 반쯤 금철휘에게 넘어가 버렸다. 이건 두려움과 호기심이 뒤섞여 벌어진 일이었다. 그리고 거기에는 혈룡귀갑대주에 대한 미안함이 약간 포함되어 있었다.

패운악은 일단 포천회주에 대해서 슬그머니 떠올려 봤다. 평소라면 지끈 머리가 아파야 하는데, 너무나 멀쩡했다. 아무렇지도 않았다.

'신기한데?'

다음으로 포천회주의 이름을 떠올렸다. 이쯤 되면 목에서 핏물이 배어 나온다. 한데 이번에도 마찬가지로 아무런 일도 벌어지지 않았다.

패운악이 놀란 눈으로 금철휘를 바라봤다.

"어때? 이제 좀 믿을 만해?"

패운악이 고개를 끄덕였다. 그리고 천천히 입을 열었다.

"사실 포천회주는 당신도 익히 아는 사람이오."

금철휘가 눈을 빛냈다. 사실 금철휘가 아는 사람은 그리 많지 않다. 예전 천혈문에 있던 사람들이 거의 대부분이고, 그 외에는 싸우다가 만난 사람들이었다.

"그런 표정 지을 줄 알았소."

패운악은 그렇게 말하며 씨익 웃었다. 아주 잠시나마 금철휘를 궁금하게 만들었다는 사실이 너무나 즐거웠다. 하지만 그 즐거움은 영원하지 않다. 이제는 슬슬 말을 해 줘야 할 시점이었다.

"포천회주는 백리문이오."

"백리문? 설마 내가 아는 그 백리문?"

"맞소. 역시 놀라는군."

금철휘의 표정이 딱딱하게 굳었다. 놀라는 게 당연하지 않은가. 백리문은 이미 죽은 사람이었다. 혈룡귀갑대가 세상에 나가기도 전에 말이다.

"백리문도 죽었다가 살아 돌아온 건가?"

패운악이 이를 드러내며 웃었다.

"그럴 리 있소? 그는 원래부터 죽지 않았소. 혈룡귀갑대를 만들면서 죽음을 가장할 계획을 세웠지."

"대체…… 왜 그랬지? 그래야 할 이유가 없잖아?"

"그걸 내가 어찌 알겠소."

금철휘는 문득 소름이 돋았다. 만일 백리문이 살아 있었다면 천혈문과 혈룡귀갑대의 관계가 그렇게 되지 않았을 것이다. 또한 그 뒤의 일도 그런 식으로 흘러가지 않았을 것이다. 백리문은 그 어떤 상황이 오더라도 모든 걸 능히 해결할 수 있는 사람이었다.

"처음부터…… 일을 그렇게 만들 계획이었군."

금철휘가 아는 백리문이라면 충분히 그 정도 계획을 세울 만한 사람이었다.

패운악이 심각한 표정의 금철휘를 보며 다시 한 번 씨익 웃었다.

"그는…… 참으로 당신을 아끼더군."

금철휘는 온몸에 소름이 돋는 걸 느끼며 주먹을 꽉 쥐었다.

퍼억!

패운악의 뇌리에 스며들어 있던 검은 기운이 그대로 소멸해 버렸다.

스으윽.

패운악의 목에 한 줄기 혈선이 생겨났다. 그리고 그곳에서 선혈이 줄줄 흘러나왔다.

툭.

목이 떨어졌다.

금철휘는 바닥을 구르는 패운악의 목을 가만히 지켜보다가 이를 악물었다. 그리고 그 틈에서 억눌린 한마디가 흘러나왔다.

　　"백리문."

　　금철휘의 표정이 점점 더 심각하게 굳어 갔다.

〈다음 권에 계속〉

劍

임무성 신무협 장편소설
ORIENTAL FANTASYSTORY & ADVENTURE

검황도제

刀

한국 장르 문학계의 신화가 된
황제의 검 작가 임무성
그의 손끝에서 열리는 무협의 새로운 지평!

『검황도제』

검과 도가 합일을 이루는 그날,
피로 얼룩진 난세가 끝나고 천하에 드리워진 그림자가 걷혀
다시없는 광명의 시절이 도래하리라.

dream
books
드림북스

『생사신』, 『삼류자객』, 『천마봉』의 작가!
몽월 신무협 장편 소설
『도지산』

명공명무(名工名武)라, 천지악에게 주어진 건
일렁이는 불길이었으되 그 자신으로 한 자루 명도가 되어
강호를 베어낼, 처절한 숙명이었다!

dream
books
드림북스

天劍

천검제

『절대천왕』, 『암천제』, 『천풍전설』의 작가!
장담 신무협 장편소설

『천검제』

세상을 뒤엎는 한이 있어도
아버지의 죽음에 관여한 자들 모두 용서치 않으리라!

dream books
드림북스

한국콘텐츠진흥원
한국콘텐츠 진흥원 선정 지원작품

익사이터

『영웅 & 마왕 & 악당』의 작가 무영자의 최신작

자칭 세계제일의 추색탐험전문가, 카잔!
교수대에 목이 걸려도 박장대소하는 괴짜의 이야기!

TYPE-S
무영자 판타지 **장편 소설**
FANTASY STORY & ADVENTURE

dream
books
드림북스